GOLDMANN

Buch

In Mirpore, einer Kleinstadt nördlich von Delhi, fristet Deven Sharma ein kümmerliches Dasein als College-Lehrer für Hindhi. Vergeblich hat er versucht, als Dichter Furore zu machen; seine Liebe zur Poesie konzentriert sich nun auf die Verehrung des Dichters Nur, der seine Verse in Urdu verfaßt, eine vom Aussterben bedrohte Sprache. Eine zänkische Frau, die gestörte Beziehung zu seinem Sohn und die frustrierende Schulerfahrung bringen Deven eines Tages dazu, auszubrechen.

Er macht sich auf den Weg nach Delhi, um den großen Dichter Nur zu interviewen. Doch was als freudiger Aufbruch aus dem verhaßten Alltagstrott begann, endet schon bald im Chaos; was Deven auch immer anpackt – er versagt...

Seine Beziehung zu Nur steht jedoch über allen Banalitäten. Er erlebt den einst Berühmten als kranken Alten, hilflos den Machenschaften seiner Umwelt ausgeliefert, und nimmt freudig die Bürde auf sich, Hüter seines Werkes zu sein.

Ein mutiges Manifest über die Macht der Poesie, die über Alltagsmühen und Intrigen siegt.

Autor

Anita Desai wurde 1937 geboren. Ihr Vater war Bengali, ihre Mutter Deutsche. Sie hat zahlreiche Romane, Kinderbücher und Kurzgeschichten verfaßt; ihr Roman »Der Hüter der wahren Freundschaft« stand 1984 als einer von sechs Titeln auf der renommierten Booker-Preis-Liste in England.Anita Desai lebt mit ihrem Mann und vier Kindern in Indien.

Als Goldmann-Taschenbuch ist bereits lieferbar:

Berg im Feuer (9112)

Anita Desai

Der Hüter der wahren Freundschaft

Roman

Aus dem Englischen übertragen
von Utta Roy-Seifert

GOLDMANN VERLAG

Titel der Originalausgabe: In Custody
Originalverlag: William Heinemann Ltd., London

Der Goldmann Verlag
ist ein Unternehmen der Verlagsgruppe Bertelsmann

Made in Germany · 3/89 · 1. Auflage
Genehmigte Taschenbuchausgabe

Umschlaggestaltung: Design Team München
Druck: Elsnerdruck, Berlin
Verlagsnummer: 9277
BL · Herstellung: Sebastian Strohmaier
ISBN 3-442-09277-9

Für Alicia Yerburgh
in Zuneigung und Dankbarkeit

»... die sollen nehmen, die haben die Macht,
Und festhalten soll, wer's vermag.«

Rob Roys Grab
William Wordsworth

Erstes Kapitel

Als er sich umdrehte, weil ihm beim Zigarettenkaufen in der College-Kantine jemand auf die Schulter geklopft hatte, empfand er zuerst nur Freude, so daß er atemlos hervorstieß: »Murad? Du?«; vor Verblüffung fielen ihm die Zigaretten aus der Hand; aber die Freude schlug rasch in Beunruhigung um, als Murad auflachte und seine betelverfärbten Zähne unter dem struppigen Schnurrbärtchen sichtbar wurden, das er noch immer trug. »Aber ich hab jetzt Vorlesung, Murad«, stammelte er, da Murad ihn so fest an den Schultern packte, als hätte er nicht die Absicht, ihn loszulassen.

»Hör auf mit deiner Vorlesung«, sagte Murad, zog ihn zu sich heran und lachte ihm ins Ohr. »Da komm ich extra von Delhi hierher, um dich zu sehen – hast du nicht mal eine halbe Stunde Zeit für mich?«

»Aber es ist Montag – nicht am Montag, Murad.«

»Ach so, Freundschaft ist also nur etwas für sonntags? Sowas nennt sich Freundschaft?« entrüstete sich Murad.

Sie gingen von der Kantine über den staubigen Grund, der zwischen der Wellblechhütte der Kantine und dem Ziegelbau des College lag, in dem Deven unterrichtete. Deven war sich bewußt, daß viele seiner Studenten diese Begegnung mit seinem alten Freund beobachtet hatten und sie unverhohlen anstarrten, manche bei ihrem Anblick sogar hämisch grinsten. Er versuchte sich Murads Griff unauffällig zu entwinden, um ihn nicht zu kränken.

»Nur noch eine Vorlesung, Murad«, bat er, »dann bin ich frei und kann nach Hause gehen.«

»Nach Hause? Wer will schon nach Hause gehen?« rief

Murad. »Wir gehen essen. Wir gehen in das beste Lokal in deiner großartigen Stadt hier. Wenn ich schon die ganze Strecke aus Delhi hierher komme, um dich zu besuchen, kannst du mir wenigstens ein gutes Mittagessen spendieren«, fügte er in vorwurfsvollem Tonfall hinzu.
»Ja natürlich«, versicherte ihm Deven; er fühlte sich schuldig, weil er nicht gastlicher war. »Da hast du eine Zigarette. Ich habe zwei gekauft.« Er fingerte in seiner Hemdtasche danach herum und reichte seinem Freund eine.
»Du bist also noch immer ein Zwei-Zigaretten-Mann?« lachte Murad, hielt die seine zwischen den Fingern und wartete darauf, daß Deven ein Streichholz anzündete. Da ein scharfer Märzwind über den freien Platz blies, Staub und trockene Blätter wild aufwirbelte, war das eine umständliche, langwierige Angelegenheit. Nachdem es ihm endlich gelungen war und sie weitergingen, sagte Murad verächtlich: »Als regulärer Dozent an einem College, als bedeutender Bürger von Mirpore kannst du dir noch immer keine ganze Packung Zigaretten leisten? Anscheinend bist du noch genau dort, wo du in deinen Studententagen warst. Was ist los?«
»Aber nein«, beeilte sich Deven zu erklären. »Meine Frau sagt, ich soll mir nicht eine ganze Packung Zigaretten auf einmal kaufen. Sie sagt, wenn ich mir jede einzeln kaufen gehen muß, werde ich weniger rauchen.« Er versuchte zu lachen wie über einen netten Witz. »Die Frauen versuchen immer, einen dazu zu bringen, daß man weniger raucht, weniger trinkt. Du weißt ja.«
»Aha, du trinkst also noch, ja? Das freut mich zu hören«, bellte Murad und schlug Deven wieder auf die Schulter. »Bekomme ich zum Essen einen Drink?«
Deven erschrak. Verstohlen blickte er nach links und rechts. Sie stiegen gerade die Treppe zur großen Aula hinauf. Jeder hatte das hören können, womöglich auch je-

mand von den Lehrern oder gar der Direktor selber. Seine pelzigen Brauen zogen sich zu einem Stirnrunzeln zusammen. »Bitte, Murad, geh jetzt«, murmelte er beunruhigt, machte einen krummen Rücken und preßte seine Bücher an sich. »Ich muß in meine Vorlesung.«

»Nicht mal wenn dich ein alter Freund besucht, den du jahrelang nicht gesehen hast, kannst du deine blöde Vorlesung sausen lassen?« fragte Murad zu laut und tat, als wäre er empört. »Vielleicht hätte ich gar nicht herkommen sollen. Wozu hab' ich mir das angetan, mit dem Bus den ganzen Weg in dieser Hitze hierherzufahren, einen alten Freund besuchen, der sich nicht mal was draus macht?«

Deven hatte ein unbehagliches Gefühl, er war sicher, Murad hatte einen Grund dafür, den er noch nicht hatte verlauten lassen. Entschlossen, keinen Schritt weiterzugehen mit Murad an seiner Seite, blieb er oben an der Treppe stehen und bat: »Bitte, Murad, warte in der Kantine auf mich. Trink eine Tasse Tee dort. Ich komme nach meiner Vorlesung hin.« Dann wandte er sich mit einer so ungestümen Bewegung ab, daß er direkt in eine Gruppe von Studenten prallte, die ebenfalls die Treppe heraufkam, und verursachte damit viel Ärgernis, Geschimpf, unterdrücktes Lachen und Gekicher, was Murad, der stehengeblieben war, grinsend beobachtete.

Vor ihnen zurückweichend, eilte Deven den Gang entlang in sein Klassenzimmer und erreichte keuchend vor Anstrengung und Erleichterung das Katheder neben der Wandtafel, als wäre es ein Ort der Zuflucht. Hier konnte er der Klasse den Rücken zuwenden und so tun, als schriebe er etwas an die Tafel, während er sich sammelte und versuchte, trotz seiner durcheinandergerüttelten Nerven und seiner Zerfahrenheit eine Lehrer-Autorität darzustellen. Wieso konnte ihn ein Besuch von Murad derart aus dem Gleichgewicht bringen? Es gab natürlich keinen offenkundigen Grund dafür – sie kannten einander, seit sie miteinander in die Schule gegangen waren: Murad war der verwöhnte reiche Junge gewesen mit Geld in der Tasche für Kino-Vorstellungen und Zigaretten, und Deven der Sohn einer armen Witwe, den man bestechen und kaufen konnte und der alles für ihn tat, und obwohl das die Grundlage ihrer Freundschaft gewesen war, war sie gewachsen, hatte sich verändert und der Zeit standgehalten. Aber Deven mochte es nicht, daß er ohne Vorwarnung während der Unterrichtszeit auftauchte und ihn durcheinanderbrachte, wenn er sich doch konzentrieren mußte; es war sehr beunruhigend. Und jetzt würde er, anstatt zum Essen nach Hause zu gehen, seine Frau verärgern müssen, indem er sie warten ließ und nicht heimkam, und würde statt dessen viel zu viel Geld für ein Essen im Restaurant für Murad ausgeben. Er befühlte mit der Hand seine Hemdtasche, wo er immer das Geld hatte, seitdem ihm ein Taschendieb im Bus seine Brieftasche gestohlen hatte. In der Tasche gab es nicht viel zu fühlen außer einer zerkrümelten Zigarette: schließlich war Monatsende, und er hatte erst am Morgen Sarla noch Geld für den Haushalt geben müssen. Er konnte den Gedanken an Murad nicht ertragen und die Vorstellung, daß Murad ihn wieder mit diesen rotgefärbten Zähnen verächtlich angrinste und sagte: »Noch immer ein Zwei-Zigaretten-Mann?« Warum sollte eigentlich nicht Murad das Essen bezahlen? Nicht nur war er der Sohn eines reichen Kaschmir-Teppichhändlers in Delhi – obwohl er behauptete, von ihm enterbt worden zu sein, lebte er noch immer in seinem Haus –, er war auch Herausgeber der Zeitschrift, zu deren Kauf er seinen Vater überredet hatte und von der er gerne sagte, er hätte sie zu einem großen Erfolg gemacht. Es stimmte zwar, daß er Deven nie für die Buchbesprechungen bezahlt hatte, die er in einer Ausgabe vor sechs Monaten gedruckt hatte, auch nicht für das

Gedicht, das er angenommen hatte und in der nächsten Nummer veröffentlichen würde. Vielleicht hatte er es vergessen, vielleicht war er ja nach Mirpore gekommen, um ihn dafür zu bezahlen.

Unvermittelt und heftig löschte Deven aus, was er an die Tafel geschrieben hatte – und damit seine törichte optimistische Idee –, und wandte sich um, der Klasse zu, die sich hinter seinem Rücken mit viel Stühlegescharr und über Tische hinwegrufend versammelt hatte. Es war nicht sehr weise von ihm, in Phantasien von plötzlichem Reichtum zu schwelgen, von unerwarteten Schecks und der Aufnahme in die literarischen Kreise der so verlockend nahen Metropole. Kindisch! wies er sich selbst scharf zurecht, mit einem leisen kurzen Zähneknirschen, das ein paar der Studenten in seiner Nähe gehört zu haben schienen, denn sie sahen ihn fragend an. Er war schon zu alt, schimpfte er starrköpfig mit sich selbst weiter, und hatte zu bittere Erfahrungen im Leben gemacht, um solchen törichten Phantasien irgendwelchen Wert beizumessen.

»Verdorrt wie das letzte Blatt am Baum,
Geschüttelt von schneidendem Winterwind,«

murmelte er vor sich hin, denn er liebte es, laut Gedichte zu rezitieren, eine Angewohnheit, von der man ihm erzählt hatte, daß sie sein Vater, ein Schullehrer, ebenfalls gehabt hatte; er fühlte sich daher berechtigt, sie geerbt zu haben.

Die Studenten in den ersten beiden Reihen starrten ihn jetzt unverhohlen an. Schließlich wurde er sich ihrer neugierig wartenden Gesichter bewußt und riß sich zusammen, ihren Blicken zu begegnen. Der Ausdruck, den er sah – Langeweile, Amüsiertheit, Frechheit und Abwehr –, ließ ihn rasch wieder wegschauen und den Blick auf die Tür am anderen Ende des Raumes richten, auf die Tür, die zum Gang hinausführte, zu Freiheit und Befreiung.

Seit Jahren schon praktizierte er diesen Trick, seine Klasse zu ignorieren und zu sich selbst zu sprechen, oder zu jemand Unsichtbarem draußen. Das machte ihn zu einem langweiligen Lehrer, dem es nicht gelang, die Aufmerksamkeit, geschweige denn die Achtung seiner widerspenstigen Klasse zu gewinnen.

»Letztes Mal habe ich euch gebeten, alle Gedichte von Sumitra Nandan Pant zu lesen, die ihr finden könnt«, setzte er mit zu hoher Stimme an, damit sie bis zu diesem unsichtbaren Studenten vor der Tür draußen trüge, dem idealen Studenten. Jetzt schlug sie um. »Ich hoffe, ihr habt es auch getan«, krächzte er, und die Klasse löste sich in Gelächter auf.

»Lach nicht«, sagte er und setzte den Becher mit kalter Buttermilch ab. »Das ist hier schließlich nicht die Hauptstadt, es ist nur ein Dorf.«

»Also ist das Dorfkost, was wir hier bekommen.« Murad verzog das Gesicht. »Da muß ich mich vorsehen, nicht wieder in dein Dorf zu Besuch zu kommen.«

»Ach, so schlecht ist es auch wieder nicht«, protestierte Deven. »Probier diesen Rettich«, redete er ihm zu. »Wir haben wenigstens gutes frisches Gemüse hier.«

»Roher Rettich – Futter für Kühe und Schweine«, stöhnte Murad, nahm ihn aber trotzdem und schien ihn mit Genuß zu essen, gab laute knirschende Kaugeräusche von sich.

Zum Glück war das kleine Restaurant im Basar gesteckt voll von mittäglichen Menschenmengen, und bei all dem Reden, dem Gelächter, den lauten Geräuschen des Essens, dem Geklapper von Zinntellern und Schöpfern und Löffeln fürchtete Deven nicht, daß die abfälligen Bemerkungen seines Freundes über die Küche mitangehört würden. Es stimmte, daß dies kein sehr gutes Lokal war, um hierher essen zu gehen; es lag gleich neben dem Auto-

busbahnhof und versorgte hauptsächlich Busfahrer und Reisende, die es eilig hatten; deshalb war die Bedienung hastig und schludrig. Es mußte, verglichen mit den Restaurants in Delhi, sehr gewöhnlich erscheinen, aber er konnte sich unmöglich ein Essen bei Kwality oder Gaylord leisten, den beiden besten Restaurants, beide mit Klimaanlage und unerschwinglich, an der Hauptstraße, wo die größeren Geschäfte und Büros lagen, und vielleicht war es gar keine schlechte Idee, Murad zu zeigen, daß es ihm ganz und gar nicht gut ging und er sich nur diese einfache Mahlzeit aus Curry-Kartoffeln und *Puries*, fettgebackenem Brot, in einem schmuddeligen Speisehaus im Basar leisten konnte. Er schaute in den Spiegel hinter Murads Kopf und sah, wie die Gäste sich zwischen den Rosen und Ranken, die in die Spiegelränder eingeätzt waren, hin und her bewegten, während Murad den Teller mit rohen Rettichen leer aß. Zu seiner Überraschung schien Murad die Botschaft, die er ihm schweigend zu übermitteln versuchte, zu verstehen. Während er sich Brot und Curry-Kartoffeln nahm, brummte er: »Es ist wirklich schlimm, wie schlecht unsere Lektoren bezahlt werden. Wie können die Intellektuellen dieses Landes irgendwelche nennenswerte Arbeit leisten, wenn niemand sie dafür achtet oder sie für alles entschädigt, was sie um der Kunst willen auf sich nehmen?«
Deven nickte und nickte, ganz überwältigt von dem unerwarteten Verständnis des Freundes für seine Lage und von seinem Mitgefühl. Es war selten, daß man solche Äußerungen von jemand anderem als von Kollegen in ähnlich bescheidenen Verhältnissen hörte. Er nahm sich den letzten Löffel Curry aus der Schüssel – die Portionen waren sehr klein, bemerkte er mit Bedauern –, seufzte und sagte: »Ja, mein Lieber, jetzt hast du einmal gesehen, wie schwer es ist, sich in dieser Situation über Wasser zu halten. Wenn ich wüßte, wie ich meine Lage ändern könnte,

täte ich es, aber – was kann man da schon tun?« Und dann fuhr ihm blitzartig ein Gedanke durch den Kopf. Seine Kühnheit brachte ihn in Verlegenheit, aber schließlich war es Monatsende, und die Rechnung für diese Mahlzeit würde ihm das letzte Geld aus der Tasche holen, und für den Rest der Woche würde ihm nichts mehr für Tee oder Zigaretten bleiben. Die Ausweglosigkeit seiner Verhältnisse brachte ihn dazu, etwas zu sagen, was er sonst nie gesagt hätte. Während seiner ganzen Kindheit und Jugend hatte er nur eine Art gekannt, mit dem Leben fertig zu werden: sich zu verstecken und unsichtbar zu bleiben. Jetzt beugte er sich, auf seine Ellbogen gestützt, vor und sagte aufgeregt: »Wenn wir bloß für die Artikel und Besprechungen bezahlt würden, die wir für Zeitschriften und Magazine schreiben, das wäre schon eine Hilfe.«

Aber jetzt war Murad nicht mehr verständnisvoll oder mitfühlend. Er tastete mit einem Finger in seinem Mund nach etwas, das sein Gesicht vor Ärger verzerrte und dunkel anlaufen ließ. Er holte es heraus, legte es mit wütendem Blick auf den Rand seines Tellers. Hatte er Deven überhaupt gehört? Er hob den Kopf und funkelte Deven an, als wäre er es gewesen, der den Stein in das Brot geknetet hätte, damit Murad daraufbisse. »Beinahe war 'ne Goldkrone weg«, sagte er aufgebracht. »Jeder glaubt, eine Zeitschrift herauszubringen, ist eine einfache Sache«, fuhr er fort. »Keiner weiß von den Kosten, die daranhängen. Jeden Monat gibt es eine Krise – die Druckerei weigert sich zu drucken, wenn die vorherigen Rechnungen nicht beglichen sind, der Vertrieb weigert sich, die im letzten Monat gelieferten Exemplare zu bezahlen, die Telefonrechnung, das Porto ... Diese Kosten! Was weißt denn du davon?« fuhr er Deven herausfordernd an. »Sorgen, nichts als Sorgen. Und wo sind die Leser? Wo sind die Abonnenten? Wer liest denn noch Urdu?«

»Murad, deine Zeitschrift muß erhalten bleiben um derer

willen, die Urdu noch lesen«, sagte Deven leidenschaftlich.

»Genau das tu ich ja«, funkelte ihn Murad an. »Ich plane eben jetzt eine Sonderausgabe über Urdu-Dichtung. Irgendwer muß doch die ruhmreiche Tradition der Urdu-Literatur lebendig erhalten. Wenn wir es nicht tun, koste es, was es wolle, wie soll sie weiterleben in diesem Zeitalter, dem Zeitalter dieses vegetarischen Ungetüms, Hindi?« Er sprach das letzte Wort mit solchem Abscheu aus, daß Deven zurückschrak und in seinem Stuhl zusammenschrumpfte, denn Hindi war das Fach, das er am College unterrichtete und wofür er daher bis zu einem gewissen Grade verantwortlich war. »Diese Bauernsprache«, höhnte Murad und stocherte mit einem Streichholz zwischen den Zähnen herum. »Die Sprache, die bei Rettich und Kartoffeln gedeiht«, lachte er und schob die leeren Teller auf dem Tisch beiseite. »Ja, so wie dieses Gemüse wächst und gedeiht es, während Urdu – die Sprache des Hofes in den Tagen der Könige – jetzt in den Seitengassen und den Gossen der Stadt verkommt. Kein Palast mehr für sie, in dem sie leben kann in ihrem gewohnten Stil, keine Kaiser und Nawabs hat sie mehr als Schirmherren. Nur ich armer Mensch in meinem schäbigen Büro versuche eine Zeitschrift herauszubringen, um sie vielleicht am Leben zu erhalten. Das tue ich, verstehst du?« Er warf Deven wieder einen stolzen und zornigen Blick zu und spuckte ein Stückchen zerkautes Streichholz in seine Richtung.

»Ich weiß, ich weiß, Murad«, seufzte Deven. »Wie glücklich wäre ich, wenn ich bei dir in der Redaktion mitarbeiten könnte, für dich, für die Zeitschrift arbeiten könnte. Aber ich kann meinen Posten hier nicht aufgeben. Ich mußte ihn nehmen, als er mir angeboten wurde. Ich hatte geheiratet, Sarla war in anderen Umständen, weißt du ...«

»Wie sollte ich das wissen?« sagte Murad. »Bin ich vielleicht dafür verantwortlich?« Er lachte rüde.
Deven tat, als hätte er nicht gehört. Er bemühte sich weiterhin, Murads Mitgefühl zu gewinnen. »Ich hätte nicht einmal mich selbst erhalten können davon, daß ich Urdu schreibe, geschweige denn Sarla und ein Kind. Ich kann jetzt Urdu nur als Hobby schreiben.«
»›Nur als Hobby‹«, höhnte Murad. »Kann man einer Sprache dienen, indem man sie ›nur als Hobby‹ betreibt? Verdient sie nicht, daß man ihr sein ganzes Leben widmet – wie ich es tue?« fragte er herausfordernd.
Deven hob beide Hände in einer hilflosen Geste, mit der er alles akzeptierte, was Murad sagte, die eigene Niederlage akzeptierte und eingestand.
Und dann fragte ihn Murad unerwartet in barschem Tonfall: »Also wie wär's, wenn du mir etwas für meine Sondernummer über Urdu-Lyrik schickst, hm?«
Devens Hände sanken ihm schlaff in den Schoß, und ihm wurde ganz schwach zumute bei diesem Vorschlag, er spürte, wie es heiß in ihm aufstieg bei dem Gedanken, etwas in der Sprache zu schreiben, die seine erste gewesen, als er noch ein Kind in der halbvergessenen, unwirklichen Stadt seiner Kindheit war, und die noch immer seine erste Liebe war. Ein auslösendes Moment für sein Erröten war natürlich auch Stolz darüber, vom Herausgeber einer, wie er glaubte, führenden Urdu-Zeitschrift um einen Beitrag gebeten zu werden. Denn Murad hatte ihm versichert, daß sie das wäre, und er glaubte es gern.
»Wirst du meine Gedichte drucken, wenn ich sie dir schicke – die restlichen der Folge?«
»Nein. Wer will schon deine Gedichte lesen?« erwiderte Murad kurz angebunden. »Ich habe schon genug Gedichte für diese Nummer. Sobald ich den Rundbrief mit der Ankündigung dafür hinausgeschickt hatte, kamen

Ströme von Beiträgen herein. Gedichte, Gedichte, Gedichte. Jeder schreibt welche, kann ich dir verraten«, klagte er und raufte sich in gespielter Verzweiflung die Haare. »Ich mußte das abblocken. Ich mußte sehr wählerisch sein. Nur die besten, sagte ich mir. Firaq, Faiz, Rafi, Nur ...«

»Nur? Hat er dir Gedichte geschickt?«

Murad wich aus und zuckte mit den Schultern. »Der arme Mann, er ist sehr alt und krank. Ich habe gesagt, ich veröffentliche nur neue Arbeiten, keine Auszüge aus alten Sammlungen, und er hat nichts Neues geschrieben. Mit ihm ist es vorbei.«

»Aber keine Sondernummer über Urdu-Dichtung wäre vollständig, wenn sie nicht etwas von Nur enthält«, rief Deven empört. »Alt, neu, das spielt keine Rolle – Nur mußt du dabei haben.«

»Natürlich muß ich Nur dabeihaben«, antwortete Murad und wirkte mit einem Mal bieder. »Nur wird der Star der Ausgabe sein. Das Licht im Mittelpunkt, das hell leuchtet und seine Strahlen in alle Winkel der Welt aussendet, wo man seine Verse kennt – im Iran, Irak, in Malaysia, Rußland, Schweden – weißt du, daß wir seinen Namen wieder dem Nobelpreis-Komitee eingereicht haben für den Literatur-Nobelpreis?«

Deven nickte. Sie taten das jedes Jahr, das wußte er. Er persönlich war überzeugt davon, daß eines Tages der Bescheid aus Stockholm kommen und die literarische Welt Indiens bis in die Grundfesten erschüttern würde. Er spürte sie bereits erbeben, unter seinen Füßen. Der Zwei-Uhr-Bus aus Moradabad donnerte vorbei. Als er vorüber war und er sich wieder verständlich machen konnte, fragte er: »Du wirst also doch einige von den alten Gedichten drucken? Die großen Rosengedichte, oder die Wintergedichte? Du weißt schon –« und er setzte dazu an, seine Lieblingsverse zu deklamieren, in denen aller

Zauber und alle Romantik lag, die ihm je in seinem Leben widerfahren waren.
Aber Murad schnitt ihm das Wort ab, beugte sich, auf die Ellenbogen gestützt, vor und sprach ihm fast ins Ohr: »Nein, das werde ich nicht tun, Deven. Ich drucke kein abgestandenes altes Zeug in meiner Zeitschrift. Selbst wenn ich zwei, drei, vier Monate warten muß, bis ich alles Material bekomme, das ich haben will – ich bekomme es, erst dann werde ich drucken. Ich möchte einen umfassenden Beitrag über Nur – Nur im Alter, der sterbende Nur, ehe er dahingeht, wie ein Komet in der Finsternis verschwindet. Ich möchte, daß du diesen Beitrag lieferst.«
»Ich«, hauchte Deven, derart überwältigt, daß er für den Augenblick völlig die lärmende Umgebung vergaß, die leeren Teller, sogar den übelriechenden Atem aus Murads Mund, so dicht neben seinem Gesicht. Er sah den Kometen, schnell und blaß im Dunkel wie ein Vogel in der Nacht.
»Fahr du zu Nur«, fuhr Murad fort, »du kennst seine Arbeit gut – na ja, wohl ebenso gut wie andere auch, nehme ich an. Du hast doch mal ein Buch über ihn geschrieben, nicht wahr?«
»Eine Monographie, ja. Wirst du sie veröffentlichen?« fragte Deven atemlos und dachte, wenn ein Komet auftaucht, dann können alle möglichen seltsamen Dinge geschehen. Einen Augenblick lang war er verwirrt und er dachte, nicht Nur wäre der Komet, sondern Murad, der aus Delhi ihn besuchen gekommen war, ihm ein Licht zu zeigen: er war willens, alles zu glauben.
Aber Murad schnappte übellaunig. »Nein, das werde ich nicht. Natürlich nicht. Ich will nicht bankrott gehen. Ich will meine Zeitschrift herausbringen. *Darüber* rede ich, du Idiot. Bemüh dich doch zuzuhören. Bleib ernsthaft. Ich möchte, daß du ihn in seinem Haus in Chandni Chowk aufspürst –«

»Es heißt doch, er mag keine Besuche«, sagte Deven schnell. Der Komet war etwas, das man fürchten mußte, erinnerte er sich soeben, er war ein böses Vorzeichen, kein gutes. Er hätte nicht sagen können, warum, aber er hatte Angst.

»Hör zu, willst du diesen Beitrag für mich machen oder nicht?«

»Natürlich will ich, Murad.« Er wurde verzagt. Er ließ den Kopf hängen, blickte auf seine Finger, die die Tischkante umklammerten. Auf jedem Fingernagel schimmerte fahl die blasse Nagelhaut.

»Dann tu, was ich dir sage. Such ihn. Geh zu ihm und interviewe ihn. Diskutiere die Urdu-Szene mit ihm. Frag ihn nach seiner neuen Arbeit. Er muß doch irgend etwas Neues haben, verdammt noch mal, und ich will es haben. Ich brauch es für die Sondernummer, verstehst du?«

Zweites Kapitel

Bald hatte der Bus sich von Mirpore entfernt. Mit einem leichten Schrecken begriff Deven, wie schnell man sich von dem freimachen konnte, was ihm nicht nur als die ganze Welt erschien – denn außerhalb davon gab es keine Existenz für ihn –, sondern auch als grausame Falle oder als Gefängnis, ein unzerstörbares Gefängnis, aus dem es kein Entkommen gab.

Obwohl sie keine Geschichte hatte, bestand die Stadt wahrscheinlich schon seit Jahrhunderten in ihrer wesentlichsten, elementarsten Gestalt. Diese elenden Behausungen aus Blech und Fetzen, so wacklig und wenig dauerhaft sie auch aussahen, mußte es schon immer gegeben haben, immer wiederkehrend und in aufeinanderfolgenden Generationen, sich aber grundlegend nie verändernd und in diesem Sinne dauerhaft. Die Straßen, die zwischen ihren krummen Reihen entlangliefen, hatten in Abständen immer wieder eine Teerschicht bekommen, aber der Staub darunter war immer da, immer wahrnehmbar. Ja, es gelang ihm, von unterhalb des Asphalts zu entweichen und aufzusteigen und sich in der ganzen Stadt zu verbreiten, Sommer und Winter, allgegenwärtig, dick genug, daß man ihn sehen und fühlen konnte. Während des stets kurzen und enttäuschenden Monsuns auf dieser nördlichen, mehr als tausend Meilen von der Küste entfernten Ebene verwandelte er sich in Schlamm. Aber sehr bald kam die Sonne wieder heraus und trocknete ihn zu seiner üblichen grauen und körnigen Form. Man konnte die Bürger von Mirpore, eher kleine Händler als Landwirte, nicht dafür tadeln, daß sie für diese patriotischen Lieder

und Schlagworte vom Boden, von der Erde, kein Verständnis aufbringen konnten. Für sie war es so deutlich fühlbar Staub.
Hier und da hatte die Geschichte ein paar Zeichen und Spuren hinterlassen, aber niemand in Mirpore maß ihnen besondere Bedeutung bei und erwies ihnen ganz gewiß nicht die Ehre, sie speziell zu bezeichnen, oder ihnen einen besonderen Platz oder Schutz zukommen zu lassen. Die kleine Moschee aus Marmor und rosa Sandstein war von einem Nawab erbaut worden, der nach dem Aufstand von 1857 vor den Vergeltungsmaßnahmen der Engländer in Delhi geflohen war; er wollte damit an sein glückliches Entkommen in diese unbedeutende und zum Glück unbeachtete Stadt erinnern und auch eine Gedenkstätte zur Ehre Gottes errichten, der, wie er glaubte, die Flucht ermöglicht hatte. Nun war sie so überwuchert von elenden Hütten, Reklameschildern, Verkaufsständen, Bretterbuden, Fetzen, Fähnchen, Schutt und obdachlosen Armen aus dem Basar, daß es schwierig gewesen wäre, sie unter diesen vielen sie verdeckenden Schichten noch zu erkennen. Ihre weißen Marmorfassaden waren grau und pockennarbig geworden durch die Luftverschmutzung, die schwarzen Marmoreinlagen waren entweder herausgefallen oder mit scharfen Geräten von müßigen Händen herausgeholt worden, der rote Sandstein der Kuppel hatte die Farbe von Schmutz angenommen, vom Rauch offener Feuer, den Exkrementen der Tauben und dem allgegenwärtigen Staub von Mirpore. Doch die Moschee war keineswegs vergessen, sie wurde noch immer benützt, fünfmal am Tage ließ der Priester den Ruf an die Gläubigen erschallen, und viele Männer gingen hinein, wuschen sich in dem flachen Becken und knieten nieder und beteten in dem kleinen Hof zwischen Besen und Koch-Feuern, aber nicht einer von ihnen betrachtete sie als eine historische Stätte oder erinnerte sich

des Mannes, der sie erbaut hatte, noch warum er es getan hatte.

Die Tempel waren zahlreicher, aber sie waren völlig geschichtslos. Es gab buchstäblich nicht einen Menschen in Mirpore, der einem hätte sagen können, wann sie erbaut worden waren oder von wem. Wenn man sich erkundigte, konnte man unter Umständen die Auskunft bekommen, daß ein knallrosa und weißer Betonbau mit einer frisch bemalten Tonfigur und Leuchtstoffröhren als Lampen fünfhundert Jahre alt wäre; das entsprach nicht gerade der Wahrheit, aber wenn man bedachte, daß an dieser Stelle möglicherweise schon seit so langer Zeit gebetet wurde, dann war es auch wieder nicht so falsch. Die Tempel waren auf die gleiche Art alt wie die schäbigen Hütten der Armen und die Verkaufsstände der Händler – sie wurden oft hinfällig, wurden wiederaufgebaut und ersetzt, aber im wesentlichen blieb ihre Form immer die gleiche. Es gab auch kleine steinerne Schreine, kaum mehr als Maueröffnungen, oder halb erstickt von den Wurzeln der gierigen Banyan-Bäume, die möglicherweise wirklich alt waren, aber wenn auch irgendwer sie mit einer Legende versah, eine Geschichte konnte ihnen niemand geben. Tatsache war, daß niemand den Unterschied kannte.

Da es eine Stadt ohne einen Fluß war, gab es einen künstlichen Teich, in dem die Leute badeten und aus dem sie ihr Wasser holten, obwohl kein Wasser darin zu sehen war, nur eine alles bedeckende Schicht hellgrünen Schaums, auf dem Papierfetzen, Lumpen und Blumen wie auf einer festen Oberfläche lagen. In den Brunnen war das Wasser sogar noch erfolgreicher verborgen. Mirpore sparte keine Mühe, den Eindruck vollkommener Dürre hervorzurufen. Kürzlich hatte man einen Kanal gegraben, um die Felder des Landwirtschaftlichen Colleges zu bewässern, aber man hatte ihn hinter den Häusern gegraben, die am Stadtrand lagen, ihre Mauern verbargen ihn, und nur wenige Stadtbewohner wußten von seiner Existenz. Sie lebten ihr Leben fast ausschließlich innerhalb der Basare, welche die verschiedenen religiösen Schreine miteinander verbanden – und voneinander trennten.

Natürlich betrachtete man die Gegend rund um die Moschee als die »Moslem«-Gegend und alles übrige als »Hindu«-Gebiet. Das stimmte nicht ganz, und es gab gewiß keine Grenzen oder Trennungslinien, und doch gab es Unterschiede zwischen ihnen, die für das Auge nicht sichtbar waren, die aber jeder kannte und beachtete, so daß im allgemeinen Schweine von der Moschee ferngehalten und in der Nähe eines Tempels nie Kühe geschlachtet wurden. Einmal im Jahr, am Todestag Mohammeds, während die Mohurram-Prozession der *Tazias*, der Sarg- und Grabsymbole, durch die Stadt zog, tauchte überraschend überall Polizei mit Schlagstöcken auf, schwitzend vor lauter Verantwortungsbewußtsein und äußerster Anspannung und entschlossen, die Prozessionen von den Tempeln und den umherziehenden herrenlosen Kühen oder den Gruppen von in allen Farben schillernden Bürgern fernzuhalten, die unglücklicherweise oft mit Paketen von Farbpulver und Eimern voll buntgefärbtem Wasser das Erntedankfest *Holi* am gleichen Tag feierten wie die anderen die rituelle Trauer. Wenn solche Gruppen aufeinandertrafen, wie es gelegentlich geschah, dann blitzten Messer auf, sausten Schlagstöcke nieder und Blut floß. Eine Zeitlang war dann die Stimmung äußerst gespannt, die Zeitungen – sowohl die Hindi- als auch die Urdu-Blätter – brachten vorsichtige Berichte und übertriebene Leitartikel über die Diesseitigkeit Indiens, während über Nacht Flugblätter mit weniger vorsichtigen Berichten erschienen, garniert mit Drohungen und Anschuldigungen. Und dann stieg wieder wirbelnd der

Staub von Mirpore auf und begrub neuerlich alles Sichtbare; die Bürger Mirpores kehrten zurück zu ihrem täglichen Kampf ums Atmen. Die Hindus schlachteten Schweine in ihren eigenen Bezirken, und die Moslems schlachteten lieber Büffel als Kühe, weil sie erkannten, daß letzteres dem Selbstmord gleichkäme. Die wenigen Christen der Stadt aßen das Fleisch von beiden und gingen in die eine kleine Kirche, einen weißgetünchten Ziegelbau, der mitten in einem von staubigen *Neem*-Bäumen überschatteten Friedhof lag.

Wo aber war das Zentrum dieser form- und gestaltlosen Stadt in der Ebene, die nicht einmal einen Fluß oder einen Hügel besaß, von dem sie einen Grund für ihre Existenz ableiten konnte? War es der Haupt-Basar, umgeben von der Moschee, den Tempeln, Läden und Geschäften und Kinos, oder war es der dürftige städtische Park, wo Betonbänke in einem Kreis um einen leeren, blaugestrichenen Brunnen standen – wiederum Mirpores Hang zu völliger Entwässerung – und zerbrochene Ziegelsteine Blumenbeete einfaßten, mit leeren Konservendosen und Papiertüten darin, aber ohne Blumen? Hier konnte man durch die verdorrten Oleanderhecken und das gelbgewordene Laub der *Neem*-Bäume die Bungalows von einigen der Stadt-Funktionäre sehen, wie etwa des Unterabteilungsleiters oder des Chefs der Polizei, das Erholungsheim der Stadtwerke, das College, wo Deven unterrichtete, und einige Schulen. Diese Bildungsinstitute waren nach Lala Ram Lal, Mahatma Gandhi, Swami Dayanand beziehungsweise Annie Besant benannt und nach Glokkenblumen und Sonnenschein. Außer den beiden letzten war keiner von ihnen je in Mirpore gewesen, aber ihr Ruhm und die Kraft ihrer Ideen waren nicht ohne Eindruck auf die Stadt geblieben, denn Mirpore lag isoliert, aber nicht von der Welt abgeschnitten, wie Deven allmählich zu glauben begonnen hatte. Es hatte schließlich seinen Bahnhof, an einem Ende des Basars, und den Autobus-Bahnhof am anderen Ende, und das ständige Ankommen und Abfahren von Zügen und Bussen verlieh der Stadt den Anstrich, ein Halteplatz auf einer langen Reise zu sein, eine Art Karawanserei. Die Leute fuhren hinauf nach Delhi, um dort in den großen Krankenhäusern Ärzte zu konsultieren, Bittschriften bei verschiedenen Regierungsstellen einzureichen, vor Gericht zu erscheinen, Waren zu verkaufen oder dorthin zu liefern. Andere waren nur auf der Durchreise, blickten aus den verschmierten Zugfenstern und fragten sich, wie lange es wohl noch bis Delhi dauern würde, oder beugten sich heraus, um Orangen zu kaufen oder ein Stück Zuckerrohr, getrocknete Pferdebohnen oder die spezielle Süßigkeit, für die Mirpore bekannt war. (Sie bestand aus einer glänzenden gelben, zu Kugeln geformten Masse, auf der Fliegen herumkrochen, wie in einem Lehrfilm zum Gesetz der Schwerkraft.) Dann fuhren sie weiter, ohne Bedauern. Daraus ergab sich der Eindruck, Mirpore befände sich in einem Zustand ständiger Bewegung. Es herrschte tatsächlich mehr Betriebsamkeit als Flaute, und oft war es ohrenbetäubend. Und doch war die Betriebsamkeit merkwürdig unproduktiv – das gelbe Zuckerzeug gehörte zu den wenigen Dingen, die hier tatsächlich hergestellt wurden; es gab keine nennenswerte Bautätigkeit außer den täglichen Reparaturarbeiten; kein Wachstum außer auf dem Papier, nichts wurde dauerhaft gemacht, was jahrhundertelang auf so eigensinnige Weise provisorisch geblieben war, und es waren andere Städte, andere Orte, die die Früchte all der Betriebsamkeit sahen, den Schutt und den Abfall hinterließen sie Mirpore.

Diese Stabilität, diese Beharrlichkeit waren zu einer Falle geworden, fand Deven, und doch war es so leicht, sie hinter sich zu lassen. Kaum war er in den Bus eingestiegen, der an der Station wartete zwischen dem Getreide- und

Gemüsemarkt, da fuhr der auch schon schnaubend los und holperte über die Eisenbahnkreuzung, wich einer Herde schwerfälliger Büffel aus, einem mit Zuckerrohr beladenen Ochsenkarren und etlichen Fahrrädern, von denen jedes nicht nur einen Radfahrer und eine Milchkanne, sondern außerdem eine alte Mutter auf dem Gepäckträger zu transportieren schien, und dann rumpelte er an den mit Graffiti beschmierten gelben Mauern des Lala Ram Lal College vorüber, vorbei an den roten Ziegelmauern des Swami Dayanand tierärztlichen und Landwirtschafts-College, in dem es keine Menschen zu geben schien, das jedoch inmitten überraschend saftig-grüner Felder, wogenden Getreides und den Grenzzaun üppig überwuchernder Bougainvilleas lag, entlang an etlichen Nebengebäuden voller Morast und Dung und Haustieren, und dann war er draußen auf dem freien Land.

Allerdings war die Strecke zwischen Mirpore und der Hauptstadt so kurz, daß es keine wirklich ländliche Szenerie gab – die meisten Felder sahen verdorrt und verkommen aus, und blecherne Rauchfänge, die Unmengen von sehr schwarzem und übelriechendem Qualm ausstießen, Zuckerrohr-Mühlen, Zementfabriken, Ziegeleien, Motor-Reparaturwerkstätten und die dazugehörigen Teeläden und Bushaltestellen waren entlang der Autostraße zu beiden Seiten aufgefädelt und hatten sich über eine vielleicht früher einmal erfreuliche bäuerliche Landschaft ausgebreitet und sie mit all dem Abfall und dem technischen Kram und Überbleibseln industrieller Unternehmungen ausgelöscht: Beton, Zink, Rauch, Schmutz, Verfall und Zerstörung – woraus angeblich Fortschritt und Wohlstand hervorgehen. Es gab viele riesige Reklametafeln, die diese kaum glaubliche Botschaft verkündeten, mit Abbildungen kleiner lächelnder Familien und großer Traktoren und Autoreifen.

Deven war jedoch entschlossen, die Reise ganz einfach als

etwas für ihn Neues zu genießen. Als Student hatte er das Land nur als Hintergrund von gelegentlichen Picknicks mit seinen Freunden gekannt: sie waren mit ihren Fahrrädern hinausgefahren, hatten von irgendeinem mürrischen Bauern Zuckerrohr gekauft und im Schatten eines zerfallenen Denkmals im Kreis gesessen, das Zuckerrohr gekaut und Lieder aus dem letzten Film gesungen und anzüglich über Filmschauspielerinnen geredet. Dieses Land damals hatte nicht mehr Beziehung zu der in den Gedichten besungenen Landschaft als diese gegenwärtige ländliche Gegend. Dann, nachdem er sein Studium abgeschlossen und geheiratet hatte und nach Mirpore gekommen war, um zu unterrichten, war sie für ihn zu einer undurchquerbaren Wüste geworden, die zwischen ihm und der Hauptstadt lag, mit ihren verlorenen Schätzen von Freundschaften, von Unterhaltung, Verlockungen. Sie verwandelte sich in den Streifen Niemandsland, wie er um Gefängnisse liegt, bedrohlich in seiner Trostlosigkeit.

Jetzt spähte er durch eine mit einer dünnen Staubschicht überzogene Glasscheibe und schauderte voll ängstlicher Ungewißheit, wie es ein entlassener Häftling tun mochte. Dadurch fing sein blaßgrünes Nylonhemd an, elektrisch zu knistern, was ihn daran erinnerte, wie es seine Frau von ihrem letzten Besuch in Haldwani mitgebracht hatte, ein Geschenk ihrer Eltern, um die Gunst ihres übellaunigen Schwiegersohns zu gewinnen, den man besänftigen und zufriedenstellen mußte, wenn ihre Tochter nicht unter schlechter Behandlung leiden sollte. Er hatte es auf den Boden geworfen in einem seiner üblichen Wutanfälle – die Bescheidenen sind nicht immer sanft – und erklärt, es hätte eine Farbe, die er verabscheue, es wäre zu groß und die Knöpfe paßten nicht dazu – wie hatten sie nur ein so billiges Kleidungsstück für ihren Schwiegersohn aussuchen können? War er ihnen nicht mehr wert als das?

Sarla hatte es aufgehoben, es schweigend zusammengelegt und weggeräumt in die Schuhschachtel – denn Bosheit ist oft stumm. An diesem Morgen hatte er ihr befohlen, es ihm für die Reise nach Delhi herauszunehmen. Er hatte versucht, ihr höhnisches Lächeln zu übersehen, als sie es auseinanderschüttelte und auf sein Bett legte. Jetzt fingerte er an den Knöpfen herum, von denen er gesagt hatte, daß sie nicht dazu paßten, und starrte durch das befleckte schmutzige Fenster hinaus auf ein Wäldchen von *Neem*-Bäumen, ein vereinzeltes Wasserschöpfrad und langsam dahintrottende Büffel, und versuchte sich davon zu überzeugen, daß er tatsächlich unterwegs nach Delhi war, einen Dichter zu besuchen, seinen Helden, und mit ihm reden würde. Nichts in seinem Leben hatte ihn auf ein Ereignis dieses Ranges vorbereitet. Weder die Busfahrt noch das Nylonhemd waren ihm dafür eine Hilfe.
Sein großer dicker Nachbar mit einem Turban bemerkte sein gelegentliches, ahnungsvolles Schaudern, bot ihm ein paar Erdnüsse aus einer Papiertüte an und fragte zugleich: »Sie fahren nach Delhi?«
Deven lehnte die Erdnüsse ab, mußte aber die Frage bejahen, da der Bus nirgends anders hinfuhr als nach Delhi, wo er umkehren und eine andere Fuhre von Fahrgästen nach Mirpore zurückbringen würde.
»Ich fahr auch hin«, vertraute ihm der Nachbar mit einigem Stolz an und setzte sich in breitbeinig mitteilsamer Haltung zurecht. »Der erste Geburtstag meines Neffen. Seine Mutter hat gesagt, du mußt kommen, es ist der erste Geburtstag. Da hab ich mein Geschäft für heute zugemacht, verzichte auch auf den Tagesverdienst, um hinzufahren. Sie wissen ja, was wir für Menschen sind –« er legte seine Hand auf die Hemdtasche, drückte die gespreizten Finger darauf. »Wenn es darauf ankommt, zwischen Hirn und Herz zu wählen, wählen wir immer das Herz, was? Also eigentlich nicht sehr viel Hirn«, wie-

herte er und biß krachend auf eine Erdnuß, knackte sie auf.
Er setzte eben dazu an, ausführlich über sein Geschäft zu berichten, als der Bus unvermittelt und heftig ausscherte, um einem streunenden und über die Straße schleichenden Hund auszuweichen, ihn an seinem Hinterteil erwischte und das sich überschlagende und jaulende Tier in den Straßengraben schleuderte; dann brauste der Bus durch eine Schicht gelben Staubs weiter, und die Insassen machten hustend und sich räuspernd laut ihrem Protest und Ärger, ihren Ermahnungen und ihrem Mitleid Luft.
Das löste bei Deven einen neuerlichen heftigen Schauer aus. Wieder reagierte sein Nylonhemd darauf mit einem elektrischen Knistern, als sei es eine Verkörperung von Sarlas Bosheit und Spott. Devens Angst und Abscheu vor gewalttätigen Handlungen und Schmerz wurden verdrängt von seiner Gereiztheit. Es war auf traurige Weise enttäuschend für ihn, daß er zu dieser bedeutsamen Gelegenheit nicht in einem Stil nach Delhi reiste, der einem Mann der Literatur, einem literarischen Ereignis angemessener war. Nie hatte er einen Weg finden können, die Schäbigkeit seiner physischen Existenz in Einklang zu bringen mit der Reinheit und der Unermeßlichkeit seiner literarischen Sehnsüchte.
Ständig wurden sie durch eben diese Schäbigkeit bedroht und zunichte gemacht – so wie jetzt in Gestalt des gemarterten Hundes, des holpernden Autobusses, des Erdnüsse zermalmenden Nachbarn, der kleinen Blechdose, in die Sarla sein Mittagessen verpackt hatte, und die er in eine Zeitung gewickelt hatte, der geringen Geldsumme, die er in der Tasche bei sich trug: all diese Demütigungen und Behinderungen. Wie sollte er derart minderwertiger Materie eine Begegnung mit einem großen Dichter abringen, ein Zwiegespräch mit ihm, eine Möglichkeit, daß

diese seltene Gelegenheit nicht auch zu Staub, vergossenem Blut und Klage würde?
Er drehte sich um und blickte aus dem Fenster, um zu sehen, ob der Hund auf der Straße lag, zerschmettert, blutend oder tot. Er sah einen Schwarm Krähen sich auf dem gelben Gras niederlassen, das neben dem Graben wuchs, ihre Flügel zuckten durch sein Gesichtsfeld wie aufgeregte Wimpern.
»Er scheint tot zu sein«, murmelte er, unfähig, sein Unbehagen für sich zu behalten. War das ein Omen?
»Ein Glück für den Hund, wenn er's ist«, sagte sein Nachbar philosophisch und holte tief Atem, so daß der Schleim in seinen großen Nasenlöchern blubberte. Ob aus Sorge oder aus Befriedigung: es war schwer zu sagen, nach seinem unbewegten Gesichtsausdruck. »Geburt und Tod, und nichts als Leiden dazwischen«, fügte er hinzu, ganz fröhlich. Das schien in überhaupt keiner Beziehung zu dem zu stehen, was er Deven zuvor über sein Leben erzählt hatte. »Wenn Gott uns abruft«, fuhr er fort, »ist das ein Segen.«
Der fehlende Zusammenhang zwischen den Gedanken des Mannes und dem, was er redete, unterbrach Devens eigenen Gedankengang. Er war selbst überrascht, als er plötzlich laut ein paar Zeilen von Nur zitierte, die ihm in den Sinn kamen: die über das erste weiße Haar am Kopf eines Mannes, das wie eine weiße Blume aus einem Grab hervorkommt. Da ihm diese Zeilen eingefallen waren, fuhr er fort:

> »Nichts als ein Trauerzug, der sich dem Grab
> zuwindet, ist das Leben,
> die kleinen Freuden die Blumen in Kränzen auf
> dem Grab ...«

Schweigen folgte auf diese Rezitation, während der Bus lärmend dahinholperte und knirschte, einen Ochsenkarren und einen Lastwagen überholte; die beiden Männer saßen verlegen nebeneinander und versuchten, sich auf die herausfordernde Gegenwart von Dichtung zwischen ihnen einzustellen.

»Hmmm, das ist wunderbar«, sagte der Mann mit dem Turban und schüttelte langsam den Kopf, als hätte er einen Schlag erhalten. »Sie sind ein Dichter«, fügte er respektvoll hinzu, wandte sich Deven zu und betrachtete ihn mit offener Neugier. Er hatte einen leichten Silberblick, was ihm ein Aussehen verlieh, als wüßte er etwas, das Deven nicht wußte, und das versetzte Deven in Abwehrhaltung.

»Nein, nein«, murmelte er, »bloß ein – ein Lehrer.« Die Schultern zusammenziehend, sank er in sein übliches ängstlich-besorgtes, mürrisches Wesen zurück.

Diese Mitteilung schien seinem Nachbarn deutliches Unbehagen zu bereiten. Mit seinen dicken, schweren Hinterbacken rückte er weg von Devens mageren Schenkeln. Er sprach nicht mehr mit Deven, noch bot er ihm weitere Erdnüsse an. Statt dessen wandte er seine geschwätzige Aufmerksamkeit dem Mann auf der anderen Seite der Sitzreihen zu, der eine Milchkanne zwischen seine Füße geklemmt hielt, einen staubigen Turban um den Kopf gewunden und ein Auge mit einer grünen Augenklappe verdeckt hatte; mit dem begann er, die steigenden Preise, die zunehmende Gesetzlosigkeit und die letzte Ernte zu diskutieren.

Da er von ihrem Gespräch ausgeschlossen war, starrte Deven hinaus auf den weißen Staub und das gelbe Unkraut, die blattlosen Dornenbäume, die zerbrochenen Zäune, die vereinzelten Blech- und Ziegelhütten; und immer wieder lagen Kadaver von Rindern in der Landschaft verstreut und machten sie nur noch trostloser und kahler unter dem leeren Himmel. Sein Kinn sank tief herab, als er sich fragte, was ihn an diesem Morgen mit solcher Zuversicht und solcher Erregung hatte aufbrechen lassen. Jetzt war er überzeugt davon, daß Murad nichts von dem, was er gesagt hatte, ernst gemeint hatte, daß er ihn im Stich lassen würde, wie so oft zuvor, und daß er den berühmten Dichter letzten Endes gar nicht sehen würde. Wie konnte er denn, unbedeutender und einfältiger Niemand, der er war? Und wenn er ihn doch antraf, wenn ein solches Wunder doch irgendwie zustande kam, nur, um ihm wieder einmal zu beweisen, daß er nicht recht hätte, was hatte er ihm denn dann überhaupt zu sagen? Warum hatte er sich nicht damit zufriedengegeben, seine Verse zu rezitieren. Trost aus ihnen zu schöpfen und andere mit der Quelle seines Trostes zu beeindrucken? Welcher Irrsinn hatte ihn verführt, diese Reise anzutreten, die nur eine Reise ins Unheil sein konnte?

Er lungerte lange Zeit bei der Endstation der Überlandbusse am Ring Road herum, wagte es nicht, sich innerhalb der Stadtmauern zu begeben und Murads Büro am Kaschmir-Tor zu suchen und auf diese Weise die Ereignisse des Tages in Gang zu bringen, von denen er wußte, daß er ihnen nicht gewachsen sein würde. Was für eine übertriebene Eitelkeit, Murads Herausforderung anzunehmen, auf eine Aufgabe einzugehen, der er nicht gewachsen war, für die er weder die Erfahrung noch das nötige Selbstvertrauen besaß. Er erkannte, daß er und Murad nichts weiter als zwei unreife, täppische Studenten waren, die nicht hoffen durften, die Prüfung des Lebens zu bestehen. Täppische Clowns: als solche würde Nur sie sehen, wenn sie ungehörigerweise bei ihm eindrangen, uneingeladen, sich selbst einladend, und ihm ihre anmaßenden Fragen und Bitten vorlegten.

Das erinnerte ihn – er griff nach seiner Tasche – war der Fragebogen noch da? Der Fragebogen, an dem er nächtelang, jede Nacht seit Murads Besuch, gearbeitet hatte? Ja, er konnte den Packen Papier unter seinen Fingern spüren, tröstlich in seiner Dicke und Festigkeit. Er war schließlich doch ein Gelehrter und ein Liebhaber der Dichtkunst. Soweit, so gut. Seufzend zog er eine Zigarette zwischen den Papieren hervor und ging auf einen Teeladen zu, um sie an der glimmenden Schnur anzuzünden, die an einem der Türpfosten für eben diesen Zweck herabhing. Als der Besitzer des Teeladens ihn dort sah, rief er: »Kommen Sie, kommen Sie herein. Bleiben Sie nicht draußen stehen. Nach Ihrer langen Reise brauchen Sie eine Tasse Tee, mein Sohn«, und obwohl Deven beschlossen hatte, kein Geld nebenbei auszugeben, nichts über das absolut Notwendige hinaus, ließ er sich vom Vorschlag des Teeladen-Besitzers ebenso hilflos verleiten wie neulich vom Vorschlag Murads und trottete hinein, um sich auf eine Holzbank an der Wand zu setzen und sich ein Glas süßen Tee mit Milch geben zu lassen: er brauchte schließlich wirklich etwas, das ihm half, den bedeutendsten Tag seines erwachsenen Lebens durchzustehen. Ganz gewiß hatte er sich noch nie so unzulänglich gefühlt, und das Ausmaß seiner Unzulänglichkeit mußte wohl in einem Verhältnis zu der Aufgabe stehen, die ihm gestellt worden war. Von wem? Von Murad mit den betel-fleckigen Zähnen, dem Zahnbürstenschnurrbart, der zappeligen, unsteten, unverläßlichen Art? Unmöglich. Er sah die Hand Gottes so klar, als wäre sie ein Strahl des staubbeladenen Lichts, das durch ein Loch in dem Wellblechdach des Teeladens sickerte und auf den Griff eines Schöpflöffels fiel, mit dem der Besitzer in einem großen Topf dampfender Milch auf einem kleinen Holzkohlenfeuer rührte.

Als er das Glas bis auf den Grund ausgetrunken hatte, sah er eine tote Fliege in den Rückständen seines Tees schwimmen.

Es verschlug ihm den Atem, nur zum Teil vor Entsetzen über die Unsauberkeit des Teeladenbesitzers und das

jämmerliche Niveau der Hygiene in seinem Laden. Nicht einmal aus Angst vor Typhus und Cholera. Es war die Erkenntnis, daß all die Vorzeichen des Tages zusammengekommen und sich auf dem Boden des Glases, das er in der Hand hielt, gesammelt hatten. Dort lagen der überfahrene Hund, die triumphierenden Krähen, die tote Fliege – der Tod selbst, nichts weniger. Gebündelt in den einzelnen Prismen des Fliegenauges, im Tee ertrunken, aber glitzernd starrte er ihn unverwandt an.
Er stellte das Glas hin, stand auf und schlich leise davon, während der Besitzer den Reisenden, die aus dem nächsten Bus stolperten, einladend zurief: »Hierher, Freunde, kommen Sie her. Hier bekommen Sie *Pakoras* – in reinstem Öl gebraten, Süßspeisen aus reinster Milch und den Tee mit dem meisten Zucker. Hierher, Freunde, hierher!«

Murad kam die steile Holztreppe heruntergestürzt, um ihn auf dem Gehsteig vor der Tür der Chemischen Reinigung zu begrüßen, wo Deven noch das Gewirr von Schildern über der Tür studierte, auf denen es hieß: »Schneeflocke, Färberei und Reinigung«, »K. K. Sahay & Söhne – Drucker und Verleger seit 1935«, zwischen einer Unmenge anderer Schilder, alle gleich alt und verblichen. Murad langte an seiner Seite an, schnappte nach Luft: anscheinend hatte er von einem höhergelegenen Fenster nach Deven Ausschau gehalten oder jemanden anderen dort postiert gehabt. Aber wer sonst hätte ihn erkannt in dieser Stadt? Er war nicht wieder da gewesen seit seinem Studienabschluß, als sozusagen der Tau noch frisch auf ihm lag, während er jetzt verwittert und grau war oder sich jedenfalls so fühlte. Murad stand schwer atmend da, stützte sich gegen die Türpfosten links und rechts von ihm. Wollte er nicht, daß Deven sein Büro sähe und danach abschätzte, in welchem Ausmaß seine Zeitschrift ein

Erfolg oder Mißerfolg war, und sich vergewisserte, ob Murad wirklich in der Lage war, Dichter und Gelehrte damit zu beauftragen, daß sie für ihn schrieben?
Deven mußte eine Bestätigung haben. Gereizt sagte er: »Wozu diese Eile?«
»Selbstverständlich ist es eilig«, keuchte Murad. »Hab' ich dir das nicht gesagt – die Verabredung ist um drei Uhr! Es ist gerade noch Zeit, essen zu gehen.«
»Ich habe gegessen«, sagte Deven laut und bestimmt: er würde sich nicht wieder von Murad überrumpeln lassen, so bald nach dem letzten Mal.
»Dann zum Teetrinken«, bat Murad.
»Ich habe auch schon Tee getrunken«, beharrte Deven. »Gehen wir zu Nur!«
Murad ließ die Schultern hängen, und er schien Schwierigkeiten mit seinem rechten Auge zu haben: er tupfte immer wieder mit einem Zipfel seines großen und schmutzigen grünen Taschentuchs daran herum. Gebeugt und schniefend und schweigend setzte er sich in Bewegung, bahnte sich einen Weg durch die mittägliche Menschenmenge beim Kaschmir-Tor, und Deven mußte hinter ihm her eilen. Aber als Murad stehenblieb, war es nur beim Geschäft eines Elektrikers, um nachzufragen, ob eine elektrische Lampe schon repariert worden war. Deven stand neben dem Abflußkanal und bemühte sich, von den Vorbeigehenden nicht hineingestoßen zu werden, während Murad hitzig mit dem Elektriker debattierte, den er bei seinem Mittagessen gestört hatte, das der ebenfalls nicht sehr höfliche Mann aus einem kleinen Blechgefäß löffelte.
»Wenn man diesen Gaunern einmal was in die Hand gibt, kann man es gleich abschreiben«, sagte Murad bitter und wandte sich zum Gehen, als der Elektriker über die Schulter laut nach einem Glas Buttermilch rief; er ging zurück in die Richtung, aus der sie gekommen waren.

»Aber Murad – wo ist das Haus von Nur? Kommen wir nicht zu spät?«
»Zu spät? Wer sagt, daß wir zu spät kommen? Glaubst du, der alte Mann hat eine Vorstellung von Zeit? Laß ihn warten«, sagte Murad und ließ die Stimmung neuerlich umschlagen, als spielte er mit einem Kaleidoskop in seinem Inneren. Deven hatte diese Umschwünge und Schwankungen seit ihren Schultagen in den kleinen Gassen von Darya Ganj hilflos mitangesehen, aber er stellte fest, daß sie ihn noch immer verblüfften und in Wut brachten.
»Wir können ihn nicht warten lassen«, sagte er einigermaßen heftig. »Man darf ihn nicht warten lassen. Wir sollen um drei dort sein – ist es weit?«
»Keine Ahnung.« Murad zuckte die Achseln mit enervierender Gleichgültigkeit. »Er wohnt irgendwo in den Basars von Chandni Chowk – das ist ein Viertel, das ich nicht kenne«, fügte er mit einem Schnauben von oben herab hinzu und tupfte wieder an seinem Auge herum.
»Ja aber – wie kommen wir dann hin? Ich dachte, du müßtest das wissen«, rief Deven bestürzt. Er hatte oft Alpträume, in denen er sich zu einem nicht näher bestimmten Ziel vorankämpfte, aber immer wieder lauerte man ihm auf und brachte ihn vom Wege ab, niemals erreichte er während des Schlafes sein Ziel, genausowenig wie im Wachen. Seine Füße schienen sich in dem klebrigen Netz des Alptraums verfangen zu haben, das ihn auf keiner Bewußtseinsebene entkommen ließ.
In diesem Augenblick hielt ein mit Asche beschmierter *Sadhu*, eine Pythonschlange um Hals und Schultern drapiert und eine Girlande aus Ringelblumen auf dem Kopf, aber nichts um seine unteren Regionen, Deven unvermittelt eine Bettelschale vor die Nase und blieb entschlossen zwischen ihm und Murad stehen. Deven blickte hilflos in die Schüssel, was den Sadhu veranlaßte, laut mit den paar

Münzen, die er darin hatte, zu klappern, als wende er sich an einen Tauben. Eingeschüchtert nahm Deven eine Münze aus der Tasche und ließ sie hineinfallen, damit er in Ruhe gelassen würde. Er wartete vorsichtshalber, um sicher zu sein, daß die Pythonschlange nicht plötzlich auf ihn losfuhr – wer wußte schon, worauf das Tier von seinem wilden Herrn gedrillt worden war? – und lief dann hinter Murad her, der durch die Menge glitt, als wäre sein Weg geölt.

»Die Schlange hat dir Angst eingejagt, was?« Murad grinste ihn boshaft von der Seite an, als er ihn eingeholt hatte. »Du bist ein schöner Narr, ihm Geld zu geben – weißt du nicht, daß man ihnen die Giftzähne ausgerissen hat und sie harmlos sind?«

»Pythonschlangen sind keine Giftschlangen – jedes Kind weiß das«, erwiderte Deven voll Würde, froh über die Gelegenheit, einiges davon zurückzugewinnen. »Ich mußte einfach den *Sadhu* loswerden. Warum rennst du denn jetzt so? Du hast doch gesagt, Nur schert sich nicht um die Zeit.«

»Aber ich muß ins Büro zurück, schließlich. Oder glaubst du vielleicht, ich verdiene mein Geld, indem ich mich auf der Straße herumtreibe? Ich hab was zu tun.«

»Hör mal, Murad«, sagte Deven erbost, »du sollst mich zu Nur bringen. Dafür hast du mich nach Delhi bestellt, und ich habe meinen freien Tag geopfert und eine ganze Menge Geld für die Busfahrt zu diesem Zweck ausgegeben. Und jetzt erklärst du mir, daß du mich nicht hinbringst.«

»Ich halte dich ja nicht auf. Geh. Warum muß ich dich hinbringen? Bist du ein kleines Kind? Fürchtest du dich vor ihm? Glaubst du, er ist vielleicht eine Pythonschlange?« Murad stieß ein höhnisches Lachen aus. »Geh, geh ihn besuchen, mach ein Interview mit ihm, schreib einen Artikel für meine Zeitung – wenn ich ihn sehe, werde ich ihn drucken. Aber ich kann meine Mitarbeiter nicht hätscheln, als wären sie Säuglinge, oder?«

»Dann gib mir seine Adresse«, sagte Deven wutschnaubend, »und ich geh alleine hin.«

»Schrei nicht«, sagte Murad mit einem plötzlichen Grinsen, verlangsamte sein Tempo und nahm ihn beim Arm. »Schrei nicht auf der Straße. Das ist nicht dein Dorf, verstehst du. Hier muß man nicht schreien, als ob man am anderen Ende eines Kartoffelackers stünde. Du bist hier in einer Stadt. Also benimm dich lieber wie ein Stadtbewohner, wenn du für meine Zeitung arbeiten willst. Komm mit mir in mein Büro, und ich schreibe dir einen Empfehlungsbrief und werde meinen Bürodiener mit dir mitschicken, damit er dir den Weg zeigt. Genügt das, mein Herr?« Deven wußte nicht, ob sein Grinsen boshaft oder nur spitzbübisch war. Das nicht unterscheiden zu können machte ihn hilflos.

»Na schön«, brummte er, genau wie er es getan hatte, wenn Murad in ihrer Schulzeit vor seinem Haus gestanden und ihn brüllend aufgefordert hatte, bei einem Krikketmatch vor der Stadtmauer mitzuspielen. Widerstrebend, weil er kein Sportler war und Ball und Schlagholz als unnötig und feindselig betrachtete, hatte er sich Shorts angezogen und war hinuntergegangen, nur um zu sehen, wie Murad pfeifend davonschlenderte und so tat, als ob er jetzt, nachdem das so lange gedauert hatte, überhaupt keine Lust mehr hatte zu spielen. Wütend, weil man ihn dazu veranlaßt hatte, sich umzuziehen und mit dem Lesen aufzuhören, war er ganz hysterisch geworden und hatte darauf bestanden, daß sie mitspielten. Nachdem Murad ihn absolut wahnsinnig gemacht hatte vor Wut, pflegte er dann immer plötzlich zu grinsen und sich zum Mitgehen bereitzuerklären. Deven erinnerte sich, wie sich der Ausdruck in den Gesichtern der Jungen veränderte, wenn Murad sich näherte – seine Unbeständigkeit und sein Widerspruchsgeist drohten die genauen Regeln und den Fortgang ihrer Spiele durcheinanderzubringen und führten unweigerlich dazu, daß sie in Wutausbrüchen, Szenen und Aufruhr endeten. Er erkannte, daß Murad sich nicht geändert hatte, und doch hatte er keine andere Wahl, da er so weit hergekommen war, als »Na schön« zu sagen.

Wenigstens würde er Murads Büro sehen und feststellen können, wieviel von seiner Beschreibung Wahrheit und wieviel Phantasie war. Also folgte er Murad verbissen den Gehsteig entlang, machte einen Bogen um die Fahrrad-Reparaturwerkstätten, die Stände, die Fettgebackenes anboten, und die Schuhputzer und Losverkäufer, schlängelte sich hindurch zwischen den Büroangestellten, die von ihrer Mittagspause zurückkehrten, und den Hausfrauen mit großen Einkaufskörben und nachdenklichen Nachmittagsgesichtern.

Er dachte, daß die große Stadt nicht anders war als seine eigene kleine Stadt und daß die Unähnlichkeit nur im Größenunterschied lag: diese Stadt hier war sicherlich größer, lärmender, voller mit Menschen und chaotischer, aber das war alles, und es war der Größenunterschied, nicht das Unvertraute, das ihn sich so klein, schwach und unzulänglich fühlen ließ, als sie bei dem Treppenaufgang neben dem Reinigungsladen ankamen, mit dem Schild darüber »K. K. Sahay & Söhne. Drucker und Verleger seit 1935«, aber nichts, was näher auf eine Zeitung oder Zeitschrift hindeutete. Daher war er erleichtert, als er am Ende der Treppe nicht nur die dunkle ratternde und klappernde Druckerei vorfand, sondern auch einen Winkel, der tatsächlich Murad zu gehören schien. Hier standen Schreibtische, Regale, sogar ein Büroangestellter war da, der Zeitschriften in braunes Papier einrollte und mit klebriger schwarzer Tinte adressierte, außerdem ein Bürodiener, der auf seinen Fersen hockte und Tassen und Löffel in einem Eimer mit Wasser wusch, das schon eine ganze Menge Abwasch hinter sich hatte. Das Büro schien auf einen schmiedeeisernen Balkon hinaus überzuquellen, wo Ordner und Bündel von Zeitschriften bis zur Balkonbrüstung hinauf gestapelt waren. Bambus-Rollos, die an Schnüren von den Dachsparren herabhingen, waren heruntergelassen und an der Balkonbrüstung befestigt, um zu verhindern, daß die staubigen Böen des Märzwindes die Papiere auf die Straße hinunterwehten, aber trotzdem wurde eine Menge loser Blätter rastlos im Kreise herumgewirbelt.

Deven konnte nicht anders als unwillkürlich mit offenem Mund diese Einrichtung anstarren. Das alles war keineswegs so, wie er es sich vorgestellt hatte – und dieser Anblick konnte wohl kaum auf irgendwen einen positiven Eindruck machen, doch allein die Tatsache, daß das alles wirklich existierte, schien ein Wunder, und er stand da und bemühte sich inmitten des Widerstreits von Enttäuschung und Verwunderung um Dankbarkeit für diese Tatsache.

Murad schlug einem älteren, backenbärtigen Mann auf die Schulter, der über eine Lade mit Zeitungspapier gebeugt stand, grinste Deven stolz an und sagte: »Das ist mein Hauswirt, mein Gönner und Mentor – Mr. V.K. Sahay, Sohn von K.K. Sahay, dem Gründer der besten Urdu-Druckerei in Delhi. Als ich ihm erzählte, daß ich ein hochrangiges Urdu-Magazin machen würde, bot er mir einen Teil seiner Räume an, so beeindruckt war er – stimmt's, V.K. Sahib?«

Der alte Mann wand sich vor Verlegenheit und lächelte schwach, schob mit druckerschwärze-beschmierten Fingern nervös die Brille auf seinem Nasenrücken zurecht. »Das ist nicht ganz so, wie ich es in Erinnerung habe, Murad-*Bhai*«, murmelte er. »Waren nicht Sie derjenige –«

»Natürlich hat er mir noch keine elektrische Steckdose

spendiert für eine Lampe oder einen Ventilator«, unterbrach Murad rasch, »und es sieht ganz so aus, als ob er mich langsam auf den Balkon hinausdrängt, jetzt, wo er mehr und mehr Aufträge bekommt und Erfolg zu haben anfängt –«

Jetzt war es der Drucker, der ihn unterbrach: »Es sind die Bücher für die Regierungsschulen der Nordprovinz, Murad-*Bhai*, ein sehr großer Auftrag, verstehen Sie, und die müssen fertig werden, bevor das neue Semester anfängt. Wenn ich das erledigt habe, bekommen Sie mehr Platz.«

»Das sagen Sie schon seit sechs Monaten.« Murad packte ihn noch einmal kurz an der Schulter und ließ ihn dann los. »Komm, Deven, jetzt wollen wir mal sehen, was ich für dich tun kann. Diese Schriftsteller, diese Mitarbeiter«, warf er, sich zurückwendend, dem alten Mann zu, »als Herausgeber hat man nie Ruhe vor ihnen und muß sich um sie kümmern, was?«

Deven saß nachdenklich auf einem Schemel im Schatten und beobachtete, wie Murad einen Auftritt nach dem anderen durchspielte wie ein Chamäleon, das seine Bravourstücke zum besten gibt. Wenn er so die ganze Skala von Murads Launen und Stimmungsschwankungen in Betracht zog, seine Widersprüche, seine Zwiespältigkeit, fragte er sich, warum er seinen Worten Vertrauen geschenkt, sie ernst genug genommen hatte, um seinen einen freien Tag dafür zu verwenden, einen Bus nach Delhi zu nehmen, und warum er sich darauf eingelassen hatte, sich zum Narren zu machen vor niemand geringerem als dem größten lebenden Dichter in Delhi, seinem Helden seit seinen Kindertagen. Sollte er wirklich zu ihm gehen mit einem Empfehlungsschreiben von einem so unwürdigen Mittelsmann wie Murad? War das nicht eine Art Sakrileg gegen das Leben seiner Vorstellungswelt, seines Geistes?

Murad saß über den Schreibtisch gebeugt, schrieb einen

Brief auf einem großen Bogen Papier, mit vielen Schnörkeln, wußte, daß man ihn beobachtete. Als er ihn schließlich Deven überreichte und den kleinen Bürodiener anwies, Deven den Weg zu zeigen, tat er es mit der Andeutung eines Augenzwinkerns zu Deven hin, als gäbe er sogar zu, daß er ihm damit einen Streich spielte. Er vertuschte das gleich wieder mit einem Zipfel seines schmutzigen grünen Taschentuches, aber Deven wurde flau vor bösen Vorahnungen.

Er blieb zögernd stehen, fragte sich, ob er wirklich hingehen sollte. Aber als Murad ihn fragend ansah, sagte er nur brummelnd: »Ich laß das hier – hol's mir später wieder«, und stellte die Blechbüchse mit seinem Mittagessen auf den Schemel, von dem er aufgestanden war, und ging dann, nur noch das Zeitungspapier in der Hand.

Drittes Kapitel

Wären nicht die Farben und der Lärm gewesen, hätte Chandni Chowk ein Basar in einem Alptraum sein können: so sehr glich er einem Labyrinth, aus dem Deven keinen Ausgang finden konnte, in dem er zwischen den abblätternden, fleckigen Mauern von Bürogebäuden, den überquellenden Ladentischen der Geschäfte und Warenstände umherwanderte und sich fragte, ob der Schlingel, den man ihm mitgeschickt hatte, ihn da durchzuführen, nicht eigentlich ein bösartiger Gnom war, der ihn in sein unwiderrufliches Verschwinden im übelriechenden Herzen des Basars führte. Die drückende Hitze und der Andrang von Menschen legten sich von oben und von allen Seiten so schwer und erstickend auf ihn wie Schlaf.

Treffsicher in seiner Bosheit fragte ihn der Junge: »Was Kaltes zu trinken?« bei einem Stand, wo giftgrüne und rote Limonaden in Flaschen mit Zitronen obenauf und Karottensaft in feuchten, beschlagenen Tonkrügen sich großer Nachfrage erfreuten.

Deven schüttelte verächtlich den Kopf, und sie wanderten weiter die Sari-Straße entlang, wo knallbunte japanische Nylon-Saris, übersät mit kraken- und spinnenartigen Blumenmustern und Netzen von Gold- und Silberstickerei aus den Eingängen leuchteten, wie aufgetakelte, doch sanft glitzernde Prostituierte sich Vorübergehenden antragen, während die schweren, traditionellen Seiden zusammengelegt und in nüchternen, matronenhaften Stößen im Hintergrund gestapelt lagen. Die Ladenbesitzer blickten flüchtig zu ihnen hin, erhoben sich aber nicht von ihren Polstern, um sich um ihre Aufmerksamkeit zu

bemühen, noch hörten sie auf, an ihren Zehen herumzukratzen, es lohnte sich zu offensichtlich nicht bei ihnen.
Sie bogen in die Lebensmittel-Straße ein, wo zu dieser Zeit wenig Kundenbetrieb war und die Fliegen sich ungestört an den kandierten Früchten gütlich tun durften, und Milch in schläfrigen Töpfen dampfte und blubberte.
Sie gingen an zweifelhaften und übelriechenden Läden vorbei, wo Männer, die allzu auffallend nach Quacksalbern aussahen, Heilkräuter und Universalheilmittel in Papiertüten verpackten; an Ständen vorbei, wo Astrologen und Handleser und Wahrsager die exotischen Utensilien ihres Gewerbes ausgebreitet hatten – reich illustrierte Schriftrollen, Hirtenstare in Käfigen, Halbedel- und Glückssteine in offenen Schachteln; vorbei an Verkaufsständen auf den Gehsteigen, wo Berge gestärkter Baumwollschals und Taschentücher und Unterwäsche aufgehäuft oder dicke Gläser und Emailteller riskant aufeinandergestapelt zur Schau gestellt waren; endlich kamen sie hinaus auf einen runden Platz, der von Silberschmieden und Schmuckgeschäften gesäumt war.
Hier blieb Deven verzweifelt stehen. Er wußte, in diesem verschachtelten Bienenstock des Handels konnte er dem Haus des Dichters nicht nahe sein. Er breitete die Arme aus und erklärte dem Jungen: »Wir müssen uns verirrt haben. Hier sind wir nicht richtig. Es ist sinnlos, weiterzugehen. Ich gehe nicht weiter.« In seiner Verzweiflung pochte ihm das Blut so laut in den Ohren, daß er nicht das wilde Geklingel einer Fahrradglocke hörte und um ein Haar von einer Rikscha überfahren worden wäre, die schwer beladen mit Paketen zum Bahnhof unterwegs war. Dem Fahrer, gelenkig wie ein Affe mit roter Kappe, gelang es, rechtzeitig auszuweichen und nur gerade noch über Devens Fuß zu fahren, aber seine Pakete rutschten von dem glatten Kunststoffsitz und fielen auf die Straße.
Deven war so benommen durch diesen Beinahe-Unfall,

daß er eine Weile brauchte, ehe er begriff, daß er beschuldigt wurde, ihn verursacht zu haben, und man ihn laut und ordinär beschimpfte. Der Junge half dem Rikscha-Fahrer, die Pakete aufzusammeln, aber als Deven sich bückte, um zu helfen, wurde er mit dem Ellbogen beiseitegeschoben und war gezwungen, weiterzugehen. Atemlos eilten sie eine enge Gasse hinunter, die ausschließlich von Rinnsteinen gesäumt war und anscheinend als Latrine für die gesamte Nachbarschaft diente. Die hohen grünen Mauern, die tiefe Schatten warfen, gehörten zu einem Krankenhaus für die traditionelle Heilpflanzen-Medizin. Es war düster wie ein Gefängnis.

Deven verfiel in einen humpelnden Lauf, um rasch ans Ende der Gasse zu gelangen, ohne die ekelerregende Luft einatmen zu müssen. Der Junge lief hinter ihm her, keuchte: »Eine Tasse Tee? Hier ist ein Teeladen – trinken Sie doch wenigstens eine Tasse Tee, Sahib.«

»Nein, keinen Tee«, fauchte ihn Deven an. »Ich will um drei Uhr bei Nur Sahibs Haus sein. Wo ist es? Weißt du, wo es ist, oder nicht?«

»Sehr weit«, sagte der Junge, sah ihn an, ohne mit der Wimper zu zucken, und blieb entschlossen vor der Teebude stehen, vor deren rußigem Eingang einladend Teepäckchen und Körbe voller Eier hingen. »Es ist besser, erst einen Tee zu trinken und sich auszuruhen.«

»Kein Ausruhen, kein Tee«, brüllte ihn Deven an, beugte sich zum Gesicht des Jungen hinunter und bleckte die Zähne.

Der Junge zuckte die Achseln, aber sein Gesichtsausdruck blieb unverändert. Er stieg über einen vollen Rinnstein, schob ein großes Höckerrind beiseite, das in aller Ruhe Papiersäcke aus einer offenen Mülltonne kaute; sie war umgefallen, ihr Inhalt blockierte den Rinnstein, der überzulaufen begann; der Junge bog um eine Ecke in eine andere Gasse. An der einen Seite erstreckte sich die hohe

Mauer des düsteren grünen Spitals und an der anderen Seite war eine Reihe kleiner, fest geschlossener Holztüren in gerade, verblichene Mauern eingelassen. An keiner davon war ein Schild, aber der Junge ging zu einer hin und schlug mit den Handflächen dagegen, bis sie, nach langem Warten, geöffnet wurde.

Da wußte Deven, daß es nicht der gewohnte Alptraum war, denn wäre es einer gewesen, wäre die Tür verschlossen geblieben.

Noch ehe er erkennen konnte, wer die Tür geöffnet hatte und nun dahinter stand, hörte er eine gewaltige Stimme, rasselnd und heiser und rauh von irgendwo hoch über ihren Köpfen dröhnen: »Wer ist es, der den Schlaf der Alten stört zu dieser nachmittäglichen Stunde, die der Ruhe gewidmet ist? Es kann nur ein großer Narr sein. Narr, bist du ein Narr?«

Und Deven spürte eine überschwengliche Freude aufwallen, als er die Stimme und die Worte hörte, die nur zu jenem höheren Wesen, dem Dichter, gehören konnten, und singend erwiderte er: »Sir, ich bin's, ich bin's.«

Es entstand eine Pause, und dann war ein erstauntes und entsetztes Gemurmel zu hören ob dieses Geständnisses. In dieser Stille zwischendurch hörte man Tauben gurren und herumflattern wie eine Warnung aus den Seitentrakten.

»Soll ich ihn hereinlassen?« rief die Person, die die Tür geöffnet hatte, noch immer hinter ihr verborgen. Es war eine weibliche Stimme, hoch und dünn vor Gereiztheit.

»So bring ihn her«, stöhnte der Dichter in den oberen Regionen des Gebäudes, das sich schichtweise um einen kleinen Innenhof erhob, wo ein Wasserhahn tropfte, ein kaputtes Fahrrad lag und eine Katze schlief.

»Ich habe von Narren geträumt«, fuhr die Stimme dort oben fort zu murmeln. »Ich bin von Narren umgeben. Narren laufen mir nach, verfolgen mich und stöbern mich auf und fangen mich ein, so daß ich mich am Ende selbst zu ihnen gesellen werde. So bring ihn herauf, bring ihn herauf«, und wieder spürte Deven eine warme Welle jubelnder Freude in seinem Innern anschwellen, da er erkannt und benannt worden und zugelassen war in die Gegenwart eines Mannes, der so offenkundig ein Heros war. Auf Zehenspitzen, ein wenig zitternd, trat er über die hohe Schwelle in das Haus, blieb dann stehen, erinnerte sich an den Jungen, der ihn hergebracht hatte und an die Notwendigkeit, ihn zu entlassen. Gewiß müßte er belohnt werden für seine Rolle bei der sich als so wunderbar erfolgreich erwiesenen Suche. Devens Gesicht hellte sich strahlend auf, er lächelte den Jungen an und drückte ihm mit gutmütiger Geistesabwesenheit das zusammengelegte Zeitungseinwickelpapier in die Hand, wandte sich dann ins Haus zurück und folgte voll Freude dem Wink der henna-gefärbten Hand hinter der Tür und begann ein Stockwerk nach dem anderen die hölzerne Treppe hinaufzulaufen, von der bei jedem Schritt Staub aufstieg.

Es war ihm, als hätte Gott sich über eine Wolke gebeugt und nach ihm gerufen, und als zögen ihn Engel diese geborstenen alten Stufen hinauf, der Gottheit zu begegnen: so frohlockend, so furchtsam, so dankbar stieg er hinauf. Gewiß war dies der Ruf, auf den er all die leeren Jahre gewartet hatte, nur hatte er nicht gewußt, daß er in dieser Form an ihn ergehen würde. In seiner sterblichen Kurzsichtigkeit und Dummheit hatte er erwartet, er würde von Sarla kommen, als er sie heiratete, oder vom Direktor der Abteilung an seinem College, der allein befördern und zurückversetzen und seine Situation im Leben verändern konnte, oder gar von Murad, der schließlich in der Metropole wohnte und eine Zeitschrift herausgab. Unter all dem sichtbaren Elend seiner Existenz lagen die Gedichte, die er gelesen und die sich seinem Gedächtnis eingeprägt hatten; er hatte sie eher als eine Quelle der Ermutigung und des Trostes betrachtet, denn als Verheißung seiner Erlösung. Er hatte nie an einen Ruf von so löwengleicher, herrlicher und achtunggbietender Stimme gedacht, einer Stimme, die ihn, wenn man so will, an den Haarwurzeln packen und aufheben konnte von der Stufe, auf der er existierte – gewöhnlich und ungeordnet und hoffnungslos –, in eine andere, höhere Sphäre. Es war gewiß ein anderes Reich, wenn sich sein Gott dort aufhielt, das Reich der Dichtung, der Schönheit und Erleuchtung. Er erklomm die Stufen, als streifte er alles Niedrige, alle Schlacken seiner früheren Existenz ab, würfe das alles von sich und nähere sich beständig einer neuen und wunderbar erleuchteten Ära.

Zwar sangen keine Engel zur Begleitung »Halleluja«, doch die Tauben gurrten laut und aufgeregt, und man hörte den alten Mann ungläubig murmeln: »Narr, sagt, er ist ein Narr – Ha!«, und Deven nahm das als ausreichende Aufforderung, um einzutreten.

In dem Raum, in dem der Dichter wie ein großes Polster auf einem niedrigen hölzernen Diwan ruhte, herrschte Halbdunkel. Nicht nur waren die Bambusrollos, die in jeder Türöffnung hingen, heruntergelassen, um die Sonne draußenzuhalten, die erbarmungslos auf das oberste Geschoß des Hauses herunterbrannte; auch die Wände waren mit dunkelgrünen Fliesen ausgelegt, die zu der schattigen Düsternis beitrugen. Die wenigen Möbelstücke – ein einzelner Lehnsessel mit besonders langen Armlehnen, der für eine frühere, größere Spezies von Menschen entworfen zu sein schien, ein kleiner Klapptisch mit Stößen sehr abgegriffener Bücher, ein drehbares Bücherregal mit noch mehr Büchern, etliche harte Kissen und Polster, über die Baumwollmatten auf dem Fußboden verstreut – waren wie aus diesem Dunkel geschnitzte Gegenstände, schwer und von körperlich spürbarer Düsternis.

In all dem Schatten bot die Gestalt des Dichters, ganz in Weiß gekleidet, einen überraschenden Kontrast. Sein weißer Bart war über seine Brust ausgebreitet, seine langen weißen Finger hielt er darüber gefaltet. Er bewegte sich nicht und wirkte wie eine Marmorgestalt. Sein Körper hatte die Dichte, die Kompaktheit von Stein. Er war groß und schwer, nicht durch Fettleibigkeit oder Gewicht, sondern wegen seines Alters und seiner Erfahrung.

Noch hatte das Alter nicht begonnen, ihn auszuzehren. Noch war er in einem Augenblick der Vollendung, noch war er ganz. Das gab ihm die Macht und die Würde, zu dem fremden Eindringling zu murmeln: »Wer hat Ihnen erlaubt, mich zu stören?«

»Sir«, krächzte Deven und tastete seine Hemdtasche nach Murads Brief ab, »ich habe einen Brief mit –«

»Hat das nicht Zeit?« seufzte der alte Mann mit schwächer werdender Stimme. Sank er wieder in den Schlaf zurück? Es gab schließlich ein Alter, in dem die Grenze zwischen Schlafen und Wachen sehr undeutlich wurde und leicht überschritten werden konnte, immer wieder.

»Sir, ich bin für nur einen Tag nach Delhi gekommen. Ich muß in mein College nach Mirpore zurück«, stammelte Deven. »Ich habe hier einen Brief von Murad Beg – dem Herausgeber von *Awaaz* –«

»Sehen Sie nicht, daß es für mich zum Lesen zu dunkel ist? Ich ruhe mich aus. Ich weiß nicht, wo meine Brille ist. Lesen Sie ihn mir vor. Jetzt, da Sie meinen Schlaf gestört haben, können Sie ihn mir auch vorlesen.«

Deven entfaltete den Brief, versuchte das laute Rascheln der Briefbogen zu dämpfen und bemühte sich dann, verständlich und fließend Murads blumig geschriebenen Empfehlungsbrief zu lesen. Es machte ihn unruhig, die schmeichelnden Bezeichnungen lesen zu müssen, die Murad ihm gegeben hatte, ebenso wie ihm der lobhudelnde, bettelnde Tonfall seiner Bitte um ein Interview äußerst peinlich war. Einem Dichter von solch gottähnlicher Größe hätte man ein Gebet oder eine Bittschrift überbringen müssen; Schmeicheleien oder Bestechungen waren unangemessen.

Der Brief veranlaßte den alten Mann auf dem Bett, die Lippen zu kräuseln und Spuckgeräusche durch seinen Bart von sich zu geben. Er hob seine dünnen, zarten Finger mit ihrer blassen, an Fische erinnernden und mit Altersflecken gesprenkelten Haut, und machte eine wegwerfende Handbewegung. »Dieser Possenreißer – er sollte sich das Gesicht anmalen, eine falsche Nase umbinden und in einem Wanderzirkus auftreten«, sagte er verächtlich. »Gehören Sie zu diesem Zirkus?«

»Nein, nein, Sir«, protestierte Deven, noch immer über den Brief in seiner Hand gebeugt, den er noch nicht ganz zu Ende gelesen hatte. »Ich – manchmal bittet er mich um einen Beitrag für seine Zeitschrift. Er hat mich beauftragt, Sie zu interviewen für eine Sondernummer über Urdu-Dichtung. Das ist eine große Ehre für mich, Sir, ein großes Privileg. Ich meine, wenn Sie es mir gestatten«, fügte er rasch hinzu und sah besorgt aus. Hätte er dem Dichter von der Monographie erzählen sollen, die er über ihn geschrieben hatte und die noch immer auf Veröffentlichung wartete? Oder würde der Dichter das eher anmaßend als schmeichelhaft finden? Er zögerte.

Das Haus war sehr still, wunderbar ruhig. Die hohen Spitalsmauern, vermutete Deven, schirmten es von dem Geschrei des Basars ab. Das einzige, was er hörte, waren die Tauben, die einander klagten und einander trösteten oben auf den staubigen Simsen der hohen Oberlichtfenster, und das angestrengt klingende Atmen des Dichters, schnarrend in der verschleimten Kehle.

»Urdu-Dichtung?« seufzte er endlich, wandte sich ein wenig auf die Seite, Deven zu, obwohl er sich nicht direkt an eine Person wandte, eher in eine Richtung, schien es. »Wie kann es denn Urdu-Dichtung geben, wenn es keine Urdu-Sprache mehr gibt? Sie ist tot, erledigt. Die Niederlage der Moguln durch die Engländer hat ihr eine Schlinge über den Kopf geworfen, und die Niederlage der Engländer durch die Hindi-Agenten hat sie zugezogen. Und daher kann man jetzt hier ihre Leiche liegen sehen, die darauf wartet, begraben zu werden.« Er tippte sich mit einem Finger auf die Brust.

»Nein, Sir, bitte sprechen Sie nicht so«, sagte Deven ernsthaft, und auf seiner Oberlippe glitzerten Schweißtröpfchen. »Das werden wir nie zulassen. Deshalb bringt Murad seine Zeitschrift heraus. Und die Druckerei, wo sie herauskommt, die druckt Urdu-Bücher, Sir. Sie bekommen große Aufträge – sogar heutzutage. Und mein College – es ist nur ein kleines College, ein Privatcollege außerhalb von Delhi – aber es hat eine Abteilung für Urdu –«

»Unterrichten Sie dort?« Ein faltiges Augenlid bewegte sich, wie das einer Schildkröte, und ein kleines flinkes Auge blickte daraus hervor auf Deven wie auf eine leckere Fliege.

Deven wich schuldbewußt zurück. »Nein, Sir, ich unterrichte in – in der Hindi-Abteilung. Ich habe ein Studium in Hindi abgeschlossen, weil –«

Aber der Dichter hörte ihm nicht zu. Er lachte und spuckte beim Lachen, weil er es so böse und widerwillig tat. Speichel flog.

»Sehen Sie«, krächzte er, »was habe ich Ihnen gesagt? Diese Kerle von der Kongreß-Partei haben Hindi ganz obenhin gesetzt als Herrscher über uns. Sie sind sein Sklave. Vielleicht ein Spion, selbst wenn Sie es gar nicht wissen, an die Universitäten geschickt, um zu zerstören, was noch von Urdu übrig ist, es aufzustöbern und umzubringen. Und Sie erzählen mir, daß Sie mich für eine

Urdu-Zeitschrift interviewen wollen. Wenn das stimmt, wieso unterrichten Sie dann Hindi?« brüllte er plötzlich und fixierte Deven mit diesem kleinen Schildkröten-Auge, das jetzt tödlich geworden war, ein Geschoß.
»Ich habe Urdu studiert, Sir, als Kind, in Lucknow. Mein Vater, er war Lehrer, ein Gelehrter und ein Liebhaber der Urdu-Dichtung. Er hat mich die Sprache gelehrt. Aber er ist gestorben. Er ist gestorben, und meine Mutter brachte mich nach Delhi zu ihren Verwandten hier. Ich wurde in die nächste Schule geschickt, eine Hindi-Mittelschule, Sir«, stolperte Deven durch seine Erklärung. »Ich habe mein Studium in Hindi abgeschlossen, Sir, und jetzt habe ich einen Lehrauftrag als Lektor am Lala Ram Lal College in Mirpore. Ich lebe davon, Sir. Sehen Sie, ich bin verheiratet, habe Familie. Aber ich erinnere mich noch an meinen Unterricht in Urdu, wie mein Vater es mich lehrte, wie er mir immer Gedichte vorlas. Wenn ich mir nicht meinen Lebensunterhalt verdienen müßte, würde ich – würde ich –« Sollte er ihm von seinen Bemühungen erzählen, die er auf Zettel gekritzelt zwischen den Seiten seiner Bücher versteckt hatte?
»Ach so, den Lebensunterhalt verdienen?« höhnte der alte Mann, während Deven sichtbar mit seiner Schüchternheit kämpfte. »Der Lebensunterhalt hat also Vorrang. Warum nicht mit Öl und Reis handeln, wenn es der Lebensunterhalt ist, den Sie verdienen wollen?«
Niedergeschmettert sank Deven in sich zusammen. »Ich bin – nur ein Lehrer, Sir«, murmelte er, »und ich muß unterrichten, um meine Familie zu erhalten. Aber Dichtung – Urdu – das sind – man muß, ich muß ihnen dienen, um zu zeigen, wie sehr ich sie schätze. Ich kann ihnen nicht so dienen, wie Sie es tun –«
»Sie sehen nicht aus, als hätten Sie das Zeug, irgend jemandem wirklich zu dienen, geschweige denn der Muse des Urdu«, gab der Alte zurück, und seine Stimme ge-

wann an Kraft durch seine Verärgerung. Oder vielleicht war er jetzt wacher; er klang aufrecht, wenn er auch noch immer lag. »Setzen Sie sich«, befahl er. »Dort, auf diesen Schemel. Bringen Sie ihn zuerst näher zu mir her. Nahe. Hier, neben mich. Jetzt setzen Sie sich. Anscheinend hat man Sie hierher geschickt, um mich zu quälen, mir zu zeigen, wie tief Urdu gesunken ist. Also gut, zeigen Sie es mir, lassen Sie mich das Schlimmste wissen.« Er schmetterte die Worte mit einer Stimme von Stein, als beschrifte er ein Epitaph. »Ich bin vorbereitet zu leiden. Durch Leiden werde ich büßen für meine Sünden.« Er stöhnte. »Viele, viele Sünden«, und er wand sich auf dem hölzernen Bett wie in Schmerzen.

Zu seinem Erstaunen hörte sich Deven die vertrauten Worte des Dichters wiederholen, wie er sie seinen Vater für ihn rezitieren gehört hatte, wenn sie in der Ecke der Veranda des alten Hauses nebeneinander auf der Matte gesessen waren. *»Durch Leiden werde ich büßen für meine Sünden.«* Er wiederholte es zweimal, und dann, als wickle er die Schnur eines Papierdrachens von der Spule ab, die sein Gedächtnis noch festhielt, fuhr er fort, dieses große Gedicht Nurs zu rezitieren, das sein Vater so gerne gesprochen hatte und das er noch immer las, mit feierlichem Ernst, wann immer ihm traurig zumute war oder wehmütig, und er an seinen Vater und seine frühe Kindheit dachte und an alles, was er verloren hatte. Es stieg über ihm auf in jene höheren Regionen, die der Dichtkunst vorbehalten waren, und schwebte über ihren Köpfen, ein Drache, den die Luft trug.

»Viele Sünden und viel Leid; dies ist das Muster
vom Schicksal gezeichnet auf meine Tafel, mit Blut...«

Seine Stimme wurde fester, als er merkte, daß ihn sein Gedächtnis nicht im Stich ließ, sondern zuversichtlich weiterfloß und ihn auf seiner starken Strömung trug. Beinahe konnte er die Glätte von seines Vaters Rohrfedern spüren, mit denen er spielte, während er zuhörte, und den leicht modrigen, aber menschlichen und tröstlichen Geruch von seines Vaters schwarzem Baumwollrock riechen, mit den fehlenden Knöpfen und zerrissenen Taschen, dick gestopft an den Ecken. Mit diesen Erinnerungen kam ein zärtlicher, beinahe weiblicher Tonfall in seine Stimme, und der Dichter lauschte versunken, stimmte hin und wieder mit seiner brüchigen Stimme ein, als hätte er die Verse vergessen und wäre glücklich, daran erinnert zu werden.

»Mein Körper, gleich viel wie die Feder aus Rohr,
von des Schwertes Spitze geschnitten,
nutzlos und trocken, eh sie nicht getaucht in die
Tinte, aus dem Blute des Lebens.«

Er brach ab, lachte glucksend. »Ihre Aussprache ist gut. Sehr sauber, rein. Erinnern Sie sich an mehr?«
Und Deven, sich auf dem Schemel wiegend, rezitierte weiter und weiter mit einer Stimme, die mehr und mehr in einen Singsang verfiel. Während er weitersprach, überkam ihn die sonderbare Empfindung, als wäre er seine eigene Mutter und wiegte sich auf den Fersen hockend, vor und zurück, in der Nacht eine Geschichte halb singend, halb rezitierend, und als wäre die weiße, polsterähnliche Gestalt auf dem Bett neben ihm ein Kind, sein Kind, das er in Schlaf sang. Er verstand in diesen Minuten vollkommen, was für ein Gefühl es sein mußte, eine Mutter, eine Frau zu sein. Er hatte eine solche Vertrautheit nie zuvor gekannt, eine solch intensive Nähe, wie sie in diesem dunklen und schattigen Raum bestand, wo seine Stimme mit jenen der Tauben verschmolz, um die lauschende, halb schlummernde Gestalt da vor ihm zu besänftigen. Zugleich wurde ihm bewußt – und ein Tropfen Traurigkeit stieg in ihm auf –, daß dieser Augenblick, der eine

solche Vollkommenheit des Gefühls enthielt, unversehrt und rein, nicht dauern konnte, zerbrechen mußte und sich auflösen.

Als die Matte in der Türöffnung beiseitegeschoben wurde von einem Jungen in gestreifter loser Hose und Unterhemd, der einen Becher Tee brachte, fand diese wunderbare Vertrautheit ein jähes Ende. Nur schickte den Jungen ärgerlich weg, Tee für den Gast holen, aber nach und nach kamen andere Leute herein, die schlafend oder den richtigen Augenblick abwartend die ganze Zeit im Haus gewesen sein mußten und die das Hereinbringen des Tees als Signal betrachteten, um die Treppe herauf in das Zimmer geströmt zu kommen und es mit Lärm zu füllen. Deven sah hinüber zu der Gestalt auf dem Bett, hilflos, machte sich Vorwürfe, daß er nicht einmal das vorgeschlagene Interview mit ihm besprochen hatte. Nun forderten andere Nurs Aufmerksamkeit, während irgend jemand Deven einen Metallbecher mit brennendheißem Tee in die Hand drückte. Er ließ ihn vor Schreck beinahe fallen, erholte sich dann aber wieder, hielt ihn mit den Fingerspitzen fest, an denen Blasen entstanden, und wartete auf eine Gelegenheit, noch einmal mit Nur zu sprechen.
Dafür schien nicht viel Aussicht zu bestehen, denn der Junge wollte von Nur wissen, was er heute zum Abendessen wünschte, ob es zu Hause zubereitet oder im Basar bestellt werden sollte; ein Knabe – zu jung, um sein Sohn zu sein, dachte Deven und fragte sich, ob es ein Enkel sein könnte – wanderte herum, bettelte mit weinerlicher Stimme um Geld, und als er welches bekam, warf er es zu Boden und heulte; dann kamen ein paar junge Mädchen das weinende Kind holen und trugen es weg und waren offenbar überrascht, das Zimmer voller Männer zu finden, denn sie bedeckten hastig die Köpfe mit ihren Schleiern und eilten murrend über diese Invasion davon; etliche

flegelhafte junge Männer erklärten, sie hätten, bis man sie heraufrief, unten gewartet und Karten gespielt, wobei alle behaupteten, Geld verloren zu haben, und von ihrem Gastgeber verlangten, daß er sie für ihre Verluste entschädigte, da er ja dafür verantwortlich wäre. Deven war empört über ihre Unverschämtheit, aber der Dichter fand überhaupt nichts dabei. Lachend wies er sie wegen ihres liederlichen Lebenswandels zurecht und drohte ihnen, sie aus seinem Haus hinauszuwerfen, das, sagte er, ein Tempel der Häuslichkeit war, wie sie sehen könnten.

»Seit wann ist Nur Bewohner eines solchen Tempels?« fragte herausfordernd einer der Männer, pockennarbig und nicht sehr jung. »Wir sind einander in einem Tempel anderer Art begegnet. Haben Sie vergessen?«

Deven lief rot an; es war unmöglich, ihre Anspielungen mißzuverstehen, sie wurden von Minute zu Minute lästerlicher und zweideutiger. Es war die Sorte Gerede, die Deven zur Genüge im und rund um das College hörte, und die er reichlich genossen hatte, als er selbst noch Student war, aber er war nicht gewöhnt, es in Gegenwart der Alten zu hören, die als nahezu heilig zu betrachten man ihn erzogen hatte. Der häufige Gebrauch des Wortes Tempel machte es noch schamloser.

Als er es nicht länger ertragen konnte, erhob er sich, um zu gehen. Diese Bewegung erregte Nurs Aufmerksamkeit, und er hob die Hand, um dem Geschwätz Einhalt zu gebieten, und bat Deven, ihm hinaus auf die Terrasse zu helfen, »um diesen – diesen Teufeln aus den Spielhöllen und Trinkhäusern meiner Vergangenheit zu entkommen«. Bereitwillig trat Deven an seine Seite, um ihn zu stützen, aber als der Dichter seine Hand auf Devens Schulter legte, und Deven, der die Prozedur, das übliche Vorgehen, nicht kannte, daher wesentliche Hilfsmittel für die Bequemlichkeit des Alten wie eine Fußbank und einen Lieblingspolster nicht mitnahm, wurde Nur wütend, so daß letzten Endes doch wieder nach dem jungen Diener geschickt werden mußte, was bei Deven das Gefühl hervorrief, unbrauchbar zu sein. Als der Junge erschien, mürrischer als zuvor, versuchte Deven, ihm beim Zusammensuchen sämtlicher erforderlicher Kissen und Polster und beim Hinaustragen auf die Terrasse zu helfen, mußte aber erleben, daß man ihn entweder nicht beachtete oder grob beiseite stieß. War er nun erwünscht oder nicht? fragte er sich.

Dann steigerte sich seine Verwirrung und Verstimmung noch durch einige harte Worte, die der Dichter aus der Tiefe seines Gemüts hervorbrachte, wie Galle, die sich dort angesammelt hatte. »Warten Sie nur ab, bis Sie so alt sind wie ich«, zischte er ihn an, »Sie – Sie Knabe ohne Haar. Warten Sie nur, bis Sie die Leiden erfahren, die ich kenne. Täglich sitze ich darauf – keine Dornenkrone, sondern einen Dornenthron habe ich. Denn das sind Hämorrhoiden, mein Lieber – o die Schmerzen, die Qual –« Fast weinte er, wie er da, die Hände ringend, mitten in dem Zimmer stand, während er darauf wartete, hinausgeführt zu werden.

Deven senkte den Kopf, ließ sich dann neben dem Bett auf die Knie nieder und strich mit den Fingern über die Pantoffeln Nurs, bemüht, die Verwünschungen des Dichters nicht zu hören, überlegte, was er nehmen und anbieten könnte.

Als er sich von seinen Knien erhob, stellte er fest, daß der Diener Nur hinausgeführt hatte; die Matte in der Türöffnung war aufgerollt, und das Nachmittagslicht stand hart und greifbar da wie eine glitzernde Glasscheibe. Er eilte hinter ihnen her und sah, daß der Dichter nicht weitergehen konnte – ein Schwarm Tauben hatte sich aus dem kupfernen Himmel herabgeschwungen und versperrte ihm den Weg mit Flügelgeflatter und wild durcheinanderzappelnden Körpern. Er stand da inmitten ihres wilden Aufruhrs – schieferfarben, schokoladebraun und schneeweiß – und die Vögel schwirrten nicht nur um ihn herum, sondern ließen sich auch schwankend auf seinem Kopf und den Händen nieder und kletterten wie verrückt mit ihren Krallenpfoten, blutrot und rosa, und ihren gefräßigen Schnäbeln auf ihm herum, als wollten sie ihm das Fleisch von den Knochen reißen und es verschlingen, wenn er ihnen nichts anderes zu geben hätte. Ihre Gier war ungeheuerlich, sie deckten ihn zu mit ihrer Freßsucht.

Deven taumelte zu ihm hin, um ihn zu retten, aber der Dichter wollte nicht gerettet werden. Er rief nur mit schwacher Stimme nach dem Diener, ihnen Körner zu geben, und mit Erleichterung sah Deven, daß sie ihre Krallen aus seinem Fleisch lösten und der ganze Schwarm hinter dem Jungen und seiner Blechdose voller Körner herflog, die er in die Luft warf und auf der Terrasse für sie ausstreute.

Deven wartete, bis sie sich in einiger Entfernung niedergelassen hatten, eilte dann an Nurs Seite und fragte besorgt: »Sir, haben sie Ihnen wehgetan?«

Der Dichter stand so lange still, noch immer ein wenig zitternd nach diesem Überfall, daß Deven glaubte, er blickte auf das Schauspiel der hektisch pickenden Tauben, aber nach einer Weile wandte er Deven langsam den Kopf zu und blickte ihn aus seinen vom Star verschleierten Augen seltsam an. »Wer hätte gedacht«, murmelte er mit trockenen Lippen, »daß der Vogel, das Sinnbild des Fluges und des Gesanges, eines Tages nicht mehr des Dichters Inspiration sein, sondern zu einer Bedrohung werden könnte?«

Er sprach die Worte so langsam und mit solcher Präzision, daß Deven sie als elegante Schriftzeichen sah, in die Kupferplatte des Himmels von Delhi geätzt. Er stand da mit offenem Mund und fragte sich, wie er den Dichter über das unausweichliche Vergehen der Zeit trösten könnte, aber als er sprach, stotterte er nur: »Sir, würden Sie mich für Murads Zeitschrift ein Interview mit Ihnen machen lassen?« und stand dann da, entsetzt über seine eigene Plumpheit.

Der alte Mann gab jedoch keine Antwort. Unvermittelt setzte er sich mit jenen merkwürdig krummbeinigen, steifen und dennoch rasch davonstürzenden Schritten in Bewegung, deren alte Menschen gelegentlich fähig sind, und als er am Rande des Ruhebettes ankam, das man für ihn vorbereitet hatte, ließ er sich nieder und saß dort, sich über die Knie streichend, und sah aus, als dächte er ernsthaft über eine Antwort nach. Aber ehe er ihm wirklich eine geben konnte, kam ein uralter gnomenhafter Mann mit wildem weißem Haar, um das er einen Baumwollschal gebunden hatte, quer über die Terrasse gehumpelt, leise vor sich hinkichernd auf ihn zu. Der Dichter sah ihn und gab stöhnend seinen Protest kund, aber der kleine Alte kicherte nur und legte ihn mit einem sanften Stoß auf dem Ruhebett um, rollte dann seine Ärmel auf und fing an, ihn zu massieren, puffte und knuffte und klatschte an ihm herum, daß Nur keuchte und es ihm den Atem verschlug. Dabei sang der Gnom die ganze Zeit Bruchstücke aus irgendwelchen Liedern und bombardierte ihn pausenlos mit seinem Gerede, so daß Deven nichts anderes übrig blieb, als schweigend beiseite zu stehen und abzuwarten, bis dieser Akt im Tagesablauf des Dichters beendet war. Die Tauben schienen das Ende des ihren akzeptiert zu haben und ließen sich geschäftig auf Gesimsen, Holzkisten, Körben und Bambusstangen nieder, versteckten ihre Füße unter den Flügeln und die Schnäbel zwischen den Federn, als zögen sie ihre Waffen zum Waffenstillstand zurück, rückten hin und her und gurrten leise, bis die Dunkelheit eine Decke über sie breitete und sie für die Nacht auslöschte. Deven, der zuhörte, entnahm den Reden, daß der Zwerg ein professioneller Masseur war, den Nur schon in seinen sportlicheren Jahren gekannt hatte, und der noch immer für eine große Gemeinschaft von Ringern und Sportlern arbeitete, die Nur offensichtlich kannte, denn sie unterhielten sich über sie, die Wettkämpfe, die sie gewonnen oder verloren hatten, über ihr Vermögen und ihren Körperbau. Zwischen seinen Schreien des Schmerzes und des Behagens redete Nur genug, um dem ungläubigen Deven deutlich zu machen, daß er ein Kenner des Sports war, oder jedenfalls gewesen war und sich sehr genau auf dem laufenden hielt darüber, was in den *Akhadas* an den Ufern der Jumna vor sich ging.

»Aber Bhim Singh, der Größte von allen, *der* ist erledigt, *seine* Karriere ist zu Ende«, verkündete der Zwerg, setzte sich auf seine Fersen zurück und rollte die Ärmel herunter zum Zeichen, daß die Sitzung vorüber war.

»Er kann nie und nimmer erledigt sein«, widersprach Nur. »Ich habe seine Muskeln gefühlt – wie Stein, wie Felsbrocken.«

»Ja, aber der Film in Bombay hat fertiggebracht, was nicht einmal eine Dampfwalze schaffen könnte. Sie haben ihm einen Vertrag gegeben, in einem Film über einen Champion mitzuspielen, und er hat unterzeichnet, der Narr«, rief der Gnom, nahm seine Tasche voller Flaschen und Blechdosen mit Ölen und Wässern und humpelte davon, während Nur weiter klagte: »Der Narr, der Narr...«

Und schon erschien sein junger Diener, als hätte man ihn beim Namen gerufen, und half ihm von dem niedrigen Bett aufstehen und geleitete ihn dann zurück ins Haus, ein Bad zu nehmen. Offenbar führte der Dichter ein so betriebsames Leben wie ein ganzes Spital. Deven fragte sich, ob es denn einen Sinn hatte, noch länger zu warten, und sank in purer Verzweiflung auf einen auf der Veranda ausgebreiteten Teppich nieder. Niemand beachtete ihn, obwohl immer mehr Leute aus dem Zimmer die Treppe heraufkamen und sich auf der Terrasse verstreuten und den Platz dort ausfüllten, als wäre dort ein öffentlicher Park oder eine Promenade, wohin sie gewohnt waren, sich um diese Stunde zurückzuziehen, da der weißglühende Himmel vom Ruß der Stadt Flecken bekam und fahl wurde, grau erst und dann blaßviolett, bis schließlich eine ruhelose, unstete Dunkelheit kam. Es konnte nicht ganz dunkel werden, weil die Geschäfte und Kinos und Restaurants und die Straßen des Basars dann unten beleuchtet wurden für die Nacht, und der Himmel sich hier und dort immer wieder rot und orange und gelb und violett färbte, wie ein häßliches altes Weib, das auf einem Jahrmarkt einen irren Tanz der Sieben Schleier tanzt. Auch der Straßen- und Verkehrslärm verstärkte sich, und durch das ständige Gebrumm zogen sich die langen, unnachgiebigen Schlingen eines Liedes, das an- und abschwellend aus einem Kino am Ende der Straße dröhnte. Das Dachgeschoß hob einen nicht wirklich über den Krach der Straßen hinaus; es war, als befänden sie sich im Innern eines Ballons, schwebten darüber und blieben doch eingeschlossen.

Deven saß mit gekreuzten Beinen auf der Matte, niedergedrückt von einem Übermaß an Lärm, Licht und Leuten, bemühte sich, selbst unauffällig zu sein, was ihm ohne jede Anstrengung gelang. Er fühlte sich nicht wohl in seiner Haut angesichts der späten Stunde und der Atmosphäre andauernder Wachheit, und doch mochte er nicht weggehen, ohne Nur noch einmal zu sehen und noch einmal ernsthaft und nachdrücklich zu versuchen, das Interview zu vereinbaren. Er konnte nicht den Tag vertan haben und nach Mirpore zurückkehren, ohne wenigstens das zu erreichen; noch konnte er Murad wieder gegenübertreten, ohne ihm zu zeigen, daß er fähig war,

einen solchen Versuch zu unternehmen. Und doch begann sogar ihm seine Hoffnung auf ein Zwiegespräch über Dichtung inmitten all dieser grellen Lautheit gänzlich grotesk zu erscheinen.
Nur erschien dann wirklich wieder, frisch gebadet und wahrhaft wie ein Dichter aussehend in frischen, gestärkten weißen Musselin-Gewändern, frei und lose fließend, doch er wurde mit einem Freudenschrei empfangen, halb spöttisch, halb bewundernd, und seine abendlichen Besucher, die samt und sonders weit ungezwungener, familiärer und fähiger waren, seine Aufmerksamkeit zu fesseln als Deven, nahmen seine Zeit und seine Aufmerksamkeit völlig in Anspruch. Deven blieb am Rande, sah hungrig und verlassen aus, während die anderen nach Gläsern und Getränken langten, einander zuprosteten, Gedichte rezitierten, zu singen anfingen und lose Reden führten. Für Deven war es klar, daß diese Lümmel, diese *Lafangas* aus der Welt des Basars – Ladenbesitzer, Büroangestellte, Buchmacher und arbeitslose Parasiten – sich der Vorstellung hingaben, Dichter zu sein, Künstler und Bohemiens, hier auf Nurs Terrasse, in Nurs Gesellschaft. Einige von ihnen mochten Texte von der Art geschrieben haben, wie sie endlos aus den Kinolautsprechern dröhnten, oder Schlager für das Radio; manche hatten vielleicht während eines Festivals kleine Rollen in einem Lokaltheater gespielt. Sie redeten jedenfalls so, als gehörten sie einer Welt voll hektischer Aktivität am Rande der Kunst und des Schöpferischen an. Das überraschte Deven nicht; es war genau so ein Kreis, wie er ihm als Student vertraut gewesen war; aber daß der große Dichter Nur in seinem Mittelpunkt stand wie eine klare weiße *Tika* auf der Stirne eines Irren – dort hatte Deven ihn nicht vorzufinden erwartet. Er hatte ihn sich entweder umgeben von älteren, weisen und würdigen Literaten vorgestellt oder aber ganz allein lebend, in göttlicher Abgeschiedenheit. Was hatten

diese Clowns und Possenreißer und Jongleure um ihn herum zu schaffen, oder was er mit ihnen?
Konnte er das alles gutheißen, tat er es? Deven konnte sich darüber nicht klar werden. Es war unmöglich festzustellen, denn der alte Mann lag entweder an die Polster auf seinem Ruhebett gelehnt und stöhnte, oder er setzte sich auf, um aus einem Glas zu trinken, das ihm der junge Diener reichte, und krümmte sich dann zusammen, den Kopf fast bis auf die Knie hinabgebeugt und stöhnte wiederum. Deven dachte, er müsse krank sein oder Schmerzen haben, oder unendlich müde sein, und doch, immer wieder hielt er sein Glas hin zum Nachfüllen, wenn es leer war, und später, als etliche junge Männer in schmuddeligen losen Hosen und zerfetzten Unterhemden, Kellner-Servietten über die Schultern geworfen, Tabletts mit Speisen heraufbrachten, wurde er ganz munter und bekam glänzende Augen, verlangte alle Gerichte zu begutachten, ehe sie herumgereicht wurden, und aß dann, was Deven für unkluge Mengen sehr schwerer und fetter Gerichte hielt, *Biryani,* Reisgerichte, stark gewürzte *Kebabs,* Schaffleisch mit Curry und *Korma,* Fleischbällchen und Linsen.
Nur war beim Essen alles andere als ein würdiger oder eindrucksvoller Anblick; er griff mit den Händen in die Speisen, tauchte das Gesicht beinahe hinein, hob ganze Hände voll zum Mund, und ständig fiel oder tropfte ihm etwas daraus in den Schoß. Der kniende Junge war ständig mit einem Handtuch und etlichen Servietten beschäftigt, aber offenbar gelang ihm einfach nicht, Nurs Anblick erträglich zu halten. Deven bemühte sich, das Gesicht abzuwenden und sich auf den Teller mit Essen zu konzentrieren, den ihm jemand in die Hand gedrückt und den er dankbar angenommen hatte, als ihm zu Bewußtsein kam, daß er seit dem Tee am Morgen beim Bus-Bahnhof nichts zu sich genommen hatte und so hungrig

war, daß ihm beinahe die Tränen kamen. Beim Essen wurde ihm klar, daß das, was er aß, ganz und gar nicht das Richtige für sein eher empfindliches Verdauungssystem war und daß er das alles innerhalb weniger Stunden bereuen würde, aber Nur hob plötzlich den Kopf, mit Reiskörnern und Soßentropfen an allen möglichen Stellen, und rief zu ihm herüber: »Wie schmeckt Ihnen unsere *Jama Masjid* Küche, mein Lieber? Könige und Dichter haben sie gekostet. Hat sie irgendwelche Ähnlichkeit mit dem, was Sie in Ihrem Studentenheim bekommen?« Deven war so überrascht und so geschmeichelt, daß er sich seiner erinnert hatte und nicht nur seiner Person, sondern sogar auch seiner bescheidenen Herkunft, daß er nickte und mit leichtsinniger Schnelligkeit aß, um zu zeigen, wie sehr er die Gunst zu schätzen wußte.

Aber die Aufmerksamkeit des Dichters war bereits abgeschweift – es waren so viele andere da, sie auf sich zu lenken, lauter und unverschämter, als Deven selbst in seinen kühnsten Träumen sein könnte. Es war erstaunlich, wie viele Menschen ihm ihre Verse vortragen wollten, anstatt lieber ihm dabei zuzuhören, wie er die seinen rezitierte, bemerkte Deven mit Bitterkeit, während andere zu glauben schienen, er brauche einen Clown zu seiner Unterhaltung, und schamlos mit rohen Gesten ihre Witze rissen. Dann gab es noch jene, die hitzig debattierten, und das derart redegewandt, daß die Vermutung nahelag, sie hätten diese Streitgespräche schon oft zuvor geführt, und Nur hätte immer den Schiedsrichter gespielt. Niemand hätte einem so alten und kränklichen Mann zugetraut, noch so viel Energie für so viele andere, für ihre Hirngespinste und ihre Anliegen zu erübrigen, und doch schien die Energie jetzt vorhanden zu sein, obwohl Deven das vorher nie für möglich gehalten hätte, als der alte Mann in dem verdunkelten Zimmer auf seinem Bett lag, halb schlafend und kaum fähig, etwas zu erwidern.

Vielleicht fing das Dachgeschoß seines Hauses etwas von der Elektrizität auf, die aus dieser Stadt aufzusteigen schien, deren Funken von den wild kreisenden und aufblitzenden, den Himmel erhellenden Leuchtreklamen sprühten, von der Kakophonie des Verkehrs in den Straßen, den Läden im Basar und der Tonspur des Kinos, die jetzt ihren ohrenbetäubenden Höhepunkt erreichte, in dem Lieder, Schreie, Gewehrschüsse, bewaffnete Panzer, galoppierende Pferde und hysterisches Lachen und Weinen, all das miteinander sich zu einem unglaublichen Chor vereinigte. Es schien ihn zu erregen, ließ ihn seine Stimme darüber erheben und sie in gewisser Weise sogar damit verschmelzen.

Deven saß in düsterer Stimmung mit dem Rücken gegen die Brüstung und fragte sich, wie der Dichter aus all diesem Wirrwarr die Fäden herauszog, aus denen er seine Gedichte, seine Philosophie wob. Und doch, als er auf seine Worte achtete, entdeckte Deven, daß Nur letztlich doch über seine Dichtung sprach.

»Feiglinge – Babys«, schalt er eine Gruppe junger Männer, die schwankend herumstanden, die Gläser in ihren Händen schief haltend, daß sie überflossen. »Ihr sprecht Verse, als wären sie Kinderreime, von euren Müttern ersonnen. Ich sage euch, wir müssen darüber hinauskommen, aus Urdu-Versen kleine Zuckerpillen zu drehen, die Babys lutschen können. Wir brauchen Löwengebrüll oder Kanonendonner, um gegen diese Hindi-*Wallahs* zu marschieren, ihnen Beine zu machen. Zeigt ihnen die Macht des Urdu«, donnerte er. »Sie glauben, es läge angekettet und gezähmt in den staubigen Höfen dieser Begräbnisinstitute, die sie Universitäten nennen; können wir ihnen denn nicht zeigen, daß es noch immer brüllen oder dröhnen kann?«

Hier machte ein junger Mann mit gelben Zähnen und roten Augen eine ordinäre Bemerkung. Die sie hörten, lachten. Nur schien keinen Anstoß daran zu nehmen, sondern beizustimmen. »Ja, schön, auch das ist ein Angriff – auf ihre Nasen jedenfalls. Ja, laßt Urdu aus jeder Körperöffnung dringen, wenn es sie nur vertreibt. Aber sorgt dafür, daß man seine Gegenwart spürt«, grollte er und stellte sein Glas mit einem Ruck auf sein Knie, daß es überschwappte.

»Nur Sahib«, erwiderte ein hochgewachsener Mann, der auf seinen Füßen schwankte, als wäre er lediglich mit einem dünnen Faden am Dach angebunden. »Nur Sahib, ich sage dir, die Zeit der Dichtkunst ist vorüber. Die Hindi-*Wallahs* mit Urdu-Dichtung zu füttern, ist, als fütterte man Kühe mit – Brocken von rohem Fleisch. Wende dich statt dessen dem Journalismus zu, Nur Sahib. Wende dich unmittelbar an die Menschen. Wir haben eine Botschaft für sie. Sag es ihnen mit einfachen Worten. Nutze deine Kräfte zum Zwecke des – Angriffs und der Rache.«

»Ho ho, großartig, wunderbar«, höhnte ein junger Mann, der mit gekreuzten Beinen auf einer Matte saß. »Er ruft zum Angriff, dreißig Jahre, nachdem man ihm seine Krallen gezogen und seine Zähne abgefeilt hat. Du bist zum Lachen, mein Lieber, zum Lachen. Wie willst du angreifen? Mit welchen Waffen – mit Metaphern und Alliteration? Wenn du Waffen willst, dann geh über die Grenze und such dir welche in Pakistan. Hier leben wir wie *Hijras,* wie Eunuchen.«

Deven beobachtete neugierig Nurs Gesicht. Er konnte diesem gequälten, düsteren Ausdruck hinter dem krausen Bart nichts ablesen. Den Kopf verdrießlich zur Seite gewandt, knurrte er seinen jungen Diener an: »Noch *Biryani*«, und Deven hatte den Eindruck, daß die Unterhaltung eine Wendung genommen hatte, die dem Alten mißfiel und der er nicht zu folgen wünschte.

Aber nachdem er noch eine Portion des Reisgerichts hinuntergeschlungen und noch ein Glas von dem einheimischen Schnaps getrunken hatte, nahm Nur erneut lebhaften Anteil an der Unterhaltung. Offenbar wiederholte sie sich in dieser Form Abend für Abend, alle sprachen wie auf Stichwort, fließend, aber die Unmittelbarkeit fehlte, alles klang irgendwie schal. Es gab das indische Lager und das Pakistan-Lager, das rein persische Lager und das volkstümliche Hindustani-Lager. Sie stritten und spotteten und höhnten und wurden wütend, aber so, als spielten sie mit verteilten Rollen. Es gab keinerlei Anzeichen dafür, daß irgendeiner jemand anderen seiner Ansichten wegen verfolgte, oder daß einer einen anderen durch Argumente oder Überredungskunst auf seine Seite zu bringen trachtete. Der Dialog war so abgestanden wie der Reis und die Soße, die auf Tabletts überall auf der Terrasse herumstanden. Nur saß mit krummem Rücken da, hörte zu, während er in den Zähnen herumstocherte und gelegentlich in den blechernen Spucknapf unter dem Diwan spuckte. Dann hob er sein struppiges Haupt, so daß es streng und wie aus Stein gehauen aussah, unterbrach das Geschwätz und sagte: »Falsch, falsch, seit dreißig Jahren macht ihr es falsch. Es ist keine Frage von Pakistan oder Hindustan, von Hindi oder Urdu. Es ist nicht einmal eine Frage der Geschichte. Es ist die Zeit, von der ihr sprechen solltet, aber nicht könnt – der Begriff der Zeit ist zu groß für euch, das ist mir klar, und doch ist sie das einzige, wovon wir wirklich wissen in unseren Herzen.« Er preßte seine Hand auf die Brust, und jetzt herrschte verhältnismäßige Stille, in die hinein er sprechen konnte. In dieser Stille tat Devens Herz ein paar rasche Schläge. Er verspürte ein Gefühl des Sieges und des Triumphes, daß Nur so wirkungsvoll all dem großtuerischen Geschwätz um ihn herum Einhalt geboten hatte und die ganze Streiterei in die richtige Sicht gerückt hatte. Das, erkannte er, war die Größe der Dichter – daß sie Abstand gewinnen konnten von Ereignissen und Empfindungen, sie dort hinstellten, wo der richtige Blickwinkel es ermöglichte, die Dinge klar und ruhig zu betrachten. Er erkannte, daß er die Dichtkunst liebte, nicht, weil sie die Dinge unmittelbar nahe brachte, sondern weil sie sie in eine Entfernung versetzte, wo sie erträglich wurden. Das war es, was Nurs Verse taten – sie stellten furchterregende und unerklärbare Erfahrungen wie Zeit und Tod an einen Platz, wo man sie sehen und betrachten konnte, in Sicherheit. Vor Freude über diese Erkenntnis schlug sein Herz einen Trommelwirbel in seiner Brust, und es dauerte eine oder zwei Minuten, ehe er sich soweit beruhigte, daß er Nur wieder zuhören konnte. Als er aufblickte, sah er zu seinem Schrecken Nur auf sich zeigen, als hätte er ihn in seinem dunklen Winkel dort die ganze Zeit beobachtet.

»Er ist gekommen, um für mich zu sprechen«, sagte Nur. »Durch seine Kehle werden meine Worte fließen. Hör zu und sag mir, ob meine Dichtung verdient zu leben, oder ob sie Platz machen sollte für – dieses Futter, das Bauern kauen, Hindi?« fauchte er den Mann an, der seine Berufung verunglimpft hatte.

Deven reagierte mit einem Ausdruck solchen Schreckens, daß jene, die es bemerkten, lachten. Er hatte das Gefühl, als hätte Nur den Augenblick seiner kindischen Befriedigung bemerkt und sich aus Bosheit entschlossen, sie zunichte zu machen. Seine ganze Freude, die Hochachtung und Ehrfurcht, die er Nur gezollt hatte, verflogen wie über die Brüstung in die Nacht hinaus. Nur forderte ihn auf, bei dem Streit mitzutun, ließ es zu, daß der erhabene Begriff der Zeit wieder zu bloßer Sprachenpolitik zusammenschrumpfte. Er hätte unmöglich den Mund auftun oder auch nur ein Wort herausbringen können. Er wußte, er hätte nicht bleiben sollen, dieser Art von Unterhaltung zuhören, er, ein Hindu und ein Hindi-Lehrer. Er hatte

sich der politischen Seite der Sprachen immer ferngehalten. Vor Angst begann er zu schwitzen.
»Was ist los?« höhnte Nur und funkelte ihn mit kleinen, blutunterlaufenen Augen an. Warum ging er ausgerechnet auf Deven los, den einzigen, der geschwiegen hatte, der überhaupt keine Meinung geäußert hatte? »Haben Sie Ihr Urdu vergessen? Meine Verse vergessen? Vielleicht ist es besser, Sie gehen zurück an Ihr College und lehren Ihre Studenten die Geschichten von Prem Chand, die Gedichte von Pant und Nirala. Sichere, einfache Hindi-Sprache, sichere, angenehme Vorstellungen von Rinder-Verehrung und Kasten und der Liebesgeschichte von Krischna. Das ist doch Ihr Fach, nicht wahr, Herr Professor?« Er warf den Kopf zurück und lachte gackernd, aber die anderen verstummten. Sie alle hörten auf zu reden, zu streiten und zu lachen und wandten sich Deven mit einer Neugier zu, die sie vorher nicht empfunden hatten.
»Ich bin kein Dichter, nur ein Lehrer«, murmelte Deven, aber niemand hörte es.
Dann wurde er, unerwarteterweise, von dem langen, großen Mann gerettet, der nicht sitzen wollte, sondern über ihnen wankte und schwankte, den Kopf von einer Leuchtreklame eingerahmt, die in giftgrünen Lettern aufblitzte: »Atlas Fahrräder, allen die liebsten.« »Haben Sie Sri Gobinds neuesten Gedicht-Zyklus gehört?« krakeelte er. »Im Basar heißt es, er wird dieses Jahr den Preis der Sahitya Akademie für Hindi bekommen. Für Urdu können wir natürlich das gleiche Urteil wie gewöhnlich erwarten: ›Dieses Jahr wurde kein Buch der Auszeichnung für wert befunden.‹ Warum wird Urdu so behandelt, Freunde? Weil Urdu angeblich tot ist, seit 1947. Was man in den Universitäten davon findet – in *einigen* Universitäten, in ganz wenigen nur –, ist sein Gespenst, in ein Leintuch gehüllt. Aber Hindi – ach, Hindi ist eine grüne Wiese, es grünt und gedeiht üppig, und das ist seine

Blüte«, rief er, und den Kopf in den Nacken werfend, rezitierte er mit übertriebenem Pathos:

»Sonne und Mond und Sterne und Himmel
Planeten, Wolken, Kometen und ich
Gott schuf sie alle genau wie mich.
So gehör wohl auch ich zum Sternengewimmel.«

Während die anderen lachten, warf Nur ihm einen Blick aus blutunterlaufenen Augen zu und sagte: »Meinst du, sie haben nichts Besseres zu zitieren in den Basaren von Delhi? Ich sage dir, in den Straßen *meines* Delhi kann man Besseres hören. Sogar der Schlager aus *Sholay* ist noch besser. Warte nur, wenn du ihn erst von meinem Kind gesungen hörst. Ruf den Jungen«, befahl er plötzlich dem jungen Diener, der dösend auf seinen Fersen saß. »Bring ihn her«, schrie er und gab dem Jungen einen Stoß, daß er umfiel.
»Er schläft«, wandte der Junge unwillig ein.
»Was er tut, ist nicht von Bedeutung. Wozu er einmal heranwachsen wird, interessiert mich. Der Sohn eines Dichters muß zu einem Sänger von Liedern heranwachsen. Geh, sag seiner Mutter, sie soll ihn aufwecken und hierher bringen – ich will, daß er für meine Freunde singt. Freunde, ich möchte, daß ihr lieber ein Kind einen Filmschlager singen hört als diese – diese –« er machte eine hilflose Handbewegung zu den um ihn Versammelten hin.
»Nein, Nur Sahib, wie kannst du so etwas sagen? Bist du böse auf mich, weil ich Sri Gobinds unsterbliche Verse zitiert habe? Schön, ich werde es sein lassen – ich werde es wegwerfen mit all diesem schmutzigen Geschirr hier«, sagte der große Mann und stieß wie zufällig mit dem Fuß nach einem Stapel Zinn-Tabletts, so daß sie quer über die Terrasse schlitterten und dabei Reis, Soße und Blechlöffel verstreuten.

Irgendwer hob sein Glas hoch über den Kopf und sagte: »Ja, schlagt alles zusammen, zerschlagt es«, und ließ das Glas mit einem Krach fallen. Ein anderer erhob sich und bahnte sich einen Weg dorthin, wo Nur saß, und rief: »Nur Sahib, ich werde für dich singen. Hör mir zu, wie ich das Lied singe, das ich für *Azadi* geschrieben habe – bloß hat es der verdammte Direktor gestohlen und verwendet, ohne mir einen *Paisa* zu zahlen«, und anstatt zu singen fing er an zu weinen, mit heftigem Schulterbeben und Augenreiben. Lachend drängten sich seine Kumpane um ihn und klopften ihm heftig auf den Rücken und riefen: »Da, gebt ihm einen *Paisa*, dem armen Kerl«, und »Hier, Bobby, hier hast du zwanzig *Paisa* für dein Lied. Und jetzt sing!« »Ja, sing«, brüllten alle.

Deven, der zusah, den Rücken fest an die Wand gepreßt, als hoffte er, sie würde nachgeben und ihm so ermöglichen zu entkommen, sah, wie die Menge vor ihm sich teilte, sah Nur durch einen Spalt hervorkommen und stolpernd weggehen, ohne daß es irgendwer bemerkte. »Dieses verdammte, dumme, ungehorsame –« brummte er vor sich hin. »Da geh ich lieber und hole – hole –«

Die anderen lachten noch immer und klopften Bobby auf den Rücken und schienen nicht zu bemerken, daß Nur nicht mehr in ihrer Mitte war. Vielleicht war das seine übliche Art und Zeit wegzugehen. Nachdem er ein oder zwei Augenblicke genau aufgepaßt hatte, in welche Richtung der alte Mann ging, machte sich Deven auf und folgte ihm, entschied sich instinktiv für die Gesellschaft des Dichters, wie erschreckend sie auch sein mochte, statt jener dieses pöbelhaften Haufens. Als er die Bambusmatte von der erleuchteten Türöffnung hob und Nur bei der anderen Tür hinausschlüpfen sah, hörte er ihre Stimmen hinter sich:

»Wenn du dein Lied nicht singst, müßt ihr euch das von Gobind-ji anhören:

»Milch, Quark, Butterfett und Butter,
Essen, Trinken, Näscherei, dem Kind
von meiner Mutter,
Gott schuf sie alle und Gott schuf mich,
Alle Butterkugeln, Butterkugel ich.«

Deven ließ die Matte fallen und eilte durch den leeren Raum, wunderte sich, daß der hilflose alte Mann sich in einem solchen Tempo weiterbewegt hatte. Wenn er ihn nur einholen konnte, dann könnte er vielleicht doch noch ein paar Worte mit ihm über seine Dichtung reden und über das Interview. Verzweifelt rief er seinen Namen: »Nur Sahib!« und lief weiter, auf die Veranda hinaus, ihn zu suchen.

Was dann geschah, konnte Deven nie recht glauben. Er war so verwirrt und erschüttert davon, daß er nicht wußte, was ihn eigentlich so erschütterte, gerade so wie das Opfer eines Unfalls die Glasscheibe zerbrechen und eine Metallplatte sich ausbeulen sieht und hört, aber nicht sagen kann, wovon das verursacht wurde – von einem Stein, einem Geschoß oder einem Fahrzeug. In Wahrheit wollte er ganz einfach nicht an diese Szene zurückdenken. Schweiften seine Gedanken doch unwillkürlich in diese Richtung, ahnten sie sofort Unheil und wichen in sicherere Regionen aus.

Das einzige, was er bereit war zuzugeben, auch sich selbst gegenüber, war, daß ihn das Weinen eines Kindes die Veranda entlang leitete und die Treppen hinunter zu einem tiefer gelegenen Stockwerk. Rings um den stillen Schacht des Hofes, wo eine einzige nackte Glühlampe brannte, führten Türen auf die unbeleuchteten Veranden. Aus einigen Türen fiel Licht durch die Vorhänge oder Bambusmatten. Andere waren undurchdringlich still und dunkel. Hinter manchen raschelte heimliches, von der Dunkelheit verborgenes Leben, wieder andere schienen tot, schlafend oder leer. Deven ging auf Zehenspitzen an ihnen vorüber, spähte durch seine Brille hinein, das Herz klopfte ihm gegen die Rippen wie ein gefangener Fisch. Das Kind heulte immerzu in einem der Zimmer. Dann fing eine Frau an zu schreien, stoßweise und hysterisch. Darauf hörte man jemanden protestieren, möglicherweise Nur – jedenfalls in alt und schwächlich klingendem Tonfall. Die Stimme der Frau wurde lauter und höher. Da unterbrach sie ein so erschreckendes Aufheulen, daß Deven vorwärtsstürzte und eine geschlossene Tür aufstieß, überzeugt davon, den Dichter in einer Blutlache vorzufinden, einen Dolch durch das Herz gestoßen, seinen Sohn weinend neben der Leiche.

Mit einem Schrei stürzte er sich über den Körper, der auf dem Boden lag, mit dem Gesicht nach unten, Arme und Beine ausgebreitet, über einer dicken Matratze auf dem Terrazzoboden. Dann wieder ein Aufheulen, doch es kam nicht von dem hingestreckten Körper, sondern von der Gestalt, die über ihm stand, einem kleinen zitternden Geschöpf in Weiß, mit einem silbernen Schal um den Kopf, aus dem glänzend schwarzes, gewelltes Haar hervorquoll und auf einer kalkweißen Stirn tanzte, die der Kontrast zu den schwarzumrandeten Augen und dem blutroten Mund noch blasser machte. Deven setzte sich auf seine Knie zurück, den Mund offen vor Entsetzen über diese Erscheinung des Zornes und der Rache.

»Steh auf!« kreischte sie. »Steh *auf!* Geh und laß dich von Ali säubern. Wie kannst du dich in solchem Dreck wälzen, in solchem Unrat? Sieh doch, was du mit meinem Zimmer gemacht hast, in meinem Zimmer – schau!«

»Nein, nein«, bettelte Deven, aber seine Stimme war nur ein Flüstern, und er streckte seine zitternden Finger aus, um den breiten Rücken seines gefallenen Helden zu streicheln, tastete suchend nach Leben.

Die Gestalt auf der Matratze durchlief ein Schauer, und

dann wurde sie von Schluchzern geschüttelt, die wie kleine glucksende Kicherlaute klangen. Sie weinte; sie lebte. »Es waren Schmerzen«, weinte Nur. »Schmerzen in meinem Magen, *Janum* – ich schwöre – ich bin krank, diese Magengeschwüre, die ich habe –«

»Magengeschwüre? Warum trinkst du dann? Warum hast du jeden Abend dieses Gesindel in deinem Zimmer dort oben und diese Trinkerei? Es sind nicht Magengeschwüre, weshalb du hier auf meinen Boden erbrochen hast, es ist das *Trinken.*« Sie bebte vor Zorn, eine wilde, wutentbrannte Erscheinung in Weiß und Silber. Sich herabbeugend, hob sie die hingestürzte Gestalt halb von der Matratze auf, als wollte sie sie wegstoßen aus ihrem beleidigten Blick, aber Deven schlang die Arme um den gefallenen Dichter, versuchte einen sanfteren Abgang zustande zu bringen, weniger gewaltsam, woraufhin sie sich gegen ihn wandte und schrie: »Wenn Sie sein Diener sein wollen, dann putzen *Sie* das weg. Hören Sie mir gefälligst zu! Lassen Sie dieses – dieses arme Tier liegen und wischen Sie das weg, sag ich Ihnen.«

Deven ließ den Dichter los und sah hilflos zu ihr auf.

»Was ist los?« schrie sie. »Wollen Sie das nicht tun für Ihren – Ihren *Helden*? Ihr alle, die ihr da herkommt und ihm eure Heldenverehrung vorgaukelt, macht ihr euch etwas aus *ihm* oder aus dem Essen und Trinken, mit dem er euch bezahlt, damit ihr kommt –«

»Was sagen Sie da?« zischte Deven voll Entsetzen über ihre widersinnige Interpretation der Abendgesellschaft dort oben. »Wir kommen, um ihm unsere Achtung zu erweisen, aus Verehrung für einen – einen großen Mann, einen Dichter –«

»Wie das?« fauchte sie ihn ihrerseits an, und ihre scharlachroten Lippen waren voller Speicheltröpfchen. »Er *war* ein Dichter, ein Gelehrter – aber ist er das jetzt? Sehen Sie ihn doch an!« Sie zeigte mit dramatischer Geste auf Nur, der wimmernd zusammengekauert auf der Matratze saß, die Knie gegen die Brust gepreßt hielt und sich von Schmerz gepeinigt hin und her wiegte. »Nennen Sie das einen Dichter oder auch nur einen Mann? Ihr alle – ihr *Jünger* von ihm – ihr habt ihn soweit gebracht, ihr bringt ihn dazu, zu essen und zu trinken wie ein Tier, wie ein Schwein, daß er über eure Witze lacht und eure ordinären Lieder singt, wenn er arbeiten sollte oder sich ausruhen, um sich auf seine Arbeit vorzubereiten –«

Deven schlug die Augen nieder und senkte den Kopf als Eingeständnis dieser unzweifelhaften Wahrheit. Seine Unterwürfigkeit schien sie zu erzürnen und einen neuerlichen Wutanfall auszulösen. Entschlossen durchquerte sie das Zimmer, ging zu einem Regal, wo Bücher und Papiere gestapelt waren, und fing an, ihn damit zu bewerfen, und sagte: »Sehen Sie, was Sie aus ihm gemacht haben? Sehen Sie, was er in meinem Zimmer angerichtet hat? Muß ich mir das in meinem Zimmer bieten lassen, in meinem Haus? Hat er mich geheiratet, damit ich mit ihm in einem Schweinestall wohne? Soll ich wie ein Schwein leben mit euch allen?« Mit jeder Frage bewarf sie Deven mit einer Handvoll Papiere, und als ihn schon ein ganzer Berg davon umgab und er den Kopf von einer Seite zur anderen wandte, um dem Anprall auszuweichen, und er schon ganz schwindlig und verwirrt und halb wahnsinnig war, als immer mehr auf ihn herabgeflogen kam, kreischte sie:

»Sehen Sie nicht? *Dort* ist es!« Und sie zeigte auf eine gelbe Lache Erbrochenes in einer Ecke des Zimmers. Er starrte da hin und bemerkte erst jetzt das weinende Kind – den dicken kleinen Jungen, der die Münzen zu Boden geworfen hatte, die ihm der Dichter gegeben hatte, und der jetzt an die Wand gelehnt saß, die Beine vor sich ausgestreckt und die Fäuste gegen die Augen gepreßt, und heulte vor Müdigkeit und Angst. Devens Blicken folgend starrte auch sie das Kind an, stürzte dann zu ihm hin und hob es mit einer heftigen Umarmung auf. »Sehen Sie, was mein Kind mitansehen muß – wie tief sein Vater gesunken ist durch euch – euch!«

»Nein, nein«, protestierte Deven, und um alle Spuren der Erniedrigung des Dichters zu beseitigen, griff er nach den Papieren, die sie gegen ihn geschleudert hatte; kroch auf den verräterischen Fleck zu und fing an, den Boden damit aufzuwischen; und seine Bewegungen wurden immer verzweifelter durch das Schluchzen des verängstigten Kindes, die Würgelaute des Dichters vom anderen Ende des Zimmers und die Empörung, die von der Frau ausströmte, als wäre sie eine Feuerschluckerin mitten in ihrem Auftritt.

»Räumen Sie das weg hier«, befahl sie, neben dem Bücherregal stehend, und hielt das Kind hoch, als würde es sonst vom Schmutz besudelt. »Gehen Sie Wasser holen. Waschen Sie den Boden. Ich will ihn gewaschen und poliert haben. Ich will mein Zimmer sauber haben, mein Haus sauber haben. Hören Sie? Glauben Sie, ich habe dieses Haus betreten, um mit Schweinen Umgang zu haben?«

»Nein, *Janum*, nein«, weinte der Dichter zwischen den würgenden Lauten, die ihn in Stücke zu reißen schienen. »Ich sag dir doch – ich hatte diese Schmerzen hier – meine Magengeschwüre –«

»Rede nicht mit mir!« Ihre Stimme schwoll hysterisch an. »Rede mir nicht von Magengeschwüren. Es war das Trinken, es waren deine Party, deine Freunde, dein gräßliches, minderwertiges Leben –«

»Er ist krank«, widersprach Deven und schlich zur Tür mit den schmutzigen Papieren in der Hand. »Bitte, bitte, er ist krank und alt. Ich bitte Sie –«

»Krank? Er ist ein *Narr*, ein Narr, Zeit mit Ihnen zu vergeuden, Freunde wie Sie zu haben, nicht an seine Frau und sein Kind zu denken –«. Die Frau hielt in ihrer schrillen Schimpfkanonade inne, weil ihr die Stimme brach, und sie wandte das Gesicht ab, als wollte sie einen Augenblick der Schwäche verbergen. Deven benützte ihre momentane Unaufmerksamkeit als Gelegenheit, aus dem Zimmer zu schlüpfen mit dem triefenden Bündel Papier, das er verzweifelt loszuwerden trachtete.

Eine Weile stand er draußen auf der Veranda im Dunkeln, ein paar Schritte neben der erleuchteten Türöffnung, und bemühte sich, ruhiger zu atmen, während er auf die Stimmen drinnen horchte – die eine noch immer anklagend, die andere beschwichtigend; die eine scharf, die andere hilflos – und das Weinen des Kindes, das allmählich zu einem wässerigen Schluckauf und einem gelegentlichen plötzlichen Aufschluchzen verebbte. Er überlegte, ob er zurückkehren sollte, um für Gerechtigkeit und Barmherzigkeit zu sorgen. Aber die Papiere zwischen seinen Fingern trieften und stanken. Angewidert starrte er sie an, war sich nicht klar, wieso er sie in der Hand hielt. Beinahe hätte er sie über das Geländer in den Hof hinuntergeworfen, aber ganz offensichtlich waren an jeder Tür Menschen, in jedem schattigen Winkel, horchend und abwartend, bis es wieder sicher wäre, herauszukommen und, was immer das normale Leben dieses Haushalts war, wieder aufzunehmen.

Also packte er sie fest, um seinen eigenen Widerwillen zu überwinden, und tat dann, was ihm alle seine Instinkte sagten – raste die Veranda entlang, stürzte die Treppe hinunter und zur Tür hinaus auf die Straße, und dort warf er das ekelerregende Paket in die Gosse und floh. Er war am Ende der Gasse, an der Ecke, wo die Straßenbeleuchtung gänzlich normal strahlte, als ihm der Gedanke kam, daß diese Papiere, die er weggeworfen hatte, womöglich mit Nurs Versen beschrieben gewesen waren.

Das waren die beiden Augenblicke des Abends, die haften blieben, die sogar sein Gewissen oder das Auswahlvermögen seines Gedächtnisses sich weigerten, loszulassen – der Augenblick, da er über dem Schacht des Hofes gestanden und den Stimmen drinnen gelauscht hatte, und der Augenblick, in dem er aus dem Haus gestürzt, die Papiere fallen gelassen hatte und davongelaufen war. Was eigentlich war dazwischen geschehen? Manchmal erinnerte er sich einer völlig anderen Szene: Wie er beherzt hineingegangen war und die rächende Gestalt einer weißsilbernen Hexe weggestoßen hatte, wie er Nur in seinen Armen aufgehoben und sich seiner Leiden angenommen und ihn vor ihnen gerettet hatte... aber dann pflegte seine angeborene Unfähigkeit, sich mit Phantasien zu beruhigen, eine Bremse einzulegen, das wilde Getorkel seiner Einbildung kam krachend zum Stillstand, und er sah sich wieder der einen Wahrheit gegenüber – wie er den Dichter in seiner Pein im Stich gelassen hatte, die Papiere, auf denen seine Verse geschrieben standen, entweiht hatte, und weggelaufen war.
Auch nur daran zu denken, nahm ihm den Atem.

Viertes Kapitel

Die Morgendämmerung stieg herauf am Ende der Straße, als Deven im Autobus heimwärts ratterte. So wenigstens beschrieben es die Dichter, dachte er bitter, als er durch die mit Staub überzogenen Fensterscheiben hinausblickte in die rußige Dunkelheit, die sich ins Graue hin aufhellte, als würden Ruß und Schmutzflocken in Abwaschwasser aufgelöst. Aus dieser wäßrigen Düsternis begannen Formen aufzutauchen, undeutlich und gestaltlos zunächst, dann allmählich nahmen sie die Konturen und Dimensionen von Bäumen, Häusern, Schornsteinen und Hütten an. Morgendämmerung und Dichtung, dachte er, und spuckte einen Tabakkrümel aus, sein Mund fühlte sich quälend unsauber an zu dieser Morgenstunde, das alles war ganz einfach nicht echt, nicht wahr; es war scheinheiliges Geschwätz, man durfte dem nicht trauen. Wenn es wahr wäre, dann hätte es der Prüfung tatsächlicher Erfahrung standgehalten, und das hatte es nicht. Ach, das hatte es nicht, das hatte es nicht. Fortan würde er diese Täuschung meiden, diesen Traum, der sich so leicht in einen Alptraum verkehrte. Jede Wirklichkeit war dem vorzuziehen, sagte er sich, selbst wenn es das verschmierte Fenster eines Überlandbusses war, der über die ausgefahrene Straße heimwärts holperte.

Er stöhnte laut und bewegte den Kopf in seinen Handflächen hin und her in echter Pein.

Ein verfrühter Milchmann, der in der anderen Sitzreihe saß, fragte freundlich: »Bist du krank, mein Sohn? Bist du krank?«

Deven schüttelt verneinend den Kopf, hob ihn dann und

starrte stoisch hinaus auf die gelbe Straße mit dem in den Staub getrampelten Stacheldrahtzaun und den ausgezehrten Rindern, die sich langsam aus dem Schutz der Dornenbäume erhoben, wo sie geschlafen hatten, und über die kahlen Felder schwankten auf der Suche nach Futter, wie irgendwelche prähistorischen Tiere, denen man nicht mitgeteilt hatte, daß sie sich überlebt hatten.

Nach dem Alptraum, den er durchlebt hatte, erschien ihm die stille Ruhe dieser morgendlichen Szenerie absolut idyllisch. Er schaute und schaute, nahm jede Reklametafel und jedes Wahrzeichen am Wege zur Kenntnis – »Mita Zucker-Fabrik«, »Freunds Fahrrad-Reparaturen«, »Modi Autoreifen und Radschläuche«, eine Gruppe schwarz gewordener Akazienbäume, einen Haufen eingefallener Lehmhütten, »Pandschab Speisehaus: warme Mahlzeiten, kalte Getränke« –, und sie trafen seine Augen und die schmerzenden Schläfen, das Vermächtnis einer schlaflosen Nacht, wie bösartige kleine Steine. Es gab keine Idylle, die nicht zerbrechen konnte.

Sein Kopf schwankte vor Schläfrigkeit auf seinem dünnen Stengel. Er hätte gerne die Augen geschlossen, ein Ohr gegen die ratternde Seitenwand des Busses gelehnt und ein bißchen geschlafen, aber er wagte es nicht. Er wußte, was für Gestalten aus dem Dunkel gekrochen kämen, um auf ihn loszugehen – die Frau mit speichelgesprenkelten roten Lippen, die sich geöffnet hatten, um den Dichter kreischend zu beschimpfen; das sich auf dem Boden wälzende weiße Polster, das der Dichter war, näher und näher auf ihn zurollte, bis es ihn unterhalb der Knie traf und niederwarf in die Gosse, die verstopft war mit triefenden, stinkenden Papieren, mit Nurs Versen beschrieben... Aus Angst, sie könnten sich um seine Knöchel schlingen, hob er die Füße – er roch es noch immer – Dichtung, für alle Zeit mit Erbrochenem vermengt in seiner Erinnerung. Was schlimmer war, er würde sich immer verantwortlich fühlen – zumindest teilweise – für die Besudelung dieser Dichtung. Und doch, wie konne er es denn sein, da er doch die Dichtung so liebte, geliebt *hatte*, mehr als jede Wirklichkeit?

»Da, mein Sohn, eine Prise Tabak – probieren Sie's und sehen Sie, wie Sie sich dann fühlen«, redete ihm der freundliche Milchmann zu, beugte sich über den Mittelgang zu ihm mit einer kleinen flachen Blechdose, öffnete sie mit einem grünen Fingernagel, um ihm den Tabak anzubieten.

Deven zuckte zurück, murmelte unbeholfen seinen Dank und lehnte ab. Er hätte es jetzt jeder Freundlichkeit vorgezogen, nicht beachtet zu werden.

»Macht den Kopf klar«, drängte der Mann, »erst dreht sich alles so schnell, daß man glaubt, er fällt einem glatt runter – dann hört das Schwindelgefühl auf, und man merkt, er ist ganz klar geworden – so gut wie neu.«

»Nein, danke«, wehrte Deven ärgerlich ab, lauter als vorher, und wandte sich entschlossen dem Fenster zu. Er hörte die Tabakdose zuschnappen.

Da war endlich die Oase des Landwirtschaftlichen College mit ihrem düngergenährten Grün, und die Eisenbahnschienen, der Getreidespeicher und der Bus-Bahnhof, die wartende Menschenmenge mit ihrem Gepäck, die Karren voll von Früchten und Erdnüssen für die Reisenden, die ihm so vertraute Kakophonie des Basars. Als er sich erhob und auf krummen, ihm nicht gehorchenden Beinen aus dem Bus stolperte, sah er das Gesicht eines seiner Studenten, der auf einem Fahrrad vorbeifuhr. In dem Augenblick, da sie beide erschrocken einander anstarrten, fiel Deven einer von Nurs Versen ein, so nebenbei, wie ein weggeworfener Bus-Fahrschein zu Boden fällt.

Vorbei die Nacht, der Tag bricht an, und Kummer kehrt zurück,
begrüßet uns im Morgenlicht mit schrillem Hahnenschrei.«

Eine Weile stand er da, als hätte man seine Glieder mit Zement gefüllt. Von beiden Seiten wurde er gestoßen von Reisenden, die ausstiegen, und von Reisenden, die einstiegen, konnte sich aber in keine Richtung vom Fleck bewegen. Dann schüttelte er den Kopf, zuckte zusammen, als er große Steine darin herumrollen spürte, und sagte sich, er müsse sich entschließen, wohin er gehen, was er als nächstes tun sollte. Dieser anfänglichen Unsicherheit folgte ein rascher Entschluß: Er konnte nicht nach Hause gehen und Sarlas steinernem Gesicht gegenübertreten, ihrem Beleidigtsein oder ihrer offenen Wut; es wäre besser, direkt ins College zu gehen. So früh am Morgen würde noch niemand dort sein. Er würde in den Waschraum gehen und den Kopf unter die Wasserleitung halten. Er würde in die Kantine gehen und eine Tasse Kaffee trinken. Er würde in die Klasse gehen und seine Vorlesung halten, ein bißchen holprig vielleicht, würde aber nach und nach wieder in das vertraute Geleise kommen, irgend etwas oder irgendwer würde ihm sicherlich irgendwann einen Stoß geben und ihn in Bewegung setzen. Hatte er erst einmal zurückgefunden, würde er nie wieder in die Irre gehen. Niemals, ach niemals. Und mit hochgezogenen Schultern, um seine Ohren, seinen Kopf zu schützen, ging er weg aus dem Gedränge.

Als er schließlich doch nach Hause kam, stand Sarla in der Tür, die Arme und ihren Sari um die Schultern geschlungen und das Gesicht unter dem dünnen, leicht zerzausten Haar gesenkt, redete sie mit einer Nachbarin draußen – das Sinnbild einer verlassenen Ehefrau. Gerade diese

Nachbarin mochte Deven gar nicht – sie war die verwitwete Mutter eines seiner Kollegen, füllig und formlos in ihrem weißen Witwensari und mit einem Gesicht, das zugleich scheinheilig und grimmig war, wie ein Kriegsbeil in der Hand eines Eiferers.

Als er das Gatter mit dem üblichen rostigen Protestgeräusch aufstieß, hoben die beiden Frauen die gesenkten Köpfe und starrten ihn an, als wäre er ein Fremder, ein Eindringling. Dann warf sich Sarla eine Bahn ihres Sari über den Kopf. Normalerweise bedeckte sie ihren Kopf nicht, wenn er erschien; es war eindeutig, daß sie sich auf eine Szene vorbereitete. Er versuchte zu lächeln, hob dann jedoch die Hand vor den Mund, weil er spürte, daß er lieber nicht lächeln sollte.

Mrs. Bhalla setzte dazu an, sich in ihrer typischen scheinheiligen Art davonzuschleichen. Als sie sich beim Gatter an ihm vorbeidrückte, sagte sie: »Ich habe Sarla gesagt, sie soll sich keine Sorgen machen, mein Neffe hat Sie heute früh aus dem Delhi-Bus steigen sehen, als er in die homöopathische Ambulanz fuhr, die Medizin für seinen Vater holen. Das war um sechs Uhr, hab ich ihr gesagt.«

»Jja-a, ich hab gestern abend den letzten Bus versäumt«, sagte er heiser, »und hab den ersten heute früh genommen und – und mich entschlossen, gleich ins College zu gehen.«

»Aber eine Nachricht hätten Sie schicken können«, sagte Mrs. Bhalla in ihrem süßesten, schmeichelndsten Tonfall. »Das ist so eine Kleinigkeit und bedeutet doch den armen Damen, die daheim warten, so viel.« Sie schenkte Sarla ein mildes Lächeln. »*Accha,* Schwester, dann geh ich also«, seufzte sie und verschwand um die Ecke auf ihren schlurfenden Witwenfüßen.

Sarla löste sich abrupt vom Türpfosten, drehte sich um und hielt beim Hineingehen die Bahn ihres Sari über ihrem Kopf fest, als wäre sie in Trauer oder bei einer religiösen Zeremonie. Seufzend folgte ihr Deven. Er wußte, für viele kommende Tage würde er mit diesem Verhalten bestraft werden. Die lähmende Langeweile senkte sich bereits auf ihn herab wie grauer, bröckelnder Schimmel. Er fühlte sich gealtert und modrig. Er war sicher, seine Zähne waren in der Nacht locker geworden, und sein Haar würde in Büscheln ausgehen, wenn er daran zöge. Und das könnte ihr auch einfallen, fürchtete er, um ihn zu lehren, nicht aus der vertrauten, sicheren Mülltonne ihrer Welt auszubrechen in die gefährliche Welt nächtlicher Bacchanalien, lärmender Gelage und Melodramen. Nun würde er zurückfallen auf den Müllhaufen wie eine weggeworfene Brotkruste und verschimmeln. Das war nicht nur das einzige, was er verdiente, es war auch das einzige, wofür er taugte und daher vom Leben, vom Schicksal erwarten konnte. Gerechtigkeit war schließlich nicht ohne Beziehung zum Schicksal, war das nicht die Lehre von – von...? Er konnte sich nicht erinnern. Aber welche Vermessenheit war es gewesen, Einlaß zu suchen in die Welt Nurs – die Welt des Dramas und der kreisenden Lichter und der Gelage und der Furien; wie unzulänglich er sich ihren Anforderungen und Erwartungen gegenüber erwiesen hatte. Nein, das einzige, dem er gewachsen war, war dies hier – dieses schäbige Haus, seine schmutzigen Winkel, seine Erbärmlichkeit und Lieblosigkeit. Als er sich darin umsah, spürte er, wie er vor Erleichterung und Dankbarkeit zusammensackte. Zugleich ließ er die Schultern hängen, gab sich geschlagen.

Deven war eher ein Dichter als ein Professor gewesen, als er Sarla heiratete – er war nur als provisorischer Lehrbeauftragter aufgenommen worden und glaubte noch an seine eigenen Verse –, und für die Frau eines Dichters schien sie zu prosaisch. Natürlich war sie nicht seine Wahl gewesen, sondern die seiner Mutter und Tanten, listiger und vorsichtiger Frauen; sie war die Tochter einer Freundin einer Tante, sie wohnte in der gleichen Straße wie diese Familie, sie hatten sie jahrelang beobachtet und in jeder Hinsicht geeignet befunden: schlicht, nicht besonders hübsch, sparsam und von Haus aus pessimistisch. Was sie nicht vermutet hatten, war, daß Sarla, als Mädchen und als frischgebackene Braut, auch ihre Wunschträume hatte; sie hatten das nicht begriffen, weil innerhalb der unbarmherzigen Grenzen ihres eigenen kargen Lebens sie nie etwas derart Abstraktem gefrönt hatten. Sarlas Zuhause war kaum weniger dürftig gewesen, aber an seinem Rande blühte ein Garten Eden, wie ihn Reklame, Kinovorführungen und die Phantasien der Freundinnen verhießen. So hatte sie es gewagt, Träume von einem Telefon, einem Kühlschrank oder gar einem Auto zu hegen. Lehnte sich denn nicht die lächelnde Dame auf der Reklame verführerisch an ihren vollgefüllten Kühlschrank und versprach: »Er gehört Ihnen mit einfacher Ratenzahlung«? Und stieg nicht das flotte Mädchen in der Zeitschrift in ein Auto, als gäbe es in ihrem Leben keine solchen Dinge wie Rechnungen, Raten oder Schulden? Ihre Freundinnen machten ihre Witze darüber:

»Alles frisch – auf den Tisch
– aus dem Kühlschrank.«
»Ohne Zaudern – miteinander plaudern
– durchs Telefon.«
»Wachen und träumen – in luftigen Räumen
– mit dem Ventilator.«

– pflegten sie ihre Sprüchlein herunterzuhaspeln, wann immer von einer Hochzeit, einem Bräutigam, einer Verlobung die Rede war, und konnten sich vor Lachen kaum halten. Während ihre Mutter Kochgeschirr aus rostfreiem Stahl zusammentrug und ihre Schwester Kissenbe-

züge für sie stickte und kleine Schondeckchen, träumte sie den Zeitschriftentraum vom Heiraten: sie selbst, wie sie aus einem Auto stieg, mit einem Plastiksack voller Lebensmittel, die sie in den blitzblanken Kühlschrank einräumte, dann zum Telefon eilte, das auf einem dreibeinigen Tischchen auf einem Spitzendeckchen stand, und aufgeregt ihre Freundinnen anrief und sie einlud, in eine Filmvorführung zu gehen mit ihr und ihrem Mann, der sie hinter einem geblümten Vorhang hervor anstrahlte.
Doch weil sie in einen akademischen Beruf eingeheiratet hatte und aus der Hauptstadt in eine Kleinstadt übersiedelt war, war keiner dieser Träume Wirklichkeit geworden, und sie war natürlich verbittert. Die zunichte gewordenen Sehnsüchte hatten zwei tiefe Furchen von ihren Nasenflügeln zu den Mundwinkeln gegraben, so tief und so dauerhaft wie Operationsnarben. Das zu beiden Seiten des Kopfes herabfallende dünne glatte Haar wiederholte diese Linien der Enttäuschung. Sie verliehen ihr ein abschreckendes Aussehen, und vielleicht sah deshalb ihr Mann ständig so abgeschreckt aus, selbst wenn er dessen Ursprung begriffen hatte. Er begriff, weil auch er, wie sie, eine Niederlage erlitten hatte; wie sie war er Opfer. Obwohl jeder die geheime Wahrheit über den anderen begriff, führte das nicht zu innerer Nähe, zu keiner Kameradschaft, denn sie spürten auch, daß zwei Opfer einander meiden, ihre vereinten Enttäuschungen nicht in ein gemeinsames Joch spannen sollten. Ein Opfer sucht nicht bei einem anderen Opfer Hilfe; es sucht nach einem Erlöser. Deven wenigstens hatte seine Dichtung; sie hatte nichts, und daher lag in ihrem Blick zusätzliche Anklage und Bitterkeit.

Für gewöhnlich brachten ihn ihre schweigenden Anklagen, die die Bürde auf seinem Rücken noch vermehrten, in Wut. Um sie leichter zu machen, schleuderte er Gerichte, die nicht nach seinem Geschmack gekocht waren, in die Gegend, brüllte hemmungslos, wenn Mahlzeiten nicht fertig waren, wann er sie wünschte, oder wenn die Wäsche nicht gewaschen war oder ein Knopf fehlte, oder ihr kleiner Sohn laut oder schmutzig war: er tat es, um ihr die Schuld zu geben, um selber die zu enge Haut der Schuld loszuwerden. Indem er das Hemd zerriß, das sie nicht gewaschen hatte, oder den Jungen aus dem Zimmer wies, weil er weinte, protestierte er eigentlich gegen ihre Enttäuschung; er war darauf aus, ihre Enttäuschung zu zerschlagen, an ihr Rache zu nehmen, weil sie diese Enttäuschung in sich trug. Warum sollte davon seine Existenz vergiftet werden, die einmal vielversprechend gewesen war und eine Zukunft gehabt hatte?

Doch nun hatte der Gifthauch sich auch über seine eigene Existenz gelegt, und er ergab sich ihm; es entsprach seiner Stimmung, es schien passend. In dem kaputten Rohrstuhl auf der Veranda mehr hängend als sitzend, lauschte er auf Sarlas Umhergehen drinnen im Haus und sah seinem Sohn zu, der auf den Stufen spielte. Sie waren beschäftigt, er war müßig. Sie waren lebendig, er in einem Zustand des Verlorenseins. Wenn er nichts unternähme, sich daraus zu erheben, bliebe er darin gefangen.

»Manu«, rief er endlich leise, seine eigene Isoliertheit bewegte ihn dazu, einen ersten Anknüpfungsversuch zu unternehmen, seit er so niedergeschlagen zurückgekehrt war.

Falls Manu hörte, reagierte er nicht, wischte sich nur mit dem Handrücken die Nase und spielte weiter mit einem Blechkreisel auf der Treppe.

»Manu, Sohn«, rief Deven wieder, bekümmert. »Komm zu Papa, zu Papu.«

Jetzt, bei der unerwarteten Bitte in Devens Tonfall, blickte Manu unter seinem staubigen Haarschopf auf. »Komm, sprich mit Papa, mein Sohn«, schmeichelte De-

ven, stellte die Beine so, daß er ihn auf den Schoß nehmen konnte. »Erzähl mir von deiner Schule.«
Schweigen von Manu; nur ein Fingerzucken, nervös.
»Zeig mir deine Bücher«, versuchte es Deven weiter. »Wo sind sie?«
Plötzlich kam eine Stimme aus dem halbdunklen Zimmer hinter ihnen. »Geh deine Bücher holen«, rief Sarla. »Zeig sie deinem Vater.«
Beide, Deven und sein Sohn, zuckten zusammen, ihre Stimme klang so nahe; dann stieg das Kind die Treppe hinauf und ging hinein, seine Schultasche holen, während Deven in seinen Stuhl zurücksank, schwach vor Erleichterung, daß die Bestrafungsperiode vorüber war. Die Spannung war gerissen. Sie lag in toten Schlingen zu seinen Füßen, erschöpft.
Er lächelte, als Manu über die Veranda zurückkam, seine Schultasche mürrisch hinter sich herschleifend, denn anscheinend hätte er es vorgezogen, sein Vater wäre im Hintergrund geblieben. Er sah widerspenstig und ängstlich aus, während sein Vater die abgegriffenen fettigen Übungshefte herauszog und sie mit allen Anzeichen freudiger Erwartung, wenn nicht gar von Stolz, aufschlug. Aber es mußte einem Dichter und Dozenten an einem Provinz-College wohl schwerfallen, wenn nicht überhaupt unmöglich sein, Stolz zu empfinden über die schmutzigen, bekritzelten Seiten voller Radierflecken und von wütendem Rotstift gegeißelt, über die niederschmetternden Noten, die beißenden Kommentare an den Hefträndern. Ein Protestschrei drängte sich auf Devens Lippen und erstarb. Ihm wurde bewußt, daß dies nicht der Zeitpunkt war für elterlichen Tadel. Auch war ihm Sarlas wachsame, wenn auch verborgene Gegenwart im Zimmer hinter ihnen bewußt. Er wußte, er hatte schon zu oft gesagt: »Als ich ein Junge war, habe ich mich bemüht, meinem Vater Freude zu machen und gute No-

ten nach Hause zu bringen, ordentliche Hefte und eine schöne Handschrift. Er hat mir nie eine Belohnung gegeben, aber es freute ihn – er war stolz. Ich wollte, daß mein Vater stolz auf mich war.« Er wußte, wie Sarla darüber den Mund verzog, wie sein Sohn schmollte und wie unerträglich das war. Daher seufzte er nur.
»Und was habt ihr gelesen?« versuchte er es heldenhaft von neuem. »Dieses Buch? Ah, sehr gut, das ist sehr gut«, lachte er in sich hinein, blätterte in einem Buch mit Versen über Pfauen und Krähen, Schildkröten und Hasen, Affen und Krokodile – dieses Bestiarium, das durch jede Kindheit stolzierte, dessen er sich aus seiner eigenen erinnerte und das er absolut billigte als geeigneten Hintergrund für die Kindheit seines Sohnes. Oder doch nicht? Er starrte auf die klassische Gegenüberstellung der verschiedenen Arten, die der leuchtenden Kraft der für die Illustrationen verwendeten Grundfarben zugute kam; er zauderte, und ein Schatten fiel über sein Gesicht – Bilder, die aus seinem Herzen zu fallen schienen wie schlecht versteckte Karten bei einem Spiel, legten sich darüber, Bilder eines dünnen, lebhaft geschminkten Gesichts, angespannt und von Abscheu und Wut verzerrt; einer zusammengekrümmten Gestalt, sich vor Schmerzen auf dem Boden windend – und über diesen Schatten ein drittes Bild, älter und verblaßter und doch ebenso schmerzbeladen, ein Bild seines Vaters, ausgezehrt von Krankheit, zusammengeschrumpelt auf einem ärmlichen Lager am Boden, einen zerfledderten Band Gedichte in der Hand, woraus er mit einem Ausdruck unbeschreiblicher Freude las, Gedichte, die, seltsam genug, auf den anderen beiden Karten geschrieben standen, so viel schärfer und krasser in ihren frischeren Farben. Was ließ all diese einander so unähnlichen Erinnerungen zusammenfließen zu *einem* Bild?

Er erhob sich von seinem Stuhl und stammelte: »Machen wir einen Spaziergang. Komm, Manu, komm, geh mit mir spazieren.« Blind streckte er die Hand aus, und der Junge steckte vorsichtig einen Finger in die Faust seines Vaters und spürte, wie sie sich darum schloß.
Dann gingen sie die Stufen hinunter und durch das Gatter auf die Straße hinaus, die Mutter im Haus sah es mit Erstaunen und ähnelte in diesem Augenblick der Mutter in den bunten Frauenillustrierten, soweit das irgend möglich war.

Deven und der Junge wanderten die Straße hinunter zwischen den gelb verputzten kleinen Häusern, die der gleichen Klasse niedrigbezahlter Angestellter gehörten, wie er einer war, und die alle auf einen neuen Anstrich warteten, wenn eines Tages die Gelder für ein so unwahrscheinliches Unternehmen eingenommen werden sollten. Inzwischen blätterten sie ab und schimmelten unter Kürbis- und Bohnenranken und roten, staubigen Bougainvilleas. Kaputte Möbel quollen aus ihren kleinen Veranden. Wäsche hing auf Wäscheleinen davor; darunter scharrten eifrig Hühner, und Kinder spielten ihre wilden Spiele. Drinnen plärrten Radios, so daß sie beim Gehen ununterbrochen das gleiche Programm in Fortsetzungen hörten.
Deven sog das alles ein, fand es beruhigend. Ausnahmsweise empfand er keinen Groll über seine »Umstände«. Ihre Gewöhnlichkeit hatte sich für ihn verwandelt durch seine neue Erfahrung und die noch offenen Wunden, die sie hinterlassen hatte. Auch weil er den Daumen seines Sohnes in seiner Hand spürte. Er wanderte dahin mit leichtem Schritt, atmete die schwüle, stickige Luft der kleinen Wohnsiedlung, ihre Kochdünste und den Geruch von Staub und Hühnerdreck und Wäschewaschen wie etwas Erfrischendes. Die ruhige Heiterkeit des Abends und des Spaziergangs gaben ihm einen ungewohnten Seelen-

frieden, Zufriedenheit mit den Dingen, so wie sie waren, und ein gewisses bescheidenes kleinstädtisches Wohlbefinden.
Er ging, als ginge er fort von den Trümmern seines Ausflugs nach Delhi, seines Besuches bei Nur, des fehlgeschlagenen Interviews – als ließe er das alles zurück. Die erste Verzweiflung über den Verlust all dessen wurde an diesem Abend nach und nach, wie ein leeres Glas mit Wasser, mit der Erkenntnis gefüllt, daß dieser Verlust seine Existenz vereinfacht, sie wiederum auf die klare Bedeutungslosigkeit reduziert hatte, mit der umzugehen er wußte, da er schon so lange mit ihr umgegangen war. Gerade noch rechtzeitig war er einer verwickelten Situation entkommen; er hätte nicht gewußt, wie ihr zu begegnen. Verglichen mit dem Schrecken dieser Bedrohung war seine graue Anonymität süß.
Er sagte sich, was für ein Glück er hatte, die Gefahren von Nurs Dichtung gegen das anspruchslose Geplapper eines Kindes eingetauscht zu haben. Der Junge erzählte eine seiner eintönigen Geschichten aus dem Schulleben, die er seinen Eltern so oft vorschwätzte, nur hörten die ihm nie zu. Deven blickte auf seinen Kopf herab und lächelte, als Manu ihm erzählte: »Mein Lehrer, dem wachsen Haare aus den Ohren. Warum wachsen in seinen Ohren Haare, Papa? Er steckt sich einen Bleistift hinter das Ohr – so –« Deven lachte und schwenkte die Hand des Jungen – »und wenn er böse ist, dann nimmt er den Bleistift und wirft damit – so.« Der Junge fuhr mit der Faust durch die Luft, und eine Krähe erhob sich von dem Stacheldrahtzaun und flog krächzend davon. Manus Gesicht rötete sich vor Überraschung und Stolz über die Wirkung, die seine Geschichte hatte. Beinahe zum ersten Mal in seinem Leben, seit den ersten Tagen seiner Kleinkinderzeit, an die er sich natürlich nicht erinnern konnte, hatte er ein Gefühl der Macht, der Fähigkeit, auf Menschen Eindruck zu machen

und Ereignisse zu beeinflussen. Er stürmte dahin an der Seite seines Vaters, anstatt hinterher zu trödeln, wie es für ihn sonst üblich war. Der Junge, der so oft quengelig vor Hunger und Müdigkeit war, wenn Deven von der Arbeit nach Hause kam, schien dem widersprechenden, jammernden Geschöpf, das er für gewöhnlich war, ganz unähnlich; auch er schien etwas Vergnügliches und Angenehmes in der ungewohnten Erfahrung eines Spazierganges mit seinem Vater zu finden.

Wenn seine Mutter ihn zu einem Spaziergang mitnahm, dann unweigerlich zum Markt oder zum Haus einer Freundin, doch sein Vater schien zu einer abenteuerlichen Expedition aufgebrochen zu sein. Sie hatten die Siedlung mit den Wohnungen der kleinen Angestellten hinter sich gelassen. Sie gingen an der Rückseite des Lala Ram Lal College entlang und an seinem Stacheldrahtzaun, wo man die staubigen leeren Sportplätze sehen konnte, auf denen nie jemand Sport trieb, und an der Reihe weißgetünchter Hütten, wo das nicht unterrichtende Personal wohnte, inmitten von Büffeln, aufgehängter Wäsche, den leichten Betten und Wassereimern. Dann bog der Weg ab von dem Stacheldrahtzaun, der durch das grobe Gras und Flecken von Salpeter lief, hinunter zu dem Kanal, der die eigentliche Stadt von den unnatürlich saftigen Gründen des Landwirtschaftlichen und Tiermedizinischen College trennte, dessen violette Bougainvillea sich zum Kanalufer hinunter rankte und üppig blühte hinter Büscheln von Pampasgras. Hier verengte sich der Weg zu einem schlammigen Pfad, den die College-Bediensteten benützten, um sich dort hinter die Büsche zu hocken, und die Wasserbüffel, die trinken kamen. Der Lehm war getrocknet, er krachte unter ihren Füßen, und es war angenehm, darauf zu gehen. Der Kanal war schmal, aber tief und trocknete nie aus, nicht einmal bei heißestem Wetter. Pampasgras wuchs dicht entlang dem

Ufer, und an seinen Rändern regten sich Büffel und Bienen im Schilf.
»Schau dir die Papageien an«, machte Deven seinen Sohn aufmerksam und zeigte auf einen Schwarm, der aus einem Akazienbaum hervorbrach und über die Felder strich, giftgrün gegen das blasse Gelb des westlichen Himmels.
»Ich kenne ein Lied über einen Papagei«, erklärte Manu sofort und sang fröhlich drauflos, ein Kinderlied, das sogar Deven kannte, und er lachte vor Freude, an den harmlosen Unsinn erinnert zu werden. »Das hat mir mein Vater beigebracht«, sagte er leichthin. Genaugenommen stimmte das vielleicht nicht ganz, er konnte nicht wirklich behaupten, sich zu erinnern, aber es konnte wahr sein, denn er erinnerte sich wirklich an das Liedchen und spürte das um Verzeihung bittende Lächeln seines Vaters irgendwo darin. Sein Vater, der an chronischem Asthma gelitten hatte und dessen Berufslaufbahn an seiner Invalidität gescheitert war, hatte sich anscheinend ständig bei seiner Frau entschuldigt, die mehr von einem Ehemann erwartet hatte und schmerzlich enttäuscht gewesen war über das wenige, das er aus seinem Leben gemacht hatte; als Kind hatte Deven das kaum verstanden, aber jetzt, da er selbst eine gar nicht unähnliche Stellung daheim einnahm, hatte er das Gefühl, den toten Mann beschützen zu müssen, und in seiner Vorstellung glorifizierte und vergötterte er ihn, wie er es nicht getan hatte, als er noch lebte. In magischen Augenblicken wie diesem nahm die Phantasie das Wesen der Wahrheit an. Sie glühte geradezu – wie der Sonnenuntergang.
Der Papageienschwarm schwenkte um, vielleicht weil er die Felder leer von Getreide gefunden hatte, und kehrte auf den Baum über ihren Köpfen zurück, kreischend und zankend ließen sich die Vögel zwischen den Dornen nieder. Eine leuchtende frühlingsgrüne Feder schwebte durch die Luft herab und fiel zu ihren Füßen auf den

grauen Lehm. Deven bückte sich, um sie aufzuheben, und reichte sie seinem Sohn, der sie sich hinter das Ohr steckte und so seinen Lehrer mit dem Bleistift imitierte. »Schau, jetzt bin ich *Master-Ji*«, schrie er aufgeregt.

Ja, das war der Höhepunkt dieses kurzen idyllisch-friedlichen Rundgangs. Es war, als blitzte der Abendstern in diesem Augenblick auf und würfe ein kleines blasses Leuchten auf Devens flachgedrückte graue Welt. Selbstverständlich konnte es nicht dauern, selbstverständlich mußte es abnehmen und verlöschen. Ja.

Sie kamen zu ihrem Haus zurück – DII/69 in dieser Siedlung, nach einem Führer der *Harijans* genannt –, und das ordentliche braune Papierpaket, das Deven aus diesem Abend gemacht und sorgfältig verschnürt hatte, fiel auseinander. Sarla überreichte ihm eine Postkarte, die mit der Abendpost gekommen war, ihre Finger noch feucht von eben gewaschener Wäsche. »Da«, sagte sie mit einem beredten Naserümpfen. Sie hatte sie offensichtlich gelesen. Er nahm die Karte und wußte, sein Verhängnis hatte ihn schließlich doch aufgespürt, hatte ihn eingeholt.

»Sehr geehrter Herr«, hieß es in kleiner, sauberer Handschrift auf Englisch. »Es freut mich zu hören, daß Sie sich entschlossen haben, als mein Sekretär zu arbeiten. Bitte melden Sie sich zum ehestmöglichen Zeitpunkt. Ich möchte Ihnen einige Gedichte diktieren. Murad Sahib will dieselben veröffentlichen. Die Zeit eilt dahin. Hochachtungsvoll...« Der Name war in elegantem, kunstvollem Urdu unterschrieben.

Fünftes Kapitel

»Das ist es, was ich an dir nicht mag«, sagte Murad und schnitt eine Grimasse rund um den Zahnstocher, den er zwischen den Lippen stecken hatte. »Immer nein sagen, ich kann nicht, wie soll ich, ich habe Angst, ich werde mich verletzen, da werde ich umkommen –«

»Das habe ich nicht gesagt«, widersprach Deven, den Kopf verzweifelt in die Hände gestützt. »Ich habe nur gesagt, ich habe meinen Posten, ich darf meinen Posten nicht verlieren, mein Gehalt. Ich habe meine Familie – eine Frau, einen Sohn. Ich kann sie nicht verhungern lassen –«

»Wer sagt, daß sie verhungern?« Murad spielte den Verwirrten. »Da bekommst du extra Arbeit und zugleich jammerst du übers Verhungern.«

»Murad, das ist keine Arbeit, die ich machen kann, ich sag's dir bloß. Ich wohne nicht einmal in Delhi. Ich habe keine Zeit.«

»Dann hättest du mir das schon längst sagen sollen, anstatt mir zu erzählen, du wolltest für meine Zeitschrift schreiben. Du hast keine Zeit. Schön, dann geh zurück in dein Dorf und verrotte dort bei deinen Büffeln und bei deinen Misthaufen. Was kommst du und gibst vor, ein Dichter zu sein und Sachen geschrieben zu haben, die in meiner Zeitschrift veröffentlicht werden sollen? Geh und stiehl mir nicht meine Zeit – in den Straßen von Delhi findet man viele bessere Dichter als dich.«

Doch das war zu kategorisch für Deven, der immer zur Mehrdeutigkeit seine Zuflucht nahm. »Hör zu, ich habe gesagt, ich würde für deine Zeitung schreiben, ja. Ich habe gesagt, ich würde Nur interviewen. Ein Interview mit Nur war alles, was ich versprochen habe. Dafür bin ich nach Delhi gefahren, ich habe den Mann in seinem Haus aufgesucht und habe mich in seine merkwürdige Gesellschaft hineinziehen lassen. Für ein *Interview*: Wie konntest du dir einbilden, wie konntest du ihm erzählen, ich würde sein Sekretär werden und mir von ihm diktieren lassen? Glaubst du, ich werde einen Posten in einem der ersten Colleges von Nordindien aufgeben, mein Gehalt aufgeben, mit Sozialkasse, Pension, Wohnung und Krankengeld, um für diesen – diesen Verrückten Sekretär zu spielen, ihm seine Tintenfässer nachzufüllen, seine Flüche und Beschimpfungen aufzuschreiben? Wie konntest du ihm so etwas erzählen, Murad, *wieso?*«

»Es gibt viele, die es als eine Ehre betrachten würden, eine sehr große Ehre«, sagte Murad ernsthaft und betrachtete Deven mit Verachtung, während er mit dem Zahnstocher in seinem Mund herumbohrte. »Ich kenne fünf, sechs Leute, die glücklich wären, zu ihm zu gehen und ihm sein Tintenfaß zu füllen und seine Federn zu spitzen, die es als eine goldene Chance betrachten würden, die Dichtkunst von einem großen Meister zu lernen. Du vergißt unsere indische Tradition, Deven. Du vergißt die Guru-Schischya Tradition – wie der Schischya zu Füßen eines Guru sitzt, jahrelang, jahrelang – manchmal bis sein eigenes Haar weiß ist – glücklich, nur zu lernen und zu dienen und durch das Dienen zu lernen, ehe er es mit einer eigenen Arbeit versucht. Aber Leute wie du, die wollen erster Klasse reisen, alles leicht und angenehm haben, immer nur geradeaus gehen. Keine Zeit, zu Füßen eines Guru zu sitzen und zu studieren – du denkst nur daran, weiterzukommen –«

Deven unterbrach ihn und stieß gereizt hervor: »Ich weiß nicht, was du die ganze Zeit von einem Guru und seinem Schischya redest. Ich habe nie behauptet, daß ich einen

Guru suche. Ich habe es aufgegeben zu glauben, daß ich je würde Lyrik schreiben können. Ich bin nur ein armer Dozent, ein provisorischer, verdiene mir meinen Lebensunterhalt. Ich sage dir, ich habe keine Zeit, ich kann Nur nicht zu Diensten sein, ich kann nicht hingehen und sein Sekretär werden, und du hattest keine Berechtigung – keine Berechtigung, verstehst du«, seine Stimme schwoll an und drohte umzukippen, »ihm zu sagen, daß ich das tun würde.«

Murad nahm den Zahnstocher aus dem Mund. »Hör zu«, sagte er laut und langsam, als spräche er zu einem Schwachsinnigen. »Ich habe ihm nicht gesagt, du würdest sein Sekretär werden. Als ich ihn beim *Urs*, beim Todesfest von Khwaja Nizamuddin Auliya sah, bin ich zu ihm hingegangen, um ihm meine Ehrerbietung zu erweisen. Ja, ich habe großen Respekt für große Männer wie ihn, für Dichter und Künstler. Ich ging zu ihm hin und verbeugte mich, um ihm den Staub von den Füßen zu küssen. Und ich fragte ihn lediglich, ob er mit dir gesprochen hätte und einverstanden wäre, sich von dir interviewen zu lassen – du erinnerst dich, daß du nicht zurückgekommen bist, um mir zu sagen, was geschehen war, du bist einfach weggerannt, verschwunden, ohne ein Wort –« er blickte immer strenger, und Deven zuckte zusammen, weil Murad sich so genau erinnerte – »und er sagte, ja, er hätte sich einverstanden erklärt, und daß ihr sehr gut miteinander ausgekommen wäret und er hätte gern, daß du wüßtest, er warte auf dein Kommen, damit ihr anfangen könnt. Das ist *alles*.«

Aber Deven war nicht beruhigt; Murad hatte etwas an sich, das nicht dazu beitrug, einen zu beruhigen. Er sah mit zusammengepreßten Lippen zu, wie Murad die Teetassen von seinem Tisch abräumte und anfing, seine Papiere auf der schmutzigen Tischplatte zurechtzulegen, und sagte matt: »Dann muß er mich mißverstanden haben. Ich habe nur das Interview erwähnt, ich habe nie davon gesprochen, sein Sekretär zu werden. Er hat nicht einmal erwähnt, daß er einen Sekretär haben wollte. Wer hat ihm diese Idee in den Kopf gesetzt, wenn nicht du? Jetzt muß ich ihm auch noch aus dem Weg gehen – wenn ich wegen des Interviews zu ihm gehe, wird er von mir verlangen, daß ich mich hinsetze und anfange, für ihn zu arbeiten –«

»Siehst du!« schrie Murad und schlug unvermittelt mit der flachen Hand auf einen Stapel Papiere auf seinem Schreibtisch. »Siehst du, was ich meine? Ewig hast du Angst. Ewig sagst du, wie kann ich, man wird mich umbringen, ermorden, festnehmen, mich zwingen, dies zu tun und zwingen, jenes zu tun. Wer kann dich zwingen, etwas zu tun, was du nicht tun willst? Hast du keine Zunge? Kannst du nicht reden? Kannst du nicht sagen, Nur Sahib, ich bin gekommen wegen des Interviews, von dem ich neulich gesprochen habe. Bitte, schenken Sie mir zwei Stunden von Ihrer Zeit, Nur Sahib, das ist alles, dann muß ich zurück zu meinen Hindi-Vorlesungen am Lala Ram Lal College, nach Mirpore, zu meiner Frau und meinem Sohn, meinen vegetarischen Mahlzeiten und meinem Glas Milch –«

Deven erhob sich traurig, er wußte, hier konnte er keine Hilfe erwarten. »Niemand hört mir je zu«, sagte er trübselig, zog den Saum seines Buschhemdes herunter, fühlte nach der Füllfeder in seiner Hemdtasche, strich sich das Haar glatt. »Das ist die Schwierigkeit – er wird mir nicht zuhören.«

Murad hatte geschäftig den Kopf zwischen seinen Papieren vergraben, blickte aber kurz auf und funkelte ihn wütend an: »Warum sollte er dir zuhören?« sagte er scharf. »Du sollst dort hingehen und *ihm* zuhören. Und geh gefälligst sofort, ja, und zwar rasch – ich habe bereits genug Zeit mit dir verschwendet. Jeder andere hätte ihn inzwi-

schen interviewt und mir den Artikel gebracht.« Er nahm einen Stift, der in der Mitte geteilt war, blau auf der einen Seite und rot auf der anderen, und fing an, drastische Striche quer über das Papier vor ihm zu machen, äußerst eindrucksvoll.
Bei der Abschlußprüfung in der Schule hatte er bessere Noten bekommen als Deven, obwohl er sich Devens Aufzeichnungen geliehen und Deven oft um seine Hilfe gebeten hatte.

Einmal in der Gasse, die an der Rückseite der Spitalsmauer entlanglief, gab es keine Chance mehr, umzudrehen und zu fliehen, wie ihm all seine Instinkte sagten, denn das ins Haus führende Tor stand weit offen, und andere Leute strömten ebenfalls die Gasse entlang darauf zu, der ganze Verkehr ging in diese eine Richtung und ließ eine Umkehr und einen Rückzug ganz außer Frage erscheinen für jemanden, der so ängstlich wie Deven jeglichen Zusammenstoß und jegliche Aufmerksamkeit vermied. Männer in strahlendem Weiß standen an der Tür postiert und hießen alle willkommen, die kamen, und aufgeregte Kinder in Samtkappen und Satinjacken geleiteten die Ankommenden über die Schwelle; die war bereits unter einem Berg von Schuhen und Sandalen begraben, von den Gästen beim Betreten des Hofes abgestreift; dort hatte man all das alte Gerümpel weggeräumt, um allem Anschein nach für eine Soiree Platz zu schaffen.
Nachdem sich sein erstes erschrockenes Herzklopfen gelegt hatte, begann sich Deven beim Anblick einer solchen Menschenmenge erleichtert zu fühlen – vielleicht würde man ihn nicht bemerken. Sicherlich würde Nur selbst seine Gedichte rezitieren, er würde auf dem mit Decken und Kissen bedeckten Diwan sitzen, und Deven könnte sich hinter den Leuten verstecken, die mit gekreuzten Beinen auf den im offenen Hof ausgebreiteten Baumwoll-

ballen und weißen Tüchern saßen und warteten, und sie beide würden einander gar nicht zu begegnen brauchen. Er ließ sich auf die Knie nieder und versank hinter einer Reihe großer, wohlgenährter, unbeweglich sitzender Männer mit prächtigen Kappen und Turbanen, die ihn sicherlich verbergen würden vor derjenigen Person, die schließlich den Ehrenplatz auf dem Diwan einnähme. Aber er sollte nicht in Ruhe gelassen werden: Immer mehr Menschen strömten durch das kleine hölzerne Tor, und anscheinend war er allen im Wege. So sah er sich zunächst eingeengt und kauerte sich zusammen und machte sich so klein wie möglich, mußte dann in der Reihe weiter nach vorn rücken, um Platz für die Späterkommenden zu machen, schließlich stieß er doch nach hinten zurück, um seinen Platz zu verteidigen, um wenigstens atmen zu können. Die Leute von hinten fingen an, nach vorn zu drängen mit den Worten: »Brüder, macht Platz für uns hier, rückt bitte vor«, und andere taten es wortlos, aber mit entsprechenden Gesten, mit kraftvollen. Als er sich der vordersten Reihe näher und näher geschoben fand, wurde Devens Gesicht immer starrer vor Verlegenheit und Mißvergnügen. Er hielt es fast bis auf die Knie herab gesenkt und sah die vortragende Person nicht aus dem erleuchteten Raum herauskommen, um auf dem Diwan Platz zu nehmen, wurde nur durch den Applaus und die Begrüßungsrufe aufmerksam gemacht.

Als er dann doch aufblickte, blinzelte er vor Schreck, denn auf dem Diwan sah er nicht Nurs alte und würdige Gestalt in Weiß sitzen, sondern ein gepudertes und geschminktes Geschöpf in Schwarz und Silber ließ unter einem glänzenden Schleier, den sie über ihrer Stirn festhielt, kokett die Augen spielen, während sie das Gesicht hin und her wandte mit einem strahlenden Lächeln für ihr Publikum, und der Ring an ihrer Nase freudig glitzerte. Mit gekreuzten Beinen saß sie bequem auf dem

Überwurf, wackelte mit den rotbemalten Zehen vor Vergnügen über die Szene, deren unleugbarer Mittelpunkt sie war. Nur war ebenfalls da, aber nicht auf dem Diwan; er saß hinten auf der Veranda, auf einem ausgebeulten Rohrstuhl, wirkte wie ein Sack oder ein Polster, den jemand dorthin geworfen hatte. Sein Bart sah aus wie eine alte, vergilbte Matratzenfüllung, die aus seiner Brust quoll und staubfarben darüber herabfiel. Als Deven ihn, mit vor Schreck offenem Mund, anstarrte, kamen ein paar junge Männer heraus, stellten sich zu beiden Seiten des Stuhls auf, hoben Nur an den Armen hoch und überredeten ihn lachend, mit nach vorn zu kommen, während ein kleiner Junge den Stuhl hinter ihm herschleifte und für ihn in der ersten Reihe bereitstellte, so daß er sich hineinsinken lassen konnte, Deven unmittelbar hinter ihm. Vielleicht hätte er sich verstecken können, Nur wäre sicherlich nicht in der Lage gewesen, sich ganz herumzudrehen und ihn hinter diesem großen, durchhängenden Stuhl zu sehen, aber jetzt stellte Deven fest, daß er sich nicht verstecken wollte. Er erinnerte sich der Szene, in der er ihn im Stich gelassen hatte und geflohen war, in jener ersten Nacht ihrer Begegnung, und er empfand ein starkes Bedürfnis, das wiedergutzumachen und den Dichter vor jeglicher neuen Demütigung zu bewahren, die dieses geschminkte Geschöpf auf dem Diwan an diesem Abend für ihn ersonnen haben mochte.

Mit einiger Anstrengung kam er auf die Knie, spürte, wie sie unter ihm zitterten, und flüsterte geheimnisvoll: »Sir – ich bin gekommen – Murad-Bhai hat mir Ihre Nachricht ausgerichtet.«

Nur versuchte sich in seinem Stuhl rasch umzudrehen, was ihm nicht ganz gelang, so spähte nur ein Auge aus einem trüben Winkel durch die verzerrende Linse seiner Stahlrand-Brille, die auf seiner großen Hakennase saß, und rollte hin und her unter einem runzligen Augenlid, bemüht, sich des Gesichts zu erinnern, das mit einem Ausdruck solcher Qual und solcher Intensität zu ihm aufblickte. Dann stotterte er langsam: »Ja ja ja – Murad-Bhai – kommt er? Ich habe ihm auch eine Einladung geschickt.«

»Das hat er mir nicht gesagt«, rief Deven, verspürte einen Stich ins Herz bei dem Gedanken, daß Murad ihn wiederum getäuscht hatte, etwas gewußt, das er ihm vorenthalten hatte, ihn an diesem Abend hierhergeschickt hatte, wohl wissend, daß diese Soirée stattfand, der beizuwohnen Deven keinerlei Wunsch oder Anlaß hatte, und der auch nie gekommen wäre, hätte er so etwas vermutet. »Murad – er hat – eine Einladung bekommen?« stammelte er.

»Ja ja ja, ich hab ihm gesagt, er soll Sie mitbringen. Ich hab ihm gesagt, er soll seine Freunde mitbringen, wen immer –« Nurs kraftlose Finger fuhren durch die Luft –, »um Imtiaz-*Bibi* zuzuhören. Sie rezitiert ihre neuen – neuen –« Er stammelte ein wenig, wandte sich dann ab, irritiert darüber, daß er sich nicht erinnern konnte.

»Imtiaz Begum«, rief eine Stimme aus dem Publikum, »du bist wie ein Stern, der in den Brunnenschacht des Hofes fiel, aus dem unser Wasser zu schöpfen wir gekommen sind. Wann wirst du unseren Durst stillen? Schenke uns die Stern-Gedichte. Wirst du uns heute nacht die Stern-Gedichte schenken?«

»Ich kann nichts rezitieren – nichts –, ehe meine Begleitung nicht genügend Erfrischungen bekommen hat und sich entschließt herauszukommen«, rief sie zurück, scherzte mit einer aufgeregten hohen Stimme, die Devens Ohr wehtat wie ein über eine Glasplatte kratzender Fingernagel, und man rief laut nach der Begleitung, die jetzt aus den oberen Räumen die Treppe hinuntergetrieben und wie ein Ochsengespann oder eine Dienerschar herausgebracht wurde, um sich hinter ihrem Diwan aufzustellen, und die nun anfing, ihre Instrumente zu stimmen. Einige von ihnen wischten sich noch den Mund ab und bürsteten Krümel von den Revers. Imtiaz Begum erntete einen Lacher, als sie, sich zurückbeugend, ein paar Brösel Zuckerzeug von einer Schulter schnippte, woraufhin derjenige zurückfuhr, als hätte sie ihn geschlagen.

»Nun, habt ihr noch schnell etwas getrunken, damit ihr den Abend übersteht?« spöttelte sie, eine böse Drohung schwang in dem scheinbar süßen Ton mit, und ihre Zuhörer brüllten vor Entzücken, während der Trommler und der Harmoniumspieler in Schweiß ausbrachen und sich damit zu schaffen machten, daß sie mit dem Stimmhammer auf den Trommeln herumklopften und so taten, als stimmten sie das Harmonium. Eine junge Frau mit hervorquellenden Augen, die starr aus dem blassen dreieckigen Gesicht einer Fanatikerin blickten, ließ ihre Finger wie wild über die Saiten der aufrechten *Tanpura* laufen, immer wieder und immer wieder, bis Imtiaz Begum sich umwandte und sie aufforderte, doch bitte richtig zu spielen oder gar nicht, woraufhin sie ganz zu spielen aufhörte und wie gelähmt schien.

Dann brachte jemand eine silberne Dose mit Betelnüssen und -blättern; das Lächeln der Imtiaz Begum kam so plötzlich und rasch, als hätte es eine Schere durch ihr Gesicht geschnitten, schnipp-schnapp, und außerdem waren ihre Zähne rot verfärbt. Die Leute in der ersten Reihe rückten näher an sie heran und trieben weiter ihre Späße und Neckereien, doch nach einer Weile verfinsterte sich das Gesicht der Begum, und sie preßte ihre Hand auf die Stirn, als schmerzte sie. In klagendem Tonfall rief sie nach einem Glas Wasser. Es dauerte eine Weile. Als es endlich kam, dankte sie dem rotgesichtigen Überbringer in kunstvoll formulierter Sprache, die vor Sarkasmus strotzte. Ihre Zuhörer kicherten, und sie warf ihnen einen verächtlichen Blick zu. Ihr Mund zitterte vor Anspannung.

Deven blickte besorgt auf den Dichter, der unruhig in seinem Rohrsessel herumrutschte, so daß er knarrte. Deven richtete sich auf den Knien auf, um zu fragen, ob auch er etwas wünschte – Wasser, Betelblätter, oder ob er einfach weggehen wollte. Aber Nur ließ das Kinn auf die Brust sinken und flüsterte bloß: »Es ist ihr Geburtstag. Das ist ihr zu Ehren. Es ist ein Glückstag, ihr Geburtstag.«

Ja, aber wer war sie? Warum mußte ihr Geburtstag auf diese Weise gefeiert werden? Warum sollte sie das Monopol des Auftritts beanspruchen mit ihrem heiseren Gesang, der jetzt seine Ohren peinigte, ihrem theatralischen Vortrag melodramatischer und drittklassiger Verse, fragte sich Deven, während der wahre Dichter, der große Dichter zusammengesunken und schweigend, unbeachtet und ungefeiert dasaß, und er war entschlossen, ihr höchstens mit halbem Ohr zuzuhören. Sie war es nicht wert, daß man ihr zuhörte, er würde ihr nicht zuhören, er war nicht gekommen, ihr zuzuhören, brummte er vor sich hin und verzog ärgerlich das Gesicht über die Zuschauer, die mit den Köpfen nickten, sich hin und her wiegten, mit den Händen den Takt auf ihren Knien schlugen und laute Ausrufe des Staunens und der Anerkennung von sich gaben – wie Marionetten, dachte er, oder dressierte Affen. Ja, warum nicht statt dessen einen Affen-Dresseur von der Straße hereinrufen und einem Affen bei seinen Kunststücken zusehen? Es wäre nicht viel anders, und der Affe würde nicht soviel Applaus und Zustimmung verlangen.

Devens Gesicht verzerrte sich vor Mißfallen über die Szene. Er hatte erwartet, hereinzukommen und bei dem verehrten Dichter vorgelassen zu werden; er hatte gehofft, ihm endlich Fragen stellen zu können, ihm zuzuhören und seine Worte aufzuschreiben. Statt dessen war da dieses stümperhafte Getrommel und das gequetschte Harmoniumspiel und darüber die dünne hohe Stimme,

die sich vor den Zuhörern spreizte wie ein schwachsinniger heulender Derwisch. Genau wie Deven vermutet hatte, erwies sich die Stimme als nasal und scharf, oft nahe daran umzuschlagen. Wenn die Zuhörer applaudierten und »Ah! Ah!« riefen, dann weil sie tatsächlich oft umschlug und damit diesen authentischen Klang von Herzeleid vermittelte, den man in den Künsten der Musik und der Dichtung für unentbehrlich hielt. Wenn Deven sich dazu überwand, einer oder zwei Zeilen zuzuhören, war es genau, wie er gedacht hatte: sie sagte, sie sei ein Vogel im Käfig, daß sie sich danach sehnte zu fliehen, daß ihr Geliebter auf sie warte. Sie sagte, die Gitterstäbe, die sie festhielten, seien grausam und ungerecht, und sie hätte sich ihre Flügel verletzt, als sie dagegen anflog, und nur Gott könnte sie erlösen, wenn er den Riegel der Käfigtür öffnete. Gott in Gestalt ihres Geliebten. Wann würde er kommen? Sie verzehrte sich, lechzte nach den Wolken, die ihn zu ihr trügen, und nach dem Regen, der ihren Durst stillen würde. Ach, es war alles sehr schön, sehr gefühlvoll, sehr schlau. Ach, sie hatte ihre Kunststücke sehr gut gelernt, die Äffin. Hatte sie nicht den besten Lehrer der Welt, ihr diese Bilder, diese Sprache in den Kopf zu setzen? Es war klar, sie hatte alles von ihm gelernt, von Nur, und es war eine Schande, wie sie seine Verse imitierte, sein Können parodierte, sich vor seinem Angesicht mit dem spreizte, was sie ihm gestohlen hatte, so raffiniert, so listig.
Deven schlang die Arme um die Knie und stellte fest, daß sie unter seinem Kinn vor unterdrückter Wut, vor Erregung zitterten. Er lauschte den Lauten der Freude und Anerkennung, die in kleinen leuchtenden Blasen von den Zuhörern aufstiegen und in der Luft zerplatzten, und empfand Mordgelüste. Die Frauen, die Schleier dekorativ über die Köpfe geschlungen, während sie eifrig Betelblätter kauten und »Ah-ha-ha« riefen, wann immer eine poe-

tische Wendung sie besonders berührte, die Kinder in ihren flatternden seidigen Gewändern, die hüpften und sprangen und klatschten wie bei einer Hochzeit oder sonst einem Fest; zwischen ihnen allen in dem kleinen, überfüllten Hof eingepfercht zu sein, wo die Luft rasch immer stickiger wurde, rief die gleichen Empfindungen in ihm hervor, die er hatte, wenn die Familie seiner Frau zu ihnen auf Besuch kam: wenn ihre Schwestern und Tanten und Cousinen alle auf ein Ruhebett in der Veranda kletterten und mit ihren kleinen Kindern und mit ihrer Strickerei dort saßen, die Stricknadeln sich so flink regten wie ihre Zungen, und die verstummten, wenn sie ihn, ein Buch unter den Arm geklemmt, davoneilen sahen auf dem Weg zum College, nur um in Gekicher auszubrechen, sobald er zum Tor hinaus war. Was war diese gesellige Heiterkeit exaltierter Frauenzimmer, die in ihm eine Witzfigur sah und sogar die betagte und verehrte Gestalt des Dichters Nur zu einem mitleiderregenden alten Polster reduzierte, aus dem fahle alte Baumwolle quoll.
Diese Frau, diese sogenannte Dichterin, gehörte jener wohlbekannten Mafia an, dachte er, und betrachtete sie mit unverhohlenem Abscheu. Sie brauchte nur ihr silbernes und schwarzes Karnevals-Kostüm abzulegen und sich die farblose Schlichtheit ihrer tugendhaften Kleidung zu eigen zu machen. So wie sie gekleidet war, würde sie selbstverständlich aus ihrer Gesellschaft ausgeschlossen sein – sie würden sie als nichts Besseres als eine Prostituierte oder eine Tänzerin betrachten. War sie eine? Die Augen zusammenkneifend, um Welterfahrenheit vorzuspiegeln, fragte er sich, wo sie herstammte, wie alt sie war. Unmöglich, es festzustellen unter dieser mehligen Puderschicht und dem Glänzen von Lippenstift und Rouge. Sie konnte fünfzig sein, geschminkt, daß sie aussah wie eine Sommerrose, dachte er höhnisch. Wer war sie, und wie kam es, daß Murad sie nicht erwähnt hatte?

Nur mußte ihm doch irgendeine Erklärung gegeben haben, als er die Einladung aussprach. Hatte Nur gesagt: »Meine Frau wird rezitieren« oder »Imtiaz Begum wird auftreten«? Warum gab Nur ihrer wahnsinnigen Laune nach, in seinem Haus eine Vorstellung zu geben, dem Haus eines Dichters?

Er hätte weiterhin seine Überlegungen anstellen und zu immer bizarreren und unappetitlicheren Erklärungen gelangen können, aber sie machte eine Pause, es entstand eine plötzliche Stille, in der sie sich laut räusperte und sich dabei an den Hals griff. Mit einem Blick holte sie einige jüngere Frauen aus dem Publikum an ihre Seite. Ein ernsthaftes Gespräch entspann sich zwischen ihnen. Nach vielem Füßescharren und Umstellen und Geflüster erhob sich der Harmoniumspieler und verließ den Diwan, und sein Platz wurde von der ältesten und unansehnlichsten ihrer Freundinnen eingenommen – einer dünnen steifen Frau, braun gekleidet, den Schleier straff über die Stirn gezogen und hinter die Ohren gesteckt, so daß sie aussah, als hätte sie überhaupt keine Haare. Die anderen Freundinnen, jünger und hübscher und attraktiver gekleidet, traten mit eindeutiger Enttäuschung zurück, kichernd, um ihr Unbehagen zu überspielen. Die ältliche, einer Stabheuschrecke gleichende Frau, war ausgewählt worden zu singen. Deven war klar, wieso, und seine Lippen zuckten vor Verachtung über die Eitelkeit der Dichterin. Sie wandte sich wieder dem Publikum zu und wies auf ihren Hals – der lang und schlank und hell war, ja – und erklärte: »Ihr müßt mir vergeben – mein Hals – er macht mir Schwierigkeiten. Ich brauche eure Hilfe – eure Vergebung.« Sie neigte den Kopf. War sie früher Schauspielerin gewesen? Tänzerin? Wo – in einem Bordell? Sie kannte alle entsprechenden Tricks. Nun begann sie mit tiefer Stimme zu singen, mit trauriger, welker Stimme, wie eine, auf die kein Regen herabfiel, deren

Geliebter nicht kam. Nach jedem Satz schwieg sie und saß nachdenklich da, zupfte mit rotlackierten Fingernägeln an dem Teppich, während ihre Freundin die Wendung aufnahm und wiederholte und mit tragischen Tönen verzierte. Ihre Stimme war so unschön wie ihre Erscheinung – Imtiaz Begum hätte keinen passenderen Kontrast wählen können. Oh, sie war schlau, schlau, mußte Deven zugeben.

Plötzlich stemmte sich Nur aus seinem Sessel und stand wankend auf den beiden Säulen seiner Beine, sah aus, als ob er jeden Augenblick hinfallen würde. Deven rappelte sich auf, um ihn von hinten zu stützen. Er bemerkte, daß die Frauen auf dem Diwan böse Blicke in ihre Richtung warfen, die Zuhörer unruhig herumscharrten und die Unterbrechung mißbilligten, aber er beachtete sie nicht und stieg über ihre Füße und Knie und Schultern hinweg, um dem Dichter zu helfen, der auf die Veranda taumelte.

»Es ist genug«, stöhnte Nur. »Ich muß mich niederlegen. Führen Sie mich zu meinem Bett.«

Deven blickte sich nach Hilfe um, er wußte genau, er würde allein nicht in der Lage sein, ihn die Treppen zum obersten Stockwerk hinaufzubekommen. Als sie sie die Veranda entlangstolpern sahen, die Arme umeinandergeschlungen, lösten sich ein paar der jungen Männer, die hinten unter den Zuschauern saßen, von den Teppichen und kamen ihnen zu Hilfe.

»Was ist, Nur Sahib, gefällt Ihnen die Geburtstagsfeier der Begum nicht?« fragte ein junger Mann mit einer nasalen Stimme wie der der Sängerin. Er hatte sogar ihr nervöses, angespanntes Gesicht. Sie mußte ihre Verwandten unter den Zuschauern verteilt haben, um den Beifall zu steuern. Als ob Deven diesen weitverbreiteten Trick nicht kannte! Er warf ihm einen wilden Blick zu und ließ Nurs Arm nicht los.

Aber Nur stöhnte: »Ich bin müde – ich will – ich will –«

und blieb hilflos um sich blickend stehen. Zu Devens Erleichterung stellte der schmuddelige Junge, der ihn für gewöhnlich bediente, ein Tablett mit Tontassen voller Tee, die er gerade herumreichte, ab und kam, um zu helfen. Miteinander schoben sie den alten Mann, nörgelnd und jammernd, den ganzen Weg über die Treppen hinauf bis zu dem Zimmer vor der Terrasse. Es war eine lange Schlepperei, mühsam und oft ans Unmögliche grenzend, aber je lauter die beiden Stimmen aufstiegen und sich zu einem wilden Crescendo vereinten, um so stärker wurde der Impuls zu entfliehen, und das half ihnen, diese unmögliche Höhe zu erreichen. Obwohl die Nachtvorstellung des nahen Lichtspielhauses in vollem Gange war, die Lieder und Dialoge und Pistolenschüsse durch Verstärker über die Dächer und Straßen und Basare herübergetragen wurden, schien es hier ruhiger zu sein, einfach weil es verlassen war, niemand sonst war dort. Die Vorhänge und Matten waren zugezogen, schirmten den Raum gegen die gespenstische elektrische Beleuchtung ab und machten ihn so dunkel wie eine Höhle.

Sie ließen Nur auf sein Bett herab, und er sank darauf zusammen wie ein Sandsack. Der Junge verschwand in einem Winkel und erschien dann wieder mit Nurs üblichem Becher, bis zum Rand gefüllt. Er fragte nicht, ob Deven auch einen wollte, und Nur schien das Versäumnis nicht zu bemerken. Die Vorstellung dort unten hatte sogar die Gastfreundschaft aus seinem Kopf vertrieben.

Deven saß auf dem Korbschemel wie bei seinem ersten Besuch und hielt den Kopf gesenkt, um nicht zuzusehen, wie gierig der Dichter trank. Dann wischte sich Nur den Mund ab, warf den Kopf zurück in die hohen Kissen und seufzte: »Geburtstage. Ich dachte, wir hätten es hinter uns, sie zu feiern, Grabsteine unseren Lebensweg entlang aufzustellen. Wer will die Daten lesen, die darauf eingegraben sind? Aber die Eitelkeit der Frauen – ach, die

Eitelkeit! Keine Gelegenheit, Girlanden, Geschenke, Beifall, Aufmerksamkeit einzuheimsen, können sie vorübergehen lassen, verstehen Sie. Nicht einmal die Gelegenheit, einen weiteren Grabstein aufzustellen.« Er fing an, traurig zu lachen, und Deven räusperte sich, wußte nicht, ob es sich gehörte, seine eigenen banalen Bemerkungen zu diesem Thema hinzuzufügen. Er selbst hatte schon vor langem aufgehört, die Jahre zu zählen, und wenn man ihn nach seinem Alter fragte, mußte er innehalten und nachrechnen: war er fünfunddreißig oder sechsunddreißig?

»Sie müssen wissen«, sagte Nur und überraschte Deven damit, daß er ihn ansah und plötzlich viel lebhafter sprach, »sie war nicht immer so, verstehen Sie. Zuerst, als sie in mein Haus gekommen war, war sie zufrieden, nur in einem Winkel zu sitzen und zuzuhören. Sie erzählte mir, daß sie Gedichte schrieb – aber sie wollte sie mir nicht einmal zeigen. Sie sagte, sie wollte nur zuhören – und von mir lernen. Sie schickte meinen Sekretär weg. Ich hatte damals einen Sekretär, aber sie sagte, sie wollte für mich arbeiten, also schickte sie ihn weg.« Er schloß die Augen und lachte lautlos, die Lippen zogen sich hoch, entblößten das verfärbte Zahnfleisch und die schlechten Zähne, einer Maske des Verfalls gleich. »Sehen Sie, so sind sie am Anfang, wenn man miteinander allein ist. Aber dann kamen die anderen – um mir zuzuhören. Sie wollten nur meine Gedichte hören. Sie schenkten ihr keine Beachtung. Und das war sie nicht gewöhnt. Und so fing es an...« Er machte eine Handbewegung in Richtung der Vorstellung im Hof unten, die jetzt laut war mit der Begleitung von Trommeln und Harmonium, in hohen Tönen einem nächtlichen Höhepunkt zustrebte. »Das ist es, was sie eigentlich wollte, verstehen Sie. Dieses Haus – mein Haus – war der richtige Rahmen dafür. Der richtige Rahmen – nicht wie ihr eigenes Haus, das ein Haus für

Tänzerinnen war, wissen Sie – obwohl sie ganz bekannt war, für ihren Gesang, müssen Sie wissen. Sie war eine von denen ganz oben – oben – als ich sie sah –« murmelte er, die Augen noch immer geschlossen. »Aber das genügte ihr nicht, sie wollte mein Haus, meine Zuhörer, meine Freunde. Sie raubte mein Haus aus, stahl meine Edelsteine – das sind die, die sie jetzt trägt, wenn sie vor einem Publikum sitzt, die sie zur Schau stellt als die ihren. Es sind nicht ihre, es sind *meine*! Und meinen Sekretär hat sie auch weggeschickt.« Er schrie auf, öffnete die Augen weit und streckte seinen Becher aus zum Nachfüllen. Ihn dicht an sein Kinn haltend, begann er lallend die Frau zu verwünschen mit den unflätigsten Ausdrücken, die er in seinem aufgeweichten Gedächtnis zusammensuchen konnte. Der dunkle Raum stank – nach unflätigen Beschimpfungen, faulem Zahnfleisch, unverdünntem Schnaps, nach zu vielen Jahren und zu viel ohnmächtiger Wut.

Deven mißfiel das ebensosehr, wie ihm vorher die Frau und ihr Gesang mißfallen hatten. Das war kein passendes Thema und nicht die passende Sprache für einen Dichter, noch war sie des Dichters würdig. Er versuchte ihn zu unterbrechen und sagte kühn: »Murad-Bhai hat mir gesagt, Sie wollten mir etwas diktieren, Sir, Sie hätten etwas, das ich für Sie niederschreiben sollte –«

»Was«, brüllte Nur. »Noch ein Plünderer? Räuber? Dieb? Arm, wie ich bin, muß ich mir die Fetzen vom Leibe reißen lassen von diesen Geiern, die nicht warten können, bis ich sterbe? Allah – o Allah«, fing er an zu weinen und warf sich herum, bis der junge Diener mit wütendem Gesicht wiederkam und ihm das Glas wegnahm, um es neuerlich zu füllen. Dann lehnte er sich in seine Kissen zurück, hielt das Glas ruhig unter seinem Kinn und warf Deven einen schrägen Blick zu, um zu sehen, welche Wirkung sein Ausbruch auf ihn hatte. »Was

hab ich Ihnen zu geben, mein Freund? Nichts, ich sage Ihnen, nichts. Ich bin jetzt selbst ein Bettler, all meine Juwelen sind mir weggestohlen.« Er heulte plötzlich auf, jaulte wie ein Tier, daß Deven erstarrte.
»Sie haben mir eine Postkarte geschickt, haben mich hergerufen«, erinnerte ihn Deven vorwurfsvoll.
Der neue heftige Ton seiner Stimme veranlaßte den Dichter, seine Klage abzubrechen und irgendwie in ein Lachen zu verwandeln. »Ach ja, ja – vielleicht. Das war an dem Tag, an dem ich ein neues Gedicht schrieb. Nein, nicht neu, das stimmt nicht – es war eines, das ich vor langer Zeit geschrieben habe, im College, an dem Tag, an dem mein bester Freund starb, und ich erinnerte mich plötzlich an die vier ersten Zeilen; dann ist mir das Ganze eingefallen –« er strich sich mit der flachen Hand über die Augen, als wische er eine Glasscheibe ab. »Alles fiel mir wieder ein, verstehen Sie – sein Fieber, wie er tobte, wie er starb, während draußen ein Gärtner mit dem Gartenschlauch das Rosenbeet spritzte und ein Hirtenstar im Sprühregen sang, aber er konnte es nicht hören, und ich sagte ihm, er solle darauf horchen – und ich hätte jemanden haben wollen, der es für mich aufschrieb, während ich versuchte, mich an das alles zu erinnern.«
Deven fand sich mit einemmal auf den Knien neben dem Bett. Er war vom Schemel geglitten und kniete neben dem Dichter. »Ich will es jetzt aufschreiben«, drängte er, »wenn Sie es rezitieren wollen, Sir.«
Nur dachte lange Zeit darüber nach, seine trüben Augen nach innen gekehrt, während er in kleinen Schlucken trank. Dann rollten seine Augen seitwärts, und eines schien aus seiner roten Höhle herauszuhängen, nach Devens seitwärts geneigtem, wartendem Gesicht hin. »Ich habe viele Gedichte«, murmelte er mit einer gewissen Listigkeit, »viele, die ich Ihnen sagen könnte – nie aufgeschriebene, oder aufgeschrieben und verloren. Aber ich

bin zu alt, um ihnen nachzuspüren, zu kaputt und ausgelaugt, verstehen Sie, um alles zu finden, das da ist – irgendwo hier –« er schlug sich mit der flachen Hand seitlich an den Kopf, daß er wackelte. »Aber wenn die richtige Person – der richtige Mann – käme, nicht Imtiaz Bibi, der werde ich nichts erzählen, die soll sie nicht haben – ich brauche jemand anderen – und wenn ich jemand anderen finden könnte, der sich zu mir setzt und zuhört, hätte ich viel zu erzählen, ja.« Er fing an, leise in Devens Gesicht zu lachen. »Viel, viel zu erzählen«, lachte er in sich hinein.

Deven kniete noch immer, atmete schwer, dachte angestrengt nach, was er ihm vorschlagen, wie er so viel als möglich aus Nur herausholen könnte, als das Geräusch klappernder Pantoffeln auf dem Fliesenboden der Veranda zu hören war, hauchdünne Seide schlug gegen flinke Beine, und herein marschierte Imtiaz Begum, das Gesicht verwüstet, Lippenstift und Augenschminke von den Augenwinkeln bis zu den Mundwinkeln verschmiert, das Haar entwich in schwarzen Büscheln unter ihrem Schleier auf die Schultern, und ihre langen Finger hielten ihre flatternden metallischen Gewänder, als wollten sie sie zerreißen. Ihr Ausdruck und jede ihrer Bewegungen waren von Erschöpfung und Wut gezeichnet.

Im gleichen Augenblick krümmte Nur sich zusammen, seine Lippen fielen auseinander, sein Glas kippte und der Inhalt floß über Devens Hände, die er bittend am Bettrand gefaltet hielt. Deven verharrte wie gelähmt in dieser Haltung, geriet in einen Zustand, in dem er seinen eigenen Ohren und Augen nicht traute, jeden Laut und jedes Bild anzweifelte und später nie sagen konnte, was er gesehen oder gehört hatte.

»Also hier hast du dich versteckt«, begann sie mit heiserer, erschöpfter Stimme. »Eine Schildkröte, die ihren Kopf in den Schlamm am Boden des Teiches steckt«, verspottete sie ihn. »Du konntest dich einem Publikum nicht stellen, das nicht dir zuhören wollte. Du konntest den offensichtlichen Beweis meines Erfolges nicht akzeptieren. Du konntest den Anblick eines anderen, der ein großes Publikum mit Dichtung ergötzt, nicht ertragen, mit der gleichen Dichtung, die du herunterzuleiern pflegtest –«

»Leiern? Ich hab geleiert?« stöhnte Nur so heiser wie sie.

»Ja, und sieh nur, was es mir heute nacht eingebracht hat«, rief sie und ließ die Falten ihres Gewandes los, die sie festgehalten hatte, so daß Rupien-Scheine daraus auf den Boden flatterten. Weder Nur noch Deven drehten die Köpfe auch nur einen Deut, um auf das Geld zu blicken. Sie wandten die Augen davon ab wie von etwas ungeheuerlich Peinlichem und saßen wie erstarrt da, während sie kreischte: »Ali! Ali! Komm, heb das auf und zähl es. Steck es in einen Beutel und gib es deinem Herrn.«

»Nein, Ali, rühr es nicht an!« rief Nur, wandte das Gesicht ab und schloß die Augen.

»Wie willst du dir dann deinen Schnaps kaufen?« forderte sie ihn heraus. »Wie willst du all die Flaschen bezahlen, die Ali dir aus dem Geschäft an der Ecke holt? Du weißt, daß du dir auf diese Weise deine Stimme, deinen Gesang ruiniert hast. Deshalb erträgst du meine Stimme nicht, kannst du nicht ertragen, mich singen zu hören, und daher beleidigst du mich, indem du aufstehst und meine Vorstellung verläßt. Du *beleidigst* mich!«

Ihre Stimme wurde so gellend schrill, daß sie zu brechen drohte, und Deven hob die Hände an die Ohren, ehe die Wände Risse bekämen und ihnen das Dach auf den Kopf fiele, aber das einzige, was geschah, war, daß der Netzvorhang beiseite geschoben wurde und eine andere Frau den Raum betrat. Deven blickte auf, um zu sehen, ob Rettung nahte, und sah ein altes Wesen, in einen braunen Umhang gehüllt, das weiße Haar glatt zu beiden Seiten ihres Gesichtes frisiert. Es war ein gebieterisches Gesicht, so streng die Züge, so grimmig in seiner Entschlossenheit. »Schau, daß du hier wegkommst, du Luder«, sagte sie mit eintöniger Stimme, und in einem Winkel hörte man Ali boshaft kichern – »und laß den alten Mann in Ruhe. Was willst du noch von ihm? Du hast ihm seinen Namen und seinen Ruf genommen und heute sogar seine Bewunderer. Sei's zufrieden. Laß ihn und geh hinunter, geh, tanz vor dem Publikum, da das deine Art ist, dir dein Geld zu verdienen –«

Die jüngere Frau, die einen Augenblick lang wie vom Schlag gerührt schien, stürzte sich mit einem schrillen Schrei auf sie. Nurs Bett stand zwischen den beiden, sie würde über ihn hinwegspringen und mit den Füßen auf ihm herumtrampeln, um an ihre Feindin heranzukommen. Deven würde ihn beschützen müssen. Er rappelte sich aus seiner knienden Haltung auf, drehte sich um und floh.

»Ich mußte den Bus erreichen«, erklärte er. »Den letzten Bus nach Mirpore. Ich konnte nicht wieder eine Nacht in Delhi verbringen, ohne Sarla etwas zu sagen. Sie macht sich dann große Sorgen und –«

»O Deven, du *Narr,* in *diesem* Moment hast du an deinen *Bus* gedacht? Anstatt dazubleiben, um zu sehen, wie die beiden Frauen sich gegenseitig die Augen auskratzen über dem Körper des großen Dichters; jeder andere hätte alles getan, um dazubleiben und das mitanzusehen, und du bist weggerannt, um deinen Bus zu erreichen?« Murad lehnte sich in seinen Sessel zurück, japste entgeistert und vor Lachen nach Luft.

»Ich kann das nicht, eine Nacht nach der anderen«, klagte Deven in gekränktem Tonfall. »Ich muß an meinen Posten denken, an meine Frau und meinen Sohn; ich kann es nicht zulassen, daß diese Familiendramen und Auftritte von meinem ganzen Leben Besitz ergreifen.«

»Nicht mal, wenn es die Familie des Dichters Nur ist?«

fragte Murad in ungläubigem Ton. »Ich muß schon sagen, ich hatte was anderes von dir erwartet, mein Lieber. Ich dachte, du mit deiner lebenslangen Bewunderung für seine Arbeit, mit deinem Buch über ihn, du hättest ein Empfinden für seine Dichtung, seinen Rang –«

»Das hab ich ja«, protestierte Deven. »Natürlich hab ich das, Murad. Alles, was ich geschrieben habe, alles, was ich *gedacht* habe, ist von Nur beeinflußt, von Nurs Dichtung. Einzig sein Genie, meine Hochachtung für sein Genie, haben mich dazu veranlaßt, nach Delhi zu kommen und mich für dieses Interview bereitzuerklären –«

»Hör zu, *du* mußt dich nicht für ein Interview bereiterklären«, fuhr Murad grob dazwischen. »Nur Sahib ist derjenige, der sich für ein Interview bereiterklären muß –«

»Murad-Bhai«, unterbrach ihn Deven eifrig, »was ich versuche zu erklären, ist, daß es viel mehr als ein Zeitschriften-Interview sein wird. Er ist bereit, mir viel mehr als das zu geben. Ich weiß nicht, wie es kommt – ob er in mir einen Jünger gesehen hat, einen Gelehrten, einen Schüler, oder was – oder ob er jetzt so alt ist und das Ende nahen sieht –, aber er hat mir gesagt, er möchte, daß ich wesentlich mehr tue als ihn zu interviewen. Er ist bereit, mir seine Gedichte zu rezitieren, neue Verse und alte Verse, die er nie aufgeschrieben hat – er will, daß ich sie aufschreibe. Ich glaube, ich kann sogar noch mehr tun, wenn ich es aus ihm herausholen kann, wenn ich Zeit habe, vielleicht diktiert er mir sogar seine Memoiren ...« Seine Stimme zitterte, verebbte, und ein Ausdruck ging über sein Gesicht, daß Murad ihn erstaunt anstarrte.

»Glaubst du?« fragte er, anscheinend endlich doch beeindruckt. »Das wäre eine große Sache, Deven, ein großes Ereignis in der Welt der Urdu-Dichtung. Vielleicht könnte ich eine ganze Nummer damit machen – eine ganze Nummer, Nur Sahibs Arbeit gewidmet –«

»Murad, es wird mehr als nur eine Nummer einer Zeit-

schrift – es wird vielleicht ein Buch«, Deven glühte. »Wenn wir nur die Zeit haben – er und ich – zusammenzukommen und es alles zu Papier zu bringen –« Jetzt brach er ab und runzelte besorgt die Stirn. »Aber wie? Das ist das Problem. Wie kann ich mir die Zeit von meiner Arbeit im College frei nehmen? Wie soll ich das alles aufschreiben –«
»Eine Bandaufnahme«, sagte Murad prompt und mit Nachdruck. »Das ist die Lösung: eine Bandaufnahme.«
Deven warf ihm einen angewiderten Blick zu. »Wovon sprichst du?« fuhr er ihn an. »Glaubst du, das ist irgendein Lied fürs Kino oder Radio, vielleicht? Hahh – Bandaufnahme. Ihr Delhi-Wallahs mit euren großartigen Ideen.«
»Du Dorftrottel«, rief Murad, »du steckst noch immer im Zeitalter der gedruckten Seite, hypnotisiert von Gutenberg, scheint mir. Weißt du nicht, daß die Zeiten vorbei sind? Weißt du nicht, daß die geschriebene Zeile beinahe ausgestorben ist? Wenn du nicht Klang und Bild dazugeben kannst, kommt es beim Publikum nicht an. Das Publikum will sehen und hören, aber nicht sich eine Brille auf die Nase setzen und das Alphabet lernen. Heutzutage wird alles auf Film oder Band festgehalten. Hast du das noch nicht gesehen oder gehört, du Esel?«
»Vielleicht hörst du mal auf, ständig diese ganzen Tiernamen zu gebrauchen«, sagte Deven scharf und bekam heiße Ohren.
»Ja-ja, schon gut, ich werde dich mit Blumennamen anreden, wenn du willst – aber hör zu. Besorg dir ein Bandgerät. Dann geh und setz dich neben sein Bett. Gib ihm was zu trinken – kauf ihm eine Flasche Schnaps – und bitte ihn, daß er mit dem Rezitieren anfängt. Jeder weiß, daß man ihn ölen muß, also öl ihn, und er wird rezitieren. Schalte das Bandgerät ein, lehn dich zurück und hör zu. Das ist alles. Du wirst alles auf Band haben, so daß die ganze Urdu sprechende Welt dem zuhören kann, nicht

allein Nurs Worten, sondern auch Nurs Stimme!« Seine Stimme schwoll triumphierend an ob dieser unerwartet großartigen Idee, und er lachte geradezu vor lauter Selbstzufriedenheit. »Dann kannst du die Bänder nach Hause nehmen und das Diktat davon übertragen. Das kannst du zu Hause machen. Siehst du, das löst all deine kleinlichen Familienvater-Probleme: Nimm Nurs Memoiren auf Band auf, trag sie nach Hause und schreibe sie dann in aller Ruhe auf. Da wirst du zum Schluß auch gleich ein Buch haben. *Meine Tage mit Nur Shahjehanabadi* – wie gefällt dir der Titel? Deven-Bhai, wenn du einen Kopf wie ein Kürbis hast und auf einem Feld lebst, dann ist es besser, zu jemandem wie mir zu kommen um Ideen, nein? Wäre dir eine solche Idee gekommen, dort in deinem Dorf zwischen Gras und Getreide? Tu mir wenigstens den Gefallen und sieh intelligent aus, sieh aus, als ob du begriffen hättest und dankbar wärst –«

»Murad-Bhai«, gestand Deven schließlich, »es ist – es ist eine glänzende Idee. Glänzend. Aber eine Bandaufnahme, ein Bandgerät – wie? Wo bekomme ich solche Sachen her? Ich habe keines. Ich habe nie eines verwendet. Ich habe es noch nicht einmal geschafft, für meine Familie ein Radio zu kaufen, und du verlangst von mir, ich soll mir ein Bandgerät und Bänder besorgen.«

Murad knallte mit der flachen Hand auf den Tisch und stand auf, schob seinen Stuhl zurück. »Versuch doch, gelegentlich deinen Kopf zu gebrauchen – trainier ihn ein bißchen – er rostet sonst total ein. Ist es so schwierig, sich ein Bandgerät zu beschaffen? Jemanden zu finden, der damit umgehen kann? Sich ein paar leere Bänder zu besorgen? Wir leben im Zeitalter der Elektronik, hast du das noch nicht gehört? Oder hat sich das noch nicht bis Mirpore herumgesprochen? Geh und besorg dir eines«, brüllte er plötzlich, »und dann komm her und frag mich, was als nächstes zu tun ist.«

Sechstes Kapitel

Die ganze Woche lang war das College dem jährlichen Frühjahrsputz unterzogen worden, waren die Wände abgewaschen und frisch getüncht, die Fußböden und Gänge gekehrt worden, frischer roter Kies war gebracht und auf die abgetretene und staubige Einfahrt aufgestreut worden, und da Blumenbeete und Rasen fehlten, kamen ganze Warenladungen von Topfpflanzen und wurden zu beiden Seiten der Treppen aufgestellt, wurden ihre dichten und zerrupften Schöpfe aufgeschüttelt und besprüht; so versuchte man, ihnen ein frisches und waldiges Aussehen zu geben. Ein Mann auf einer Leiter schraubte alle durchgebrannten Glühlampen aus den Deckenbeleuchtungen und schraubte neue ein, sein langes Gesicht verdrießlich, weil er wußte, daß sie innerhalb einer Woche alle gestohlen oder wieder zerschlagen sein würden. Unerwarteterweise fand sich noch unausgegebenes Geld, und davon wurde ein Wasserkühler für die Studenten gekauft und am Ende eines langen Korridors aufgestellt, wo er unweigerlich undicht werden und rosten würde, inmitten einer ständigen Lache, die von den hindurchtappenden Schuhen der Studenten in flüssigen Schlamm verwandelt werden würde. Die ersten Graffiti wurden in der Nacht vor der jährlichen Vorstandssitzung in seine blauen Metallflanken geritzt. Niemand bemerkte es, weil das die Nacht war, in der die hektische Aktivität ihren Höhepunkt erreichte: mit einem Lastwagen traf ein gestreiftes Baumwoll-Zelt ein, wie für eine Hochzeit, und wurde auf dem Sportplatz aufgestellt, so daß die Frühaufsteher am nächsten Morgen, in Tennisschuhen unterwegs auf ihrem morgendlichen Lauf, oder um in klappernden Kannen die Milch zu holen, es wie einen Zauberballon aus dem Staub erstanden sahen, rot, gelb und blau gestreift.

In seinem Schatten wurde dann der Tee serviert, zu ungewohnter Vormittagsstunde, nachdem die Vorstandssitzung vorüber war. Pünktlich um zehn Uhr waren die Mitglieder des Vorstands eingetroffen, in Autos, die dem College gehörten oder für diese Gelegenheit gemietet worden waren, und sie waren eilig diese blumentopfgeschmückte Treppe hinaufgegangen, hatten rasch und ordentlich die Hände gefaltet und sich vor dem Direktor verbeugt, der am Fuß der Treppe stand in einem frischgereinigten grauen Anzug, und waren dann weiter geeilt, wie bedeutende und bekannte Persönlichkeiten, die keinen Augenblick zu verlieren hatten. Das Lehrpersonal, das den Tag vom Unterricht freibekommen hatte, stand in den Gängen herum und wußte nicht recht, was mit sich anfangen. Sie mußten da sein. Sie sollten nach der Sitzung alle dem Vorstand vorgestellt werden, aber bis dahin konnten sie sich nur bei den hohen Fenstern zusammendrängen, die in die Veranda-Wände eingelassene Schlitze waren, sich unterhalten und ihre Witze machen, wie es an anderen Tagen die Studenten taten. Heute hatten die Studenten einen freien Tag und waren nicht da – außer denen, die im Studentenheim wohnten. Ein paar von ihnen waren aus Neugier herausgekommen und weil sie nichts Besseres zu tun hatten, obwohl das das einzige war, worüber sie ständig diskutierten: dieses etwas Bessseres zu tun haben, das sie aber nicht hatten.

Endlich war die gewichtige Angelegenheit, die Vorstandssitzung, vorüber. Heraus strömten die Mitglieder des Vorstandes, der Direktor, der Archivar, das Verwaltungspersonal – jetzt entspannt und lächelnd – und bewegten sich gemächlich die Gänge entlang und die Treppe hinunter. Man mußte sie drängen, zum Tee zu kommen. Es war nicht höflich, zu hasten, sie ließen sich Zeit, während in dem Zelt die Teeköche neben den rauchenden Holzkohlenfeuern warteten, neben Zinntabletts mit rosa-geblümtem Geschirr, Tellern voller trockener Kekse und Schüsselchen mit Nüssen.

Unter der Zeltplane erhoben sich die Damen von der dreiteiligen Sofa-Garnitur, die für die Ehrengäste reserviert war, und den steiflehnigen Stühlen, die man aus den Klassenzimmern gebracht und an drei Seiten der Abgrenzung für die minderen Gäste aufgestellt hatte. Die Frau des Direktors, in einem neuen Sari aus japanischem Nylon, über und über mit braunen und violetten Blütenzweigen bedruckt, trat mit gefalteten Händen vor, um den wichtigsten Ehrengast zu begrüßen. Der Direktor schwitzte, als er ihm seine Frau vorstellte (sie befand sich in einem schwierigen Lebensabschnitt, und man konnte nie voraussehen, was sie tun oder sagen würde; bisher schwerfällig und gelassen, war sie über Nacht unberechenbar geworden). Nach einem ängstlichen Augenblick erlaubte er sich zu lächeln – der wichtigste Gast hatte einen Witz gemacht darüber, was für ein anstrengender Tag es für die Damen wäre, die so viel getan hätten, um diese Veranstaltung zu einem Erfolg zu machen, und seine Frau hatte gelächelt und genau das gesagt, was sie sagen sollte, nämlich, aber ganz und gar nicht, es war ein Vergnügen. Das war also gutgegangen. Sie traten bei dem flatternden Zelteingang zur Seite, um für die anderen Platz zu machen, die jetzt hereinströmten, da sie ihren Durst nicht länger aufzuschieben brauchten.

Es entstand dann ein solcher Lärm, ein Plätschern und Spritzen, ein Klirren und Klappern, ein Schlürfen und Kichern, daß man hätte ganz falsche Schlüsse ziehen können, was die Ernsthaftigkeit dieser jährlichen Angelegenheit betraf. Keiner aus dem Lehrkörper vergaß sich jemals völlig – es hätte etwas weit Stärkeren bedurft als süßen, milchigen Tees, um es dazu kommen zu lassen –, und alle waren sie kribbelig angesichts der Möglichkeit, daß der lange Arm der Verwaltung sich nach ihnen ausstreckte, um sie irgend jemandem ganz oben vorzustellen. Immer wieder zerrten sie ihre Taschentücher heraus und wischten sich die Gesichter ab oder blickten über die Schulter, um zu sehen, wie nahe oder wie weit weg sie von diesen wichtigen Ehrengästen wären und, noch wichtiger, vom Direktor, der für sie schließlich von viel unmittelbarerer Bedeutung war. Ihre gelehrten Brillen blinkten, nervöse Hände strichen das Haar glatt und bemühten sich, den Zigarettenpackungen in ihren Taschen fernzubleiben, es wurde viel geräuspert und sie waren angestrengt bemüht, Damen ihre Aufmerksamkeit zuzuwenden und betont höflich zu ihnen zu sein – auf gelöst-lockere Weise natürlich, als täten sie das alle Tage, ohne nachzudenken. Dann wurden die Teetabletts herumgereicht, Tassen ausgeteilt, und die Geräusche und Bewegungen, die sie machten, ähnelten zunehmend denen von Kindern am Strand oder besser gesagt, in Anbetracht ihrer hoffnungslosen Armseligkeit, Kindern, die an einem Gemeindebrunnen Wasser holten.

Deven spürte diese Verwandlung auch an sich vorgehen, ein angenehm entspannender, selbstvergessen machender Vorgang, aber als er bemerkte, daß der Direktor sich unmittelbar hinter ihm befand, verkrampfte er sich wieder, blieb ganz still, hielt den Blechlöffel aufrecht in seiner Teetasse und vergaß umzurühren, aus Angst vor einer Hand auf seinem Kragen: der Aufforderung. Als er dann den Druck der Menge spürte, die Platz machte für den hochherrschaftlichen Rundgang, und ihre Hinterköpfe erblickte, wie sie sich weiterbewegten dem Tisch zu, an dem die Frau des Direktors lächelnd stand, einen Arm aus den braun-violetten japanischen Nylonstoffbahnen her-

ausgestreckt nach einer Schüssel voll wunderhübsch aufgebauter Kekse neben einer Vase, die vollgestopft war mit wunderhübschen Ringelblumen, die eben zu sterben begannen, wurde er ruhiger, rührte selig mit dem Löffel unentwegt in seiner Tasse herum und blickte auf, um jeden zu begrüßen, der gerade seines Weges kam.
Wie es das Schicksal wollte, war es der Vorstand der Urdu-Abteilung, Abid Siddiqui, der, dem Umfang und Ansehen dieser Abteilung angemessen, ein kleiner Mann war, dessen jugendliches Gesicht vorzeitig von einem Büschel weißer Haare bekrönt war, wie um die zum Untergang verurteilte Beschaffenheit seines Lehrgegenstands anzudeuten. Es war vielleicht ungewöhnlich, daß an einem so kleinen Privatcollege wie dem Lala Ram Lal College eine Sprache wie Urdu geboten wurde, die beinahe ausgestorben war, aber wie es der Zufall wollte, hatten die Nachkommen von Lala Ram Lal kein so großes Vermögen geerbt, um davon das ganze College allein stiften zu können, und sie hatten eine sehr große Spende von den Nachkommen ausgerechnet jenes Nawab annehmen müssen, der während der Nachwirkungen des Großen Aufstands von 1857 aus Delhi geflüchtet war und der die Moschee ebenso wie einige der größten Villen in Mirpore erbaut hatte. Sie waren jedoch absolut entschlossen gewesen, den Namen seiner Familie nicht auf der Tafel über dem Eingang zu dulden. Die Moslemfamilie hatte das als Geringschätzung empfunden und gedroht, die Spende zurückzuziehen. Deshalb wurde ein Kompromiß geschlossen und eine Abteilung zugesagt, an der statt des Familiennamens ihre Sprache lebendig erhalten werden würde. Da die College-Verantwortlichen mit interessanteren Angelegenheiten wie dem Ankauf von Land und Zement und Stahl und den zu erstellenden Angeboten und daraus zu erzielenden Gewinnen beschäftigt waren, hatten sie die Wahrscheinlichkeit außer acht gelassen, daß

sehr wenige Bürger von Mirpore dafür optieren würden, eine Sprache zu studieren oder sie ihren Sprößlingen zu studieren erlauben, die von dem Tag an zum Untergang bestimmt war, an dem die Moslems über die neugezogene Grenze in das Neue Land Pakistan zogen. Ja, wenn nicht einige wenige starrköpfige Moslemfamilien dageblieben wären und Kinder gehabt hätten, die sie in das College schickten, um Urdu zu studieren, wäre die Abteilung so leer geblieben wie die Zelle, aus der man den verurteilten Gefangenen herausgeholt hatte, um ihn dem Henker zu übergeben. Abid Siddiqui stellte das gesamte Lehrpersonal der Abteilung dar; trotzdem hatte er kaum etwas zu tun, da seine Klassen nur von wenigen Studenten frequentiert wurden. Vielleicht neigte er deshalb dazu, auf dem Collegegelände umherzuwandern, den Kopf leicht zur Seite geneigt und forschend um sich blickend, als wäre er ein kleiner Vogel auf der Suche nach einem bescheidenen Wurm. Deshalb war er einer der wenigen Menschen am Lala Ram Lal College, vor denen Deven nicht zurückschreckte. Er wandte sich ihm zu und begrüßte ihn mit einem Lächeln.

Siddiqui erwiderte seinen Blick und sagte: »Sharma Sahib, der jährliche Tee ist besser als der tägliche Tee, nicht wahr?« und Deven ging mit einem bereitwilligen Lachen darauf ein und dachte, eine Unterhaltung, die so heiter begann, könnte sehr gut auch ebenso fröhlich enden.

»Der jährliche Tee unterscheidet sich in jeder Hinsicht vom täglichen Tee«, lachte er – kicherte tatsächlich.

»Das ist wirklich kein repräsentativer Tag heute, kein typischer Tag«, stimmte ihm Siddiqui zu. »Sehen Sie nur, wir bekommen Nüsse angeboten von Damen, die uns normalerweise gar nicht erkennen.«

»Und die auch wir nicht bereit sind, täglich zu erkennen«, sagte Deven mit einer ungewohnten Schalkhaftigkeit, als er die Hand nach einer Schüssel voller gesalzener

Cashew-Nüsse ausstreckte, ehe sie seiner Reichweite wieder entzogen wurde. »Teure Esserei«, sagte er kauend, »Cashew-Nüsse, vierzig Rupien das Kilo, mindestens.«
Siddiqui blickte dem entschwindenden Tablett ein wenig traurig nach. »Schwere Zeiten«, stimmte er murmelnd zu. »Schwere Zeiten.«
»Sogar in Ihrer Abteilung?« fragte Deven mit einer Schläue, die ihn wegen ihrer Originalität geradezu erbeben ließ. »Nein, erzählen Sie mir nichts, Siddiqui Sahib. Es ist vielleicht die kleinste Abteilung im College, aber das ist besser so – die Qualität ist die beste.«
»Wie die Cashew-Nüsse?« Siddiqui lächelte schmerzlich. »Ja, Urdu wird zu einer Seltenheit – es wird nur für den Export gezogen, nach Pakistan oder in die Golfstaaten. Haben Sie gehört, Faiz ist nach Beirut gegangen, um dort eine Urdu-Zeitschrift herauszugeben.«
»Aber wieso?« Deven sah betroffen aus. »Das wird der Sache des Urdu nicht helfen. Warum schreibt er nicht für Zeitschriften in Indien? Wir haben noch immer einige, Siddiqui Sahib, und man unterstützt eine gute Sache damit.«
»Eine gute Sache ist auch eine aussichtslose Sache, Sharma Sahib.«
»Aber nein«, widersprach Deven. »Die führende Urdu-Zeitschrift hier in Delhi zum Beispiel plant eine Sondernummer über neue Urdu-Dichtung – es kann also gar keine so aussichtslose Sache sein.«
»Ach so? Welche ist das? Erwarten sie, auch Lyrik zu bekommen, die es lohnt, veröffentlicht zu werden?«
»Selbstverständlich«, rief Deven aus, ganz schockiert über Siddiquis Unwissen und mangelndes Vertrauen in seine Sache. »Sogar – sogar Nur Shahjehanabadi wird einige von seinen bisher unveröffentlichten Gedichten darin haben: es wird ein großes Ereignis.«

Siddiqui hob seine buschigen weißen Brauen, als er das hörte – er war sichtlich beeindruckt, und da er eines der netteren Mitglieder des Lehrpersonals war, machte es ihm auch nichts aus, das zu zeigen. »Wenn Nur Shahjehanabadi nach fünfzehn Jahren des Schweigens wieder Lyrik hervorbringt, dann wird das gewiß ein großes Ereignis sein in dieser kleinen Welt der Urdu-Dichtung. Er ist ein Wal in einem Wassereimer, hab ich schon immer gedacht.«
Gerade in diesem Augenblick wandten sich der Direktor und sein wichtigster Gast – nachdem sie am Tisch ihre Teetassen gefüllt und mit den Damen gesprochen hatten, die sich dort, in Sicherheit an der anderen Seite des Tisches, zusammendrängten – wieder der Menge zu und bewegten sich auf die Sofagarnitur hin. Die Leute wichen zurück, um für den königlichen Rundgang Platz zu machen, und Deven fand sich dichter und näher zu Abid Siddiqui gedrängt als je zuvor. Das machte ihn zutraulicher in seinem Verhalten; schließlich waren nur zwei Teetassen zwischen ihnen. Er ließ die Stimme sinken und sagte ihm raunend ins Ohr, als wäre es ein Geheimnis: »Und man hat mich aufgefordert, ihn zu interviewen, so daß das Interview zusammen mit den Gedichten erscheinen kann.«
Nun zogen sich beide Augenbrauen ungläubig in die Höhe. »Sie werden ihn treffen?« fragte Siddiqui, ein wenig zweifelnd. Als Deven vor einem Jahr als künftiger Dozent zu ihm gekommen war, in der Annahme, es kämen bessere Zeiten für die Urdu-Abteilung, hatte er weiter nichts Besonderes an diesem verschüchterten jungen Mann entdecken können: er fragte sich jetzt, ob er sich geirrt haben könnte. »Sie werden ihn besuchen?«
Deven lächelte. »Ich bin schon bei vielen Gelegenheiten in seinem Haus gewesen.« Er sprach langsam, um die volle Wirkung zu erzielen, und zum ersten Mal in seinem Leben hatte er das Gefühl, daß der Augenblick nach

Überheblichkeit verlangte, nach einer Würde, die er immer schon heimlich angestrebt hatte. »Ich habe etliche Gespräche mit ihm geführt. Ja«, stürzte er sich kühn hinein, »vielleicht schreibe ich auch mehr als einen Artikel für *Awaaz* – möglicherweise schreibe ich eine Biographie. Er hat sogar gesagt, daß er mir vielleicht seine Memoiren diktiert.«
Auch Siddiqui lächelte nun. Das war eindeutig ein Hirngespinst, das man duldete, dem man aber nicht traute. Sein Ton wurde entsprechend scherzhaft: »Ihnen? Aha. Der große Dichter kam nach Mirpore und bat Sie, sein offizieller Biograph zu werden, nehme ich an.«
Deven war verletzt. Es war klar, daß man seine Worte nicht für wahr hielt. Er wurde aggressiv. »Man kann doch nicht erwarten, daß er in seinem Alter nach Mirpore kommt, um irgendwen zu besuchen«, widersprach er. »Natürlich bin ich es, der hingeht, ihn besuchen. Die Frage seiner Autobiographie hat sich nur so ergeben – ich habe das nicht vorgeschlagen oder geplant –, aber er möchte, daß ihm jemand zuhört und seine Memoiren niederschreibt.«
Siddiqui hatte den Kopf zum Rand der Teetasse gesenkt, nachdenklich wie ein Vogel, der einen Punkt darin betrachtet, der sich vielleicht, vielleicht auch nicht, als Insekt entpuppen könnte. Es war nicht möglich, seinen Gesichtsausdruck zu sehen, als er sagte, nach einer Minute des Schweigens: »Es sind schon merkwürdigere Dinge geschehen, nehme ich an.«
Deven war nicht sicher, ob er lachen oder beleidigt sein sollte. Er gab einen schnaubenden Laut von sich, der sowohl das eine wie das andere sein konnte. »Ich weiß, Sie glauben mir nicht, aber ich werde es Ihnen beweisen, Sie werden schon sehen.«
»Sie könnten immer noch ein Werk der Phantasie daraus machen«, murmelte Siddiqui. »Sie wissen ja, ein paar Tat-

sachen und ein bißchen Erfindung. Das ist angeblich eine moderne Form in – in anderen Gegenden der Welt.« Er klang ein wenig unbestimmt: seine Verbindungen mit diesen Gegenden waren dürftig.
Deven war gekränkt. »Ich werde das überhaupt nicht schreiben«, erwiderte er. »Ich werde es aufnehmen. Auf Band. Ja, ich suche ein Aufnahmegerät. Der Herausgeber von *Awaaz* hat mich beauftragt, mir ein Aufnahmegerät zu beschaffen und alles auf Band aufzunehmen. So wird das heutzutage gemacht – in anderen Gegenden der Welt«, fügte er ein wenig boshaft hinzu. »Und eines Tages, wenn es fertig ist, werde ich Sie einladen, sich das anhören zu kommen. Dann können Sie feststellen, ob es die Stimme von Nur ist – oder eine Phantasie.«
Siddiqui war eindeutig fasziniert. Als Mr. Trivedi, der Chefbibliothekar, zu ihnen trat, um mit ihnen zu plaudern, schob er ihn beiseite und nahm Deven beim Ellbogen und sagte: »Sie müssen mir mehr darüber erzählen, Sharma Sahib – das ist das erste Mal, daß ich von einer Biographie auf Band höre. Sie müssen zugeben, daß es in *unserer* Gegend der Welt nicht so gemacht wird. Was bedeutet das, bitte – das Zeitalter der Elektronik betritt den königlichen Hof der Dichtung, über den einst die Moguln herrschten? Erzählen Sie mir, was heißt das alles?«
In einem geschützten Winkel unter einem der Pfosten, die den gestreiften Baldachin über ihren Köpfen stützten, plauderte Deven die ganze Geschichte aus, als wäre sie ein Wasserstrom, der aus einem von mitfühlender Hand aufgedrehten Wasserhahn floß. Es war ihm ziemlich gleichgültig, ob Siddiqui ihm glaubte oder nicht, er war nicht darauf bedacht, ihn zu überzeugen, er war ganz einfach erleichtert, darüber sprechen zu können und die Meinung und den Kommentar von jemand anderem zu dem zu hören, was sogar ihm selbst mitunter als phantastisches und unwahrscheinliches Projekt erschien. Es jemand anderem

zu beschreiben, verlieh ihm Umrisse und Dimensionen, eine gewisse Substanz und Realität, die er selbst gelegentlich bezweifelte. Als Siddiqui ihm aufmerksam zuhörte und dabei mit scharfen, blanken Vogelaugen seinen kleinen Knebelbart strich und Devens Gesicht betrachtete, um schließlich zu sagen: »Merkwürdig, wundervoll merkwürdig, Sharma Sahib, aber sogar noch merkwürdigere Dinge geschehen, das stimmt«, fühlte der sich soweit von Zweifeln und Unschlüssigkeit befreit, für den Augenblick jedenfalls, um begeistert auszurufen: »Siddiqui Sahib, wird das nicht eine großartige Sache für die Urdu-Literatur? Glauben Sie nicht, daß jeder Leser des Urdu das interessant finden wird? Was ist mit Ihrer Abteilung, hm? Werden nicht alle sich die Bänder anhören wollen? Vielleicht werde ich Kopien machen lassen und sie an die Urdu-Abteilungen aller Universitäten in Indien schikken. Murad Sahib sagt, es ist die große Mode in Delhi – die Leute nehmen Konzerte auf, Dichterlesungen, alles. Vielleicht wird Ihre Abteilung eines Tages einen Kassettenrekorder kaufen, und eine Bibliothek von Bändern für die Studenten anlegen, und wann immer Sie wollen, werden Sie den Rekorder einschalten können – und werden die Stimme des Dichters hören, der seine eigene Dichtung rezitiert.«
Jetzt warf Siddiqui den Kopf zurück und lachte – nicht verächtlich, sondern ungläubig. Er lachte wie ein Junge, vergnügt. Er packte Deven am Arm, oberhalb des Ellbogens, und rief: »Wunderbar! Wunderbar! Dann werden wahrhaftig alle unsere Dichter Singvögel für uns sein. Die Stimme des *Koel* und des Bül-Bül werden wir hören, wie Kuckuck und Nachtigall werden die Dichter singen, wann immer wir sie hören wollen –«
»Ja, Siddiqui Sahib, warum machen wir dem Direktor nicht einen Vorschlag? Warum bitten wir ihn nicht, für die Abteilung ein Gerät zu kaufen? Sie müssen heute das

Budget des vorigen Jahres und des neuen Jahres diskutiert haben, warum schlagen wir ihnen nicht vor, für den Kauf eines Bandgerätes, für Bänder, einen Kassettenrekorder Ihrer Abteilung Geld zuzuteilen und die Ära der Elektronik an unserem College zu eröffnen?«

Sie lachten wie Kinder über einen absurd komischen Witz. Einige von den Lehrern und ein paar Gäste, die sie hörten, drehten sich um und schauten streng. Dies war schließlich eine einigermaßen formelle Angelegenheit hier, und wenige Leute ließen sich derart gehen wie diese beiden dort unter dem *Shamiana* in ihrem unzulänglichen Versteck hinter dem mit Fahnentuch umwickelten Pfosten. Keiner von beiden bemerkte es; sie waren viel zu guter Dinge.

»Sharma Sahib, wie kann denn ein furchtsames Kaninchen wie ich vor König Löwe in seiner Höhle treten? Und noch dazu am Tag des königlichen Gala-Empfangs? Aber ich will Ihnen sagen, was wir tun können«, fügte Siddiqui hinzu und nickte strahlend, »gehen wir miteinander und versuchen wir dem obersten Minister von König Löwe, dem Herrn Schakal auf den Leib zu rücken, und schlagen wir es ihm vor. Wie Sie sagen, mit dem neuen Budget, das eben zur Diskussion steht, könnte das genau der richtige Zeitpunkt sein, um Herrn Schakal in geeigneter Verfassung zu finden, da er seine Schatzkammer noch voll weiß.«

»Herrn Schakal?« kicherte Deven und wischte sich das Gesicht ab, das ganz erhitzt und rot war. Ihm war immer mehr so, als litte er an Halluzinationen: Nie in seinem Leben waren die Dinge so glatt gegangen, so von selbst, hatten sich die verschiedenen Spielsteine gänzlich zufällig richtig zusammengefügt, ohne Plan oder System. Er hatte gerade erst begonnen, die Einteilung des Spielbretts vor sich zu sehen und die Richtung des Spieles zu erkennen, das er so gedankenlos und unbedacht gespielt hatte.

»Ja, ja, der Registrator natürlich, der Registrator«, lachte Siddiqui in sich hinein, und einer ergriff die freie Hand des anderen, als hätten sie soeben einen Vertrag unterzeichnet und posierten für die Photographen, und beide brachen in Lachen aus.

Das Lachen verging ihnen, als sie ihn hinter der Sofagarnitur allein auf einem geradlehnigen Stuhl sitzen fanden, ganz ausgeschlossen von dem Tête-à-tête, das der Direktor mit dem Haupt-Gast hatte, und auch gänzlich ausgeschlossen von sämtlichen Unterhaltungen in seiner Umgebung. Düster blickte er ins Leere, wippte mit dem Bein, das er über ein Knie gelegt hatte, und sah ganz wie der Ersatzmann im Spiel aus, einer, der nirgends dazu gehörte und dem man keine Rolle zu spielen gegeben hatte.

Aber Siddiqui hatte seine Gründe, sich an ihn zu wenden. Sich die Hände reibend, trat er forsch zu ihm hin und rief: »Wie geht es Ihnen, Rai Sahib? Müde vom Protokollführen? Müde von all den Diskussionen über das Budget? Anstrengender Gegenstand, die Finanzen.«

»Nein, nein, keineswegs anstrengend«, erwiderte Mr. Rai, stellte das zweite Bein auf den Boden und beugte sich freundlich vor. Er schien ganz erleichtert, in seinen einsamen Betrachtungen unterbrochen worden zu sein. »Der Vorstand informiert uns nur über Kürzungen im Budget, nicht über irgendwelche Zuwendungen. So geht das.«

»Rai Sahib, das sind schlechte Nachrichten«, sagte Siddiqui und verzog das Gesicht so übertrieben wie ein Schauspieler. »Da kommen wir zwei Dozenten aus der Sprach-Abteilung zu Ihnen mit einem ernsthaften Ansuchen – und Sie drohen uns mit einer Kürzung, noch bevor Sie unsere Bitte gehört haben.«

»Ich drohe Ihnen nicht mit Kürzungen, Siddiqui Sahib, es ist der Vorstand, der uns droht«, widersprach Mr. Rai, beglückt lächelnd über diese kleine Schmeichelei.

Deven hielt sich im Hintergrund, die Hände hinter dem Rücken gefaltet, und war nicht recht sicher, weshalb es Siddiqui für nötig halten mochte, einem untergeordneten Funktionär der College-Verwaltung an diesem ganz speziellen Tag zu schmeicheln, hatte aber das Gefühl, er sollte diese Angelegenheit Siddiqui überlassen, da er selbst keine Ahnung hatte, wie man es anfing, um Finanzierung anzusuchen. Da er auch nicht sicher war, was die Stellung der Urdu-Abteilung betraf, konnte er nicht voraussehen, wie dieser Vorschlag aufgenommen würde. Er war sich vollkommen dessen bewußt, daß den naturwissenschaftlichen Abteilungen bereitwillig Gelder gewährt wurden, daß die Naturwissenschaften die Rajas, die Herrscher des Imperiums waren, und die Geisteswissenschaften in die staubigeren und vernachlässigteren Winkel abgeschoben wurden, wo sie vor sich hinkümmerten. Wenn einmal einer der geisteswissenschaftlichen Abteilungen Aufmerksamkeit geschenkt wurde, dann war es gewöhnlich jene der Wirtschaft und der Politikwissenschaft. Sprachen betrachtete man nicht als Abteilungen, die über die mageren, der Bibliothek zugeteilten Mittel hinaus irgendwelche Aufmerksamkeit finanzieller Art verdienten. Deven setzte nicht viel Vertrauen in den Status der Urdu-Abteilung, da er sah, wie klein und gefährdet, lediglich geduldet sie war, und vielleicht meinte Siddiqui deshalb, er könnte sich in einer sie betreffenden Angelegenheit nicht an jemand Wichtigen wenden und sprach daher lieber mit dem gelangweilten Mr. Rai. Vielleicht hielt er es auch für richtig, am unteren Ende der Leiter zu beginnen, wenn er vorhatte, bis oben hinaufzukommen. Wie immer dem sei, wenn man Siddiquis köstliche Vorstellung beobachtete und ihm zuhörte, welch kunstvoll gedrechselte Sprache er gebrauchte, dann mußte sich wohl eine leise Hoffnung regen.
Deven stand steif dort, die Finger hinter seinem Rücken

verschränkt, den Kopf respektvoll gesenkt, während er beiden zuhörte, wie sie Erinnerungen an Lucknow austauschten – beide waren Studenten der dortigen Universität gewesen – und an alte Anhänger der akademischen Urdu-Welt, als sich ein Arm um ihn schlang, ihn herumdrehte, und er sich Jayadev von seiner eigenen Abteilung gegenübersah.

»Wo warst du letzten Sonntag, Deven-Bhai?« schrie ihm Jayadev ins Ohr und schlug ihm gleichzeitig auf den Rükken. »Und am Sonntag davor? He? Erzähl uns, wohin du jede freie Minute entfleuchst, die du hast. Du bist gesehen worden, daß du's weißt –«

»Psst«, zischte Deven wütend, aber Jayadev ließ seinen Arm nicht los und zerrte ihn weg zu einem Knäuel jüngerer Dozenten und Lektoren, die die letzten Kekse und Nüsse aßen und kalten Tee tranken, um auch nicht einen Krümel oder einen Tropfen übrigzulassen. »Sharma Sahib«, riefen sie, »kommen Sie und gestehen Sie – wer ist diese liebliche Schöne in Delhi, die Sie jeden Sonntag hier weglockt? Das ganze College redet über Sie. Sie dachten wohl, man hätte Sie nicht gesehen, wie Sie sich davonmachten, was? Kommen Sie und erzählen Sie uns alles –«

Als Deven sich endlich aus ihrer Umklammerung losreißen konnte, wandte er sich verzweifelt wieder der Sofa-Garnitur und dem geradlehnigen Stuhl zu, nur um sie leer zu finden, Siddiqui war weg, Mr. Rai war weg. Statt dessen stand seine Frau dort und wartete mit gefalteten Händen, ihr Gesicht verdüstert vor Niedergeschlagenheit und schlechter Laune: Sie mochte Begegnungen mit seinen Kollegen oder ihren Frauen nie und hatte mühsam zum Mitkommen überredet werden müssen an diesem Morgen. Mit gerunzelter Stirn fragte sie: »Können wir jetzt nach Hause gehen? Manu wird hungrig sein. Er wird schon weinen.«

Enttäuschungen und Rückschläge, Verzögerungen und Ablenkungen waren Deven nicht unbekannt. Es überraschte ihn keineswegs, daß der ungewöhnliche Erfolg seiner Unterhaltung mit Siddiqui, die mit so unerwarteter Geschwindigkeit von Zweifel zu Interesse, zu Begeisterung fortgeschritten war, innerhalb von Minuten zerschlagen worden war durch die steinerne Empfindungslosigkeit und Roheit seiner Kollegen, die sie auseinandergerissen und daran gehindert hatten, diese neue Verbindung weiterzuentwickeln. Was ihn hingegen sehr wohl überraschte, war die Mitteilung von Siddiqui, die ihm am nächsten Tag, während er unterrichtete, von einem Urdu-Studenten in sein Klassenzimmer gebracht wurde, und die rätselhafte Zeile, die daraufgekritzelt war und besagte, Mr. Rai erwarte ihn um zwölf Uhr in seinem Büro. Deven sah diese Zeile schwanken, auseinanderreißen und wieder zusammenkommen auf dem blauen Stück Papier, und ihm war, als sähe er alle geraden Linien und zusammengedrängten Alphabete seines kleinen engen Lebens schwanken und sich auflösen und Platz machen für eine Welle von etwas Frischem, von Veränderung, von tatsächlicher Bewegung. Möglichkeiten lagen offen da, die Welle von Erfahrbarem schwoll hoch an, aus sehr großer Entfernung rollte sie heran, aber sie hob sich und kam näher und tönte laut in seinem Ohr. Was war dem bisher gänzlich unbewegten, stehenden Gewässer seiner Existenz widerfahren? Es war nicht die kleine hingekritzelte Nachricht, nicht Siddiqui und nicht Rai oder irgendwer im Zusammenhang mit dem College, die diese Bewegung verursacht hatten: es war Nur, Nurs Dichtung und Nurs Person; Nur, der diesen Vorstoß ausgelöst hatte, diese Flutwelle, die herangebraust kam und der er sich stellen mußte, die sich über seine Füße ergießen und an seinen Beinen hochsteigen würde bis zur Hüfte und dann zur Brust, um ihn schließlich ganz davonzutragen.

Das machte seinen Schritt unsicher, als er den Gang entlangeilte zum Büro des Registrators. Hier kam die Welle zum Stillstand, schlug gegen die fleckige Wand und die rostigen Stahlmöbel und schäumte auf vor enttäuschter Erwartung, aber es wäre zu unnatürlich gewesen, wenn nicht schließlich doch ein kleines Hindernis aufgetreten wäre. Mr. Rai war um zwölf Uhr nicht in seinem Büro. Nachdem Deven fünfzehn Minuten lang auf einem Stuhl in der Ecke gesessen hatte, erhob er sich und fragte den Türsteher, ob er wüßte, wo er wäre. Selbstverständlich, war die Antwort, er war bei einer Sitzung im Zimmer des Direktors, wie lange sie dauern würde, war nicht abzusehen. Deven könnte warten, wenn er wollte – oder gehen. Der Türsteher zuckte die Achseln und drückte damit aus, ihm wäre es einerlei, deutete aber durch die Art, wie er den Stummel einer selbstgedrehten Zigarette ausspuckte, an, daß er es vorzöge, wenn Deven ginge.
Er wartete – er konnte noch immer die weiße Schaumkrone der fernen Welle sehen, nicht mehr sehr deutlich, aber doch –, bis es Zeit für seine nächste Vorlesung war; dann ging er, in seiner üblichen gebeugten Haltung der Hoffnungslosigkeit. Doch auf dem Weg nach Hause zu einem verspäteten Mittagessen entschloß er sich plötzlich, zu Mr. Rai hineinzuschauen, und fand ihn auch vor.
Rai blickte von seinen Akten auf, ohne ein Lächeln, aber auch nicht direkt mit einem Stirnrunzeln, ganz einfach mit seinem wie üblich leicht verzogenen Mund. »Ach, Mr. Sharma«, sagte er. »Hier ist das Papier, das mich Mr. Siddiqui bat, Ihnen zu geben – die Bewilligung, eine audiovisuelle Ausrüstung zum Gebrauch für die Sprachenabteilung zu kaufen. Bitte fordern Sie ein Angebot an, das muß eingereicht werden, ehe ein Abschluß getätigt werden kann. Das hätte natürlich auf höchster Ebene geschehen sollen, aber Mr. Siddiqui hat uns erzählt, daß Sie in Delhi Verbindung mit Leuten haben, die Ihnen behilflich

sein können, das beste Gerät zu erwerben. Vielleicht ist es in Delhi leichter zu beschaffen«, gab er zu, und Deven fühlte sich geradezu zerschmettert von seinem Entgegenkommen, von Siddiquis Gewandtheit, von dem Erfolg dieses ganzen verrückten Unternehmens, an den er kaum zu glauben gewagt hatte. Aber er hielt das offizielle rosa Stück Papier in seiner Hand, eine kaum lesbare Durchschrift einer bleistiftgeschriebenen Mitteilung des Direktors, die eine, wie es Deven vorkam, mehr als königliche Summe für die »audiovisuelle Einrichtung« bewilligte. Gewiß, es war nur ein Stück Papier, kein Scheck und keine Rolle Banknoten, die es handfester oder verläßlicher hätte erscheinen lassen, aber selbst eine solche Bestätigung war ihm nie zuvor zu Gesicht gekommen. Er hatte nie den Mut aufgebracht, auch nur seinen Bankmanager um einen Kredit zu bitten, und er fragte sich, ob er selbst die Nerven gehabt hätte, ein derart phantastisches Ansuchen an das College zu stellen, hätte es Siddiqui nicht für ihn getan. Was hatte Siddiqui dazu bewogen?

Nur, natürlich, der magische Name von Nur Shahjehanabadi natürlich, dachte Deven, als er hinaus in das messingne Licht trat. Das war ein Name, der Türen öffnete, den Ausdruck der Menschen veränderte, Staub und Spinnweben zum Verschwinden brachte, Visionen auftauchen ließ, in strahlendes Licht getaucht. Er hatte ihm Wege eröffnet, die ihn in ein anderes Land, ein anderes Element führen würden. Ja, dieses College-Gelände, diese Staubfelder, diese Zäune aus rostigem Stacheldraht, diese Gruppen feindseliger, spöttischer junger Studenten am Tor und an der Bushaltestelle, sie alle würde er zurücklassen und würde fortgehen in die Welt der Dichtung, der Kunst. Dann korrigierte er sich: es war nicht Nurs Name, der diese Veränderung bewirkte, es war sein Genie, seine Kunst.

Und Deven hatte jetzt die nötigen Mittel, diese Kunst,

diese Verse für die Nachwelt einzufangen und zu bewahren. Ihm war eine Rolle im Leben zugefallen. Beim Überqueren der Straße murmelte Deven einen Vers Nurs:

> »Im sanften Wehn die Blüte auf dem Zweig versendet ihren Duft.
> Das offne Fenster läßt herein die süße Jahreszeit, den Lenz.«

Deven stolperte über einen Stoß von Drahtrollen, wich in einen Winkel des kleinen Ladens zurück, um Murad mehr Platz zu lassen, der umherging und prüfend die Radios, Fernsehgeräte, Kassettenrekorder, Lautsprecher und Tonbandgeräte betrachtete, die zu verkaufen oder zu vermieten waren. Er schien mit dem Ladenbesitzer auf vertrautem Fuß zu stehen, und Deven beobachtete sie beide scharf, entschlossen, ihnen auf die Schliche zu kommen, falls sie versuchen sollten, irgendeine private oder undurchsichtige Abmachung zu treffen, die nicht zu seinem Vorteil, beziehungsweise dem des College wäre.
»Wir müssen sehr aufpassen«, hatte er betont, als er hinter Murad her durch die Straßen von Darya Ganj eilte. »Nur das beste Gerät, Murad – laß dich nicht von ihnen betrügen. Hast du eine Ahnung von Tonbandgeräten? Sollten wir uns nicht beraten lassen?«
»Hör zu«, sagte Murad und blieb mit in die Hüfte gestemmten Armen stehen. »Ich weiß eines über Tonbandgeräte, und das ist ihr Preis. Und ich weiß, daß das, was das College zu zahlen bereit ist, nur für das billigste und schlechteste Modell reicht. Also wie kann ich dir da noch was Schlechteres unterjubeln, sag mir das, bitte.«
Deven war so beleidigt, daß er nichts weiter sagte, sondern sich nur mürrisch durch die samstagnachmittägliche Menge der Einkaufenden schob. Er war nur einigermaßen besänftigt, als Murad, nachdem sie einmal in dem Laden waren, sich nicht so benahm, als könnte er sich nur

das Billigste und Schlechteste leisten. Im Gegenteil, er trat auf, als hätte er unbegrenzte Mittel zur Verfügung, und der Händler täte gut daran, diesem wichtigen Kunden besondere Aufmerksamkeit zu schenken. Der Händler hingegen schien Murad zu gut zu kennen: sein Benehmen war unangenehm vertraulich. Er bot ihnen sogar mit den Fingern Betelblätter an. Deven schüttelte stirnrunzelnd den Kopf und lehnte ab, aber Murad nahm zwei und stopfte sie in den Mund und kaute sie anerkennend und setzte das schwere Aroma ihrer Ingredienzien in dieser ohnedies überladenen Luft frei.

»Das neueste Modell – zeigen Sie mir das neueste Modell«, sagte er mit vollem Mund und drehte sich wieder zu den Regalen und Ladentischen um.

»Sahib, wenn Sie das neueste Modell suchen, warum kommen Sie dann zu mir? Warum gehen Sie nicht nach Hongkong, Singapur oder Manila? Sie sind ein vermögender Mann, Ihr Vater ist der König der Kaschmirteppiche, ein reicher Mann, er kann Sie hinschicken. Also warum tun Sie nicht, was jeder heutzutage tut? Eine Luxuskreuzfahrt machen in den fernen Osten und mit den neuesten Modellen zurückkommen – mit einem für Sie und einem für mich, hm?« Sein runder Bauch wackelte vor Lachen unter dem rosa Buschhemd und dem Gürtel aus Schlangenleder.

»Wir haben nicht vor, Phantasiepreise zu zahlen«, sagte Deven nervös aus seiner Ecke.

Der Händler warf ihm einen verächtlichen Blick zu. »Keine Phantasiepreise? Wie wollen Sie dann Ihre phantastische Ware bekommen, hm?«

Auch Murad lachte. Er und der Händler blinzelten einander beim Lachen zu. Deven runzelte die Stirn.

»Komm, gehen wir uns woanders umsehen, Murad«, sagte er verärgert, aber statt dessen setzte sich Murad auf einen Klappstuhl neben den Schreibtisch des Händlers.

»Setz dich, Deven-Bhai«, sagte er mit einer knappen Geste seiner betelfleckigen Hand. »Ich hab das schon mit Jain Sahib besprochen. Er weiß genau, was du brauchst. Sein Neffe wird uns das beste Modell bringen, gebraucht, in erstklassigem Zustand, sagt Jain. Setz dich, bis er kommt, warum setzt du dich nicht?«

»Was?« stotterte Deven, dem kalt wurde beim Gedanken an die neueste Täuschung Murads. »Du hast das bereits mit Mr. Jain besprochen? Wo kommt dieses Modell her? Wieso gebraucht? Ich werde keine gebrauchte Ware kaufen, die wird nur kaputtgehen, damit wird's Ärger geben –«

»Sahib, Sie sagen, Sie wollen bestes Modell. Ich besorge Ihnen bestes Modell, zu billigem Preis. Wie kann das auch noch aus erster Hand sein?« Wieder tauschten der Händler und Murad Blicke, gerade daß sie einander nicht zublinzelten.

Wütend ging Deven auf die Tür zu. Der Weg wurde ihm verstellt von einem jungen Mann mit einem großen Karton im Arm. Er lächelte Deven außerordentlich gekünstelt darüber hinweg an. »Aha«, rief Mr. Jain, »sehen Sie, da ist es schon, und Chiku auch. Ich möchte Ihnen meinen Neffen Chiku vorstellen, er wird Ihnen eine große Hilfe sein.«

Deven brachte es nicht über sich, Chiku einfach zu übersehen. Er wartete, bis Chiku den Karton auf dem Tisch abgesetzt hatte und erst Murad, dann ihm die Hand geschüttelt hatte, wobei Mr. Jain vor onkelhaftem Stolz strahlte; danach schien der Handel so gut wie abgeschlossen, und es blieb weiter nichts übrig, als sich mit den Folgen abzufinden.

Geschlagen stand er neben dem Schreibtisch, an den Rand gelehnt, und spähte mutlos in den Karton. Die anderen drei schienen seine bösen Vorahnungen keineswegs zu teilen. Als Chiku den Apparat stolz heraushob, betrachteten die anderen ihn ganz hingerissen und brachen in Entzückensschreie aus, nachdem sie sich davon überzeugt hatten, daß es tatsächlich genau das war, was Mr. Jain versprochen hatte, ein japanisches Modell. Japanisch: Was könnte besser sein?

»Japanische Ware heißt billige Ware – wenn man's in die Hand nimmt, geht das Zeug – rrums – kaputt«, sagte Deven düster.

»*Aré*, Sahib, was reden Sie da? Von Vorkriegszeiten? Kriegszeiten? Haben Sie noch nichts vom Fortschritt Japans gehört? Es ist führend in der Industrie heute, Sahib, führend. So geschickte Leute, die Japaner. Wenn wir nur so geschickte Leute in unserem Lande hätten – *hai hai* – was für einen Fortschritt es gäbe! Auch wir könnten reich sein, Freunde Amerikas. Aber sehen wir uns doch an – *hai hai*«, jammerte er, kurz nur, fuhr dann rasch fort: »Jetzt sehen Sie sich dieses Modell an. Chiku, zeig es ihnen.«

Aber Deven wandte das Gesicht ab und sank auf einen Stuhl, weigerte sich hinzusehen und überließ es Murad, zu untersuchen, was sie bereits erworben hatten, denn es hatte den Anschein, daß die drei die Angelegenheit bereits besprochen und untereinander entschieden hatten, ohne ihn überhaupt zwischendurch zu befragen. Er wußte, nichts, was er sagte, würde für sie etwas ändern. Und dann, was hätte er sagen können? Er verstand nichts von Elektronik und konnte nichts beitragen zu der Unterhaltung, die im Gange war, und das wußten sie. Selbstverständlich schien auch Murad nichts davon zu verstehen. Nachdem er mit strahlendem Lächeln auf den ausgepackten Apparat geblickt hatte, rieb er sich die Hände, als wäre die Sache zufriedenstellend erledigt, und rief: »Sehr gut, sehr gut. So gut wie neu, Jain Sahib, und japanisch auch noch. Deven, dieses Gerät wird dir die Hilfe bieten, die du bei deinem Vorhaben brauchst: es ist besser als ein

Sekretär oder eine Schreibmaschine oder sogar als beides zusammen. Warum schaust du so wütend? Komm wenigstens und sieh es dir an und hör dir Chikus Erklärungen an.«

»Ich verstehe nichts von Tonbandgeräten«, schmollte Deven, »und weiß nicht, wie man sie bedient, also was nützt es?«

»Aber Chiku wird Ihnen helfen«, rief Mr. Jain und legte seinem Neffen den Arm um die Schulter. »Er wird Ihnen assistieren, wird Ihr technischer Assistent sein. Hat gerade einen Kurs in Elektronik abgeschlossen an der Sethi Schule für Elektronik am Connaught Platz. Er hat in der Reparaturwerkstätte meines Cousins in Ghaziabad gearbeitet und ist nur nach Delhi gekommen, um zu studieren, nicht Chiku? Er hat sogar ein Diplom bekommen, was Chiku?« Er drückte den Jungen, als wäre er ein Schwamm.

Der Junge nickte und warf mit einer Kopfbewegung eine geölte Haarlocke aus seinen glänzenden, mit schwarzer Schminke umrandeten Augen. Murad betrachtete ihn nachdenklich – er schien Chiku nicht so gut zu kennen, wie er Mr. Jain kannte –, und Deven fing diesen Blick auf. Er wandte sich verzweifelt ab. »Was soll das wieder, Murad?« zischelte er zwischen zusammengebissenen Zähnen.

»Das geht in Ordnung, Deven, genau das brauchst du – einen technischen Assistenten«, beruhigte ihn Murad, aber mit eher eingeschränkter Zuversicht. »Ich habe Mr. Jain die ganze Situation erklärt – den Zweck dieses Geschäfts. Was für ein seriöser Zweck, was für eine wichtige Sache es ist, habe ich ihm erklärt. Du brauchst technische Hilfe dabei, oder nicht? Hier ist ein junger Mann, den Jain Sahib selbst zur Verfügung stellt, um dir diese Hilfe zu leisten. Du brauchst ihm nur zu sagen, wann du so weit bist, das Gerät einzusetzen, und er wird da sein. Nicht wahr, Chiku?«

Chiku nickte, aber ebenfalls etwas zögernder. »Also brauchst du dir jetzt keine Sorgen zu machen wegen der technischen Seite, wegen dieser ganzen Probleme. Du kannst dich auf das Interview konzentrieren, auf deine Unterhaltung mit dem Dichter, ja? Ja, Deven, das wird schon klappen.« Seine Stimme klang allerdings ein bißchen langsam und nachdenklich.

Siebentes Kapitel

Die Zeit und der Ort: diese elementaren Dinge zu regeln, blieb Deven überlassen, als läge das im Bereich seiner Fähigkeiten. Zeit und Ort, von beidem ist jeder betroffen, der geboren wird, und jeder, der stirbt: und damit umzugehen traute man dem Schwachen und Unzulänglichen zu. Deven sollte sich auf dies beides beschränken, auf die Zeit und den Ort. Niemand schien sich darüber klar zu sein, daß für ihn beides der Unendlichkeit angehörte und viel furchterregender war als irgendwelche technischen Einzelheiten.

Auch wußte keiner, wieviel Mut es erforderte, wieder durch diese schmale Holztür in der engen Gasse zu schlüpfen mit der Absicht, die Treppen bis ins Obergeschoß des Hauses hinaufzueilen und Nur dort allein vorzufinden. Deven hatte sorgfältig eine Stunde gewählt, zu der zu erwarten war, daß er keine Besucher hatte.

Daher war er erschrocken, den Hof voller Leute vorzufinden, und andere die Treppen hinauf- und heruntereilen und auf den Veranden zu sehen, die den Hof umgaben, alle beschäftigt und angespannt, aber still bis auf ein Kind, das im Hintergrund weinte, verdrießlich jammerte und von jemandem beruhigt wurde, der mit einer Rassel oder einem Tamburin klapperte, um es zu belustigen und abzulenken, aber ohne Erfolg, es trug nur zu der Atmosphäre von Mißstimmung bei.

Niemand hielt ihn auf oder beachtete ihn, als er die Treppe hinaufschlich, den Kopf respektvoll gesenkt – die meisten Leute um ihn herum waren Frauen, obwohl auch ein paar von den jungen Männern darunter waren, die er

bei seinem ersten Besuch gesehen hatte, etwas nachlässiger gekleidet in den losen weiten Hosen und *Kurtas*, lehnten sie müßig herum, als warteten sie auf die Stunde, zu der sie die Treppe zu Nur hinaufgehen konnten.
Diesmal erweckten sie den Eindruck, keine Besucher, sondern Mitglieder der Familie zu sein, hierher zu gehören, wenn auch nur am Rande. Deven kam zur Tür Nurs, die wie üblich mit einem dünnen Bambusrollo verhangen war, um das Sommerlicht abzuhalten. Er hustete, um seine Anwesenheit anzukündigen, und war erleichtert, ein tiefes Stöhnen von drinnen zu hören, das er als Erlaubnis einzutreten nahm. Wie gewöhnlich brauchten seine Augen, vor so kurzem noch der sengenden Sonne draußen ausgesetzt, ein paar Sekunden, sich auf das tiefe Dämmer in dem grüngekachelten und verhangenen Raum einzustellen. In diesen Sekunden konnte er jenes schwere, angestrengte Atmen hören, das er als das des Dichters kannte: es war merkwürdig, wie die heruntergelassenen Sonnenblenden nicht nur gegen das Licht abschirmten, sondern auch gegen das Getöse des Verkehrs und sogar die Geräusche des Haushalts. Daß er einen solchen Bannkreis der Stille um sich beschwor, war ein weiterer Beweis für Nurs magische Kräfte, dachte Deven. Einen Augenblick später entdeckte er die am Rand des Diwans zusammengekauerte, trostlose Gestalt des Dichters.
»Nur Sahib«, stammelte Deven, neuerlich überwältigt von seiner eigenen Anmaßung, vor einem so großen Mann zu erscheinen, und von der Großzügigkeit des Dichters, ihm das zu gestatten. Wie war es möglich, nicht ein *Chela*, ein Jünger, zu werden, wenn man sich in Gegenwart eines so unbestreitbaren *Guru* befand?
»Sie sind es, Deven«, murmelte der alte Mann weinerlich. »Haben Sie gehört? Sie sind gekommen, weil Sie davon gehört haben?«

»Nein, Sahib, ich habe nichts gehört«, sagte Deven nervös und fragte sich, was für ein neues, fürchterliches Element nun wieder aufgetaucht war, als er nicht aufgepaßt hatte. »Ich – ich weiß nicht –«

»Daß sie so krank ist? Imtiaz Begum? Daß sie krank in ihrem Zimmer liegt und kein Arzt helfen kann?« stöhnte Nur, rieb sich mit der flachen Hand über die Stirn, hin und her, als wäre er mit dem großen Dilemma seines Lebens konfrontiert.

»Oh«, sagte Deven und bemühte sich, erschrocken und entsetzt zu klingen, tatsächlich aber hellte sich sein Gemüt auf, fühlte er sich plötzlich erleichtert. »Ach so? Ist es sehr – sehr –?«

»Sehen Sie, was aus dieser unangebrachten Feier entstanden ist, die wir zu ihrem Geburtstag hatten? Ich hatte sie ganz und gar nicht gewollt – ich bin abergläubisch –, aber sie bestand darauf – und es hat sich als zu viel für sie erwiesen. Sie ist nicht sehr kräftig, wissen Sie. Sie war nie sehr kräftig, und sie bricht leicht zusammen – unter großer Anstrengung.«

»Anstrengung?«

»Ja, gewiß, eine *schreckliche* Anstrengung – einem Publikum gegenüberzutreten, vor Publikum aufzutreten – bei den hohen Ansprüchen, die sie an sich selbst stellt. Sie ist noch an dem gleichen Abend zusammengebrochen, verstehen Sie«, schluchzte er in seine Hände.

Deven stand respektvoll bei der Tür, die Hände zusammengepreßt, erlaubte sich aber den Gedanken, daß es wahrscheinlich die Prügel waren, die sie von der älteren Frau – der älteren Ehefrau? – bezogen hatte, welche diesen »Zusammenbruch« herbeigeführt hatten. Auch konnte er seine Freude nicht gänzlich unterdrücken, als er hörte, wer die Schlacht verloren hatte. Zum Glück war das Zimmer so dunkel, daß er seinen Gesichtsausdruck verbergen konnte. Und doch machte eben diese Dunkel-

heit das Schluchzen des alten Mannes noch mitleiderregender, wie das Weinen eines Kindes in der Nacht. Er trat zaghaft ein paar Schritte näher, um ihn zu beruhigen.
»Vielleicht, Sir«, murmelte er, »ist es nur eine vorübergehende – vorübergehende Unpäßlichkeit. Mein Sohn liegt auch mit Fieber im Bett. Der Arzt sagt, es ist ein Virus. Vielleicht ist die Begum auch an einem Virus erkrankt.«
Zu seiner Erleichterung schien Nur diese prosaische Erklärung gern zu akzeptieren. »Glauben Sie? Glauben Sie, das kann sein?« fragte er sofort. »Dann sollten wir sie ins Krankenhaus bringen. Ich möchte das – ich habe gesagt, sie muß hin – sie ist schon so viele Tage krank, schon seit dem Abend neulich –«
»Schon seit dem Abend?« wiederholte Deven, frohlokkend.
»Sie siecht dahin, die Arme. Sie hat nichts zu sich genommen. Sie weigert sich zu essen, wenn nicht ich sie füttere, einen Löffel nach dem anderen, und selbst dann will sie nicht mehr als ein paar Löffel zu sich nehmen. Ich hab ihnen allen gesagt – ich sag ihnen die ganze Zeit, sie muß ins Krankenhaus –«
»Nur Sahib, das ist eine ausgezeichnete Idee!« rief Deven hocherfreut aus, viel zu laut: er konnte sich nicht zurückhalten; er stellte sich vor, ihre bedrohliche Anwesenheit wäre aus dem Hause geschafft, es wäre Nur und ihm überlassen, so daß sie das auf Band aufzunehmende Interview in Frieden durchführen könnten, ohne ihre bösartigen Unterbrechungen. Es erschien ihm wie ein Stück pures Gold, ein solcher Glücksfall, wie er ihm noch nie begegnet war. Natürlich konnte er den Unterton in seiner Stimme nicht unterdrücken.
Nur unterdrückte ihn statt seiner. »Natürlich war sie nicht einverstanden«, stöhnte er. »Sie weigerte sich. Sie weint und schreit, wenn sie kommen, um sie ins Krankenhaus zu bringen, und dann steigt ihre Temperatur.

Gestern hatte sie 38,4 Grad Fieber, denken Sie nur. Und Durchfall hat sie auch. Ich habe solche Angst bekommen, daß ich bat, sie hier zu lassen – ich hab ihnen gesagt, ich würde sie selbst pflegen – und sie hat in meinen Armen geweint, als ich das sagte, ja, in meinen Armen geweint –«
Deven trat einen Schritt zurück und zog die Stirn kraus, empfand mehr als nur eine leichte Ungeduld über die Schwäche und Leichtgläubigkeit des alten Mannes. Es wäre vielleicht eine gute Idee, ihm einen kräftigen Schluck zu verabreichen, um ihm seine eigenen Kräfte ein wenig mehr zu Bewußtsein zu bringen, seine eigene Persönlichkeit, seine Aufgabe, seine Berufung.
Er blickte sich in dem dämmrigen Zimmer um, ob er irgendwo die Flasche, ein Tablett und ein Glas entdecken konnte. Da er nichts sah, entschloß er sich zu dem Versuch, den Dichter von diesem unseligen Thema abzulenken. Aber er hatte wenig Begabung zum Reden, zur Konversation, so wenig Übung darin, und verstand es nur, ungeschickt direkt auf den Kern der Sache loszustolpern, ohne Feingefühl. »Nur Sahib, erinnern Sie sich, daß ich mit Ihnen über diese *Awaaz* Sonderausgabe für Urdu-Dichtung gesprochen habe? Ich hatte gehofft, daß wir heute – weil ich so früh gekommen bin – das ein bißchen besprechen könnten –«
Nur hörte auf, mit seiner Nase in der Handfläche herumzureiben, und spähte zwischen den Fingern hindurch nach Deven. Deven konnte nicht erkennen, ob mit Interesse oder Verwunderung, daher fuhr er fort: »Ich hatte gehofft, Sie würden mir ein wenig Zeit gönnen, und wir könnten anfangen –«
»Ja«, murmelte Nur, ließ die Hände auf die Knie sinken, straffte den Rücken und wurde ganz ruhig. »Es ist gewiß Zeit anzufangen. Ehe die Zeit uns zu Staub zermalmt, müssen wir von unserem Kampf dagegen berichten. Wir müssen unseren Namen in den Sand eingraben, ehe die

Welle kommt und ihn davonträgt und zu einem Teil des Ozeans macht. Erst gestern habe ich an ein altes Gedicht von mir gedacht, das ich in den Tagen schrieb, als ich ein Student war, als ich hungerte, als ich mich der gleichen Gewißheit gegenübersah, daß die Hand der Zeit herabfährt, um mich wie eine Fliege zu zermalmen, und ich erinnerte mich an diese Zeilen. Sie sind nie veröffentlicht worden – aber sie fielen mir alle wieder ein, und ich wollte sie niederschreiben. Wenn ich nur noch meinen Sekretär hätte, den armen Jungen. Wenn ich nur Zeit hätte –«

»Bitte schenken Sie mir etwas von Ihrer Zeit, Sir«, bat Deven mit drängendem Flüstern. »Ich kann kein Diktat aufnehmen, ich habe keine Stenographie gelernt, aber ich habe ein Tonbandgerät organisiert, so daß Ihre Rezitation aufgenommen werden kann. Wir werden unsere Fragen und Antworten nicht aufschreiben müssen. Ich werde den Apparat einschalten, und Sie können rezitieren und sprechen und alles sagen, was Sie wollen, über jedes Thema, und es wird auf Band aufgenommen werden, daß jeder es hören kann –«

Der alte Mann legte die Stirn in Falten und schürzte unwillig die Lippen inmitten seines zerzausten Bartes. »Aufgenommen, sagen Sie? Eine Aufnahme – wie im Kino? Für Lieder? Ich bin keiner dieser singenden Dichter, verstehen Sie, so einer, der bei Hochzeiten und Festen auftritt –«

Deven ließ sich auf einen Schemel neben dem Bett nieder und schickte sich an zu erklären, was er selbst von den technischen Einzelheiten einer Tonbandaufnahme verstand. Ihm wurde mit einem Mal klar – Nurs Proteste machten es ihm klar –, daß er etwas vorhatte, wovon er sehr wenig verstand und was professionell getan werden sollte, wenn überhaupt, und sicherlich nicht zum eigenen Vergnügen eines Dilettanten. Wenn es wirklich professionelles Niveau haben sollte, müßte es in einem Studio

gemacht werden, von Technikern. Merkwürdig – er rutschte unbehaglich herum –, daß weder Murad noch Siddiqui noch Jain oder Chiku je ein Studio erwähnt hatten. Was veranlaßte sie anzunehmen, daß er, der kaum wußte, wie man ein Radio einschaltet, eine derartig hochspezialisierte Aufgabe durchführen könnte? Angst überfiel ihn, völlig ungeeignet, der falsche Mann für das Vorhaben zu sein: das war eindeutig keine Sache für Amateure, und er war noch weniger als das. Bei den vielen Facetten, die das hatte, literarische und künstlerische, ebenso wie technische, wer war er, sie alle zu beherrschen, sie alle zu vereinigen und dann noch auf eine Art, die dem Dichter und seinem Werk gerecht würde, den Universitäten und den Studenten, die dort sein Werk studierten. Wo war ein solcher Fachmann zu finden? Es gab nur ihn, völlig unzulänglich, ungeeignet und ohne Selbstvertrauen. Aber jetzt war es zu spät, den Rückzug anzutreten. Er würde sich anstrengen müssen, wie er sich nie zuvor angestrengt hatte, um etwas zu erreichen, das zu erreichen er weder gelernt hatte noch qualifiziert genug war, und jene Fähigkeiten, die er besaß, würde er bis zum letzten einsetzen müssen, um etwas zu leisten, das seines Helden würdig war. Aber was waren seine Fähigkeiten? Wie Stechfliegen verloren sie sich im Schatten, die ihn erst quälten und sich dann zurückzogen und verschwunden waren.
Nervös spreizte er die Hände und versuchte, sowohl Nur als sich selbst zu überzeugen. »Wenn wir ein paar ruhige Vormittage miteinander in diesem Zimmer verbringen könnten, Sir – wenn Sie mir eine Zeit sagen könnten, zu der wir ungestört blieben. Ich könnte das Tonbandgerät mitbringen und auch meinen – meinen Assistenten, der es bedienen wird –, und dann könnten Sie sprechen oder rezitieren, wie Sie wünschen. Ich könnte vielleicht anfangen, indem ich Ihnen ein paar Fragen stelle über Ihr Leben und Ihre Arbeit, auch über Ihre Ideen, und Sie könn-

ten jene beantworten, die Sie beantworten wollen, kurz oder ausführlich, gerade so, als ob Sie Ihre Memoiren schrieben. Falls Sie es vorziehen, könnten Sie statt dessen Ihre Gedichte rezitieren, und es würde alles auf Band aufgenommen. Später würde ich es mitnehmen und redigieren und es fertig machen für den *Awaaz*-Artikel oder Ihre Memoiren, oder einen neuen Gedichtband, was immer Sie wollen. Es würde nur ein paar Sitzungen lang dauern. Wenn Sie mir sagen können, wann es möglich ist –«

Aber nachdem er sehr intensiv und aufmerksam zugehört hatte, mit gesenktem Kopf, so daß er dem Devens sehr nahe war und die Angelegenheit anscheinend sehr ernsthaft überlegt hatte, schüttelte der alte Mann den Kopf, lehnte sich zurück und seufzte: »Sie wissen nicht, was Sie da sagen. Ich die Geschichte meines Lebens rezitieren, hier, in diesem Haus, wenn sie so krank ist in ihrem Zimmer dort?« Er zeigte durch die Tür zu dem Zimmer auf der anderen Seite des Hofes. »Sie würde es hören – es würde sie stören – und dann, wissen Sie, sie mag nicht, daß ich noch rezitiere.«

»Warum?« platzte Deven wütend heraus, preßte die Finger gegen den Diwanrand. »Warum will sie Ihnen nicht erlauben, Ihre Gedichte zu rezitieren, wenn sie ihre rezitiert, in – in der Öffentlichkeit? Wir alle kommen, um *Sie* zu hören, Lyrik-Liebhaber kommen nur, um *Sie* zu hören – warum läßt sie Sie dann nicht?«

Nur verzog vor Schreck das Gesicht. »Schhh, schhh«, zischte er Deven zu. »Reden Sie nicht so, man wird uns hören. Man hat es mir verboten. Das verstehen Sie nicht. Sie hat recht, vollkommen recht – ich mache mich nur zum Narren – ein alter Mann, meine Zeit ist vorbei – und die Leute lachen oder langweilen sich, sie wollen jemand neuen und jungen, verstehen Sie –«

»*Wer* hat Ihnen denn das erzählt?« rief Deven leidenschaftlich. »Es ist eine Lüge. Wir alle kommen in dieses

Haus, um *Sie* zu hören, nur Sie – es ist Ihre Dichtung, die wir lieben, Nur Sahib.«
»Schreien Sie nicht! Sie sind verrückt, man wird Sie hören«, rief der Dichter und blickte sich voller Angst um. »Gehen Sie lieber. Ich habe Ihnen gesagt – es ist unmöglich. Nein, nein, wir können nicht – bitte schlagen Sie sich diese Idee aus dem Kopf – reden Sie mir nicht mehr davon«, und er hielt sich die Ohren zu und weigerte sich, zuzuhören.
Deven sprang auf, warf in seinem Ärger den Schemel um. Er war so nahe daran gewesen! Er war so nahe daran gewesen, nicht nur den Dichter zu überzeugen, sondern, was beinahe genauso schwer war, auch sich selbst, und jetzt – »Nur Sahib«, begann er, als der Bambusvorhang in der Tür sich hob und Ali hereinkam und sagte: »Nur Sahib, die Begum ruft nach Ihnen. Sie hat Ihnen etwas zu sagen, sehr wichtig – sie wünscht Sie.« Dann, mit einem unverschämten Blick auf Deven, fügte er hinzu: »Und Ihren Besucher auch – sie will auch mit ihm sprechen.«
Deven und Nur tauschten entsetzte Blicke. Wieso hatte sie gewußt, daß er hier war, wo er so still und heimlich hereingeschlichen war? War jeder im Haus ein Spion, damit beauftragt, ein Auge auf den Dichter zu haben? Deven erkannte, daß es gar nicht in Frage kam, das Interview oder die Bandaufnahme in diesem Nest voll von ihren Spionen zu machen, wo sie nicht einen Augenblick vor ihrer Eifersucht oder ihren Rachegelüsten sicher wären – falls das, wie es den Anschein hatte, tatsächlich ihre Motive dafür waren, ihn zu drangsalieren.
Ob ähnliche Gedanken in diesem Augenblick auch Nur durch den Kopf gingen, war nicht zu erkennen. Es lag nur eine mitleiderregende Resignation in der Haltung des alten Mannes, als er sich erhob, sich auf Alis Schulter stützte und auf die Tür zu schlurfte, seine lose Pyjamahose festhaltend wie ein eingeschüchterter Schuljunge.

Die Pyjamaschnur baumelte unter dem Saum seines Hemdes hervor und trug noch zu seinem hilflosen Aussehen bei. »Sie ist so krank und braucht mich«, sagte er zu Deven, als wollte er an sein Verständnis appellieren.
Aber Deven konnte sich nicht dazu durchringen, ihr zu trauen, selbst wenn sie auf dem Totenbett läge, und unwillkürlich duckte er sich ein wenig hinter Nur, da er sich lebhaft an die Szene erinnerte, als sie sich über den erschöpft daliegenden Körper des Dichters hinweg auf die ältere Frau gestürzt hatte.
Vor ihrer Tür saß eine alte Frau und hielt den kleinen Jungen auf dem Schoß, wiegte ihn. Nur beugte sich einen Augenblick über die beiden und murmelte: »Armer Junge, armer Junge, er hatte nur seine Mutter – sein Vater viel zu alt – zu alt für so ein hübsches Kind, einen hübschen Jungen – und auch seine kleine Mutter, seine Mutter, jetzt –« Aber die Alte wich zurück, umfaßte das Kind fester und verzog verärgert das Gesicht, so daß er traurig weiterging, zur Tür hinein.
Deven war erleichtert, als er sah, daß sie im Bett lag – darauf ruhte, gegen große, rüschengeränderte Kissen gelehnt. Ihr dünnes und vollkommen dreieckiges Gesicht, gezeichnet und durchfurcht von Fieber und Verdrießlichkeit, war so klein wie das eines kranken Kindes zwischen den glatten Strähnen ihrer gräßlich schwarz gefärbten Haare. Devens Augen schweiften unruhig vom Anblick dieser schwarzen Schlingen zu dem ähnlicher Knäuel von Haaren, die rings um ihr Bett auf dem Boden verstreut lagen. Hatte es wieder einen Kampf gegeben, fragte er sich voller Panik, wie zwischen eifersüchtigen Tigerinnen? Waren solche Auftritte üblich in diesem Haus wilder Weiber? Würden sie nicht, miteinander, über den hilflos zitternden Leib des Dichters herfallen und auch über seinen?
»Kommt näher«, sagte sie schwach, und als er vorsichtig

über diese Klumpen hinwegstieg, erkannte er, daß es nur die schwarzen Garnzöpfe waren, die sie verwendete, um ihr eigenes Haar zu verstärken, das ganz dünn war und ihr über die Schultern hing wie zwei Rattenschwänze. Mit einer breiten Bandage über der Stirn sah sie aus wie eine Unfallpatientin oder wie eine, die zu vieles vergeblich geopfert hatte.

Ihre Getreuen schwirrten um sie herum. Ein junges Mädchen kniete neben ihrem Bett und massierte ihr in rhythmischen Bewegungen die Füße. Eine Frau stand an ihrem Kopfende, rührte in einer Tasse Milch, die vor Hitze dampfte, und blies mit übertriebenem Eifer darauf. Mit dem Dampf stieg der Geruch von zerkautem Stroh, von wiedergekäutem Futter daraus auf. Deven erkannte in ihr jene Frau wieder, die in jener Nacht im Hof die Begleitung gesungen hatte.

Schwach hob die Begum eine Hand, eine schmale, lange Hand, die über und über mit einem Henna-Muster bemalt war, das ihr das Aussehen eines Handschuhs aus Schlangenhaut verlieh, und sagte sehr deutlich mit hoher Stimme, die Unheil verkündete – Deven wußte, sie verkündete Unheil: »Ehe Sie diesen verwirrten alten Mann dazu überreden, in der Öffentlichkeit aufzutreten, tun Sie einen Blick auf eine, die es getan hat – und Schaden genommen hat.«

»Aber«, sagte Deven und trat einen Schritt zurück, fiel beinahe über Nur, dem es irgendwie gelungen war, hinter ihn zu gelangen statt vor ihn, »aber ich hatte nicht vor – ich hatte nicht die Absicht –«

Die reptilähnliche Hand schwankte in der Luft, warnend. »Mich täuschen Sie nicht, auch wenn Sie ihm Sand in die armen schwachen Augen gestreut haben. Ich habe meine Erkundungen eingeholt – ich weiß über Sie Bescheid. Ich kenne Ihre Sorte von Leuten – Schakale aus den sogenannten Universitäten, die in Wirklichkeit Asyle für Versager sind, darauf trainiert, sich von unseren Kadavern zu nähren. Jetzt sind Sie ungeduldig geworden, Sie können nicht einmal warten, bis wir sterben – Sie kommen und reißen uns bei lebendigem Leibe das Fleisch –«

»Bibi, mein Herz«, unterbrach Nur und trat erregt vor, »ich weiß nicht, was deine Spione – äh, Freunde – dir über Deven erzählt haben. Ich kann dir versichern, er versucht nicht, dich zu ermorden oder mich oder sonstwen –« er brach in nervöses Gekicher aus und verstummte unter ihrem verächtlichen Blick.

»Schakale morden nicht«, sagte sie kühl. »Sie warten, daß andere morden, denn sie haben nicht den Mut. Dann kommen sie und fressen sich mit dem Fleisch voll.«

Deven spürte, wie ihm ein Schauer über den Rücken lief, und Nur versuchte ohne Erfolg zu lachen. »Was für ein Fleisch, *Bibi*, mein Herz? Mein liebes Herz, du bist krank –«

»Ja, das bin ich«, schrie sie und setzte sich kerzengerade im Bett auf, so daß die Bettücher von ihr herabglitten und die sie betreuenden Frauen zurückwichen und dann wieder heranstürzten, um sie in Ordnung zu bringen. Sie scheuchte sie weg – nervös, gereizt, herrisch, rücksichtslos und ungestüm. Sie zitterten, während sie versuchten, sie mit kleinen Schnalzlauten zu beruhigen – sie fürchteten sie ebenso wie sie sie bewunderten, hielten Abstand wie von einer Giftschlange, einer Schlange, die auch Gegenstand der Verehrung war. Und doch, sanfte Güte lag in ihren Handreichungen, die zeigte, daß sie sie auch bemitleideten, daß sie vieles hier zu bemitleiden fanden. An ihnen vorbei funkelte sie die beiden Männer an. »Noch können meine Augen klarer sehen als Ihre. Sie«, sagte sie, spie die Worte zwischen ihren sehr kleinen scharfen Zähnen hervor, nach Deven hin. »Sie – sagen Sie mir, warum Sie immerzu herkommen. Wozu sind Sie hier?«

»Ich? Ich komme so – so wie andere kommen«, Deven

bemühte sich, nicht zu stottern und sich zu behaupten, und er hatte das Gefühl, er begänne sie ein wenig zu verstehen. »Um meine Hochachtung zu erweisen, einem – einem hervorragenden Dichter, um ihn rezitieren zu hören –«

»Er wird *nicht* rezitieren«, fauchte sie, so daß kleine weiße Speichelbläschen flogen.

»Liebes Herz, ich werde nicht, nein, ich werde nicht rezitieren«, versicherte ihr Nur, ging mit ausgestreckten Händen näher zum Bett heran. »Ich werde keine Rezitationen mehr halten, nie wieder, bitte glaube nicht, daß ich es tue.«

Unvermittelt verwandelten sich die harten schwarzen Perlen ihrer Augen in Flüssigkeit, und Tränen strömten ihr über die Wangen, schwärzten sie mit Augenschminke. »Doch, du wirst es tun«, heulte sie wie ein Kind, »du darfst. Bestell deine Freunde. Bestell Getränke. Sitz dort und trage deine Gedichte vor. Sing; laß sie alle klatschen und tanzen, während ich – während ich hier liege und *sterbe.*«

Nur gab entsetzte glucksende Töne von sich. »*Bibi*, wie kannst du nur glauben –« verwahrte er sich und ließ sich auf den Rand ihres Bettes nieder, während ihre Betreuerinnen sich erhoben und sich neuerlich an ihr zu schaffen machten. »Bitte beruhige dich – bitte, glaube doch so etwas nicht – bitte lieg still – du bist krank –«

Sie warf sich in ihre Kissen zurück, und wieder löste sich schwarze Baumwolle von ihrem Kopf, der nun fast ganz kahl war. Sie sah plötzlich viel dünner und kleiner aus, wie ein Kind, das Fieber hat, und ihre Hände zerrten an den Bettüchern, es mochte vorgetäuschter oder auch ganz echter Schmerz sein. Nur streckte die Hände aus, um die ihren zwischen seine zu nehmen und zur Ruhe zu bringen, machte kleine tröstende Geräusche mit den Lippen, und Deven bewegte sich unbeholfen rückwärts, bis er ahnte, daß er nahe der Tür, der frischen Luft und dem Sonnenlicht war; er drehte sich dann um, bezwang seinen Impuls zu fliehen und ging bedächtig hinaus.

Draußen auf der Treppe konnte man das Klappern seiner rasch hinablaufenden Füße hören, obwohl sich in seine Erleichterung doch ein großes Maß an Bedauern darüber mischte, weggegangen zu sein, ohne irgendwelche Vereinbarungen, nicht einmal eine Verabredung mit Nur getroffen zu haben für das Interview, das er noch immer leidenschaftlich hoffte aufzuzeichnen. Die Frage war, wo und wie. Vielleicht war es ganz gut, daß er sich Zeit ließ, um sich die ganze Angelegenheit zu überlegen. Es war ganz eindeutig, daß die Aufnahme nicht in diesem Hause gemacht werden konnte: Selbst wenn die Begum wirklich krank war, würde sie es irgendwie merken, ihre lange, nadeldünne Nase würde es sie merken lassen, was sie bestimmt als einen Akt des Verrats betrachten würde, und ohne Zweifel würde sie irgendeinen schändlichen Weg finden, es zu sabotieren. Also müßte er Nur irgendwie wegschaffen und ihn woandershin bringen – in Murads Büro? Murads Haus? – und oganisieren, daß die Aufnahme dort gemacht würde. Deven hatte seine fünf Sinne noch soweit beisammen, um sich darüber im klaren zu sein, daß das eine Gelegenheit war, die sich kein Liebhaber von Lyrik entgehen lassen dürfte, noch viel weniger ein Dozent, der auf Beförderung oder wenigstens seine Bestätigung hoffte.
Blieben nur die praktischen Einzelheiten, wie eine solche Sitzung – oder eine Reihe solcher Sitzungen – zu organisieren wäre. Nur, den er nie außerhalb der Mauern seines Hauses gesehen hatte, mußte man dort herausholen, und das auch noch unsichtbar, ohne daß die gehässige Begum es beobachtete... Deven kaute an seinen Lippen und ballte die Fäuste, war bekümmert. Ob Siddiqui, der ein-

fallsreiche kleine Vogel mit den schwarzen blanken Augen, ihm noch einmal zu Hilfe kam?
Er war bei der Hoftür, versuchte hinauszugelangen, ohne Lärm dabei zu machen, als ihn eine leise Stimme rief. Nicht mit Namen natürlich, aber es war zweifelsohne eine Aufforderung, eine Einladung, und da niemand sonst in dem Hof war, der wieder der schlafenden Katze und dem angelehnten Fahrrad gehörte, konnte das nur ihm gelten. Er drehte sich um, ließ eine Hand an der Tür, falls sie schnell und plötzlich geöffnet werden müßte, und blickte sich vorsichtig um. Noch immer war dort niemand sonst – die Katze schlief, das Fahrrad stand da, der Wasserhahn tropfte. Was immer es an Geräuschen, Licht und Aktivitäten in diesem hohen Haus gab, konzentrierte sich auf das oberste Stockwerk, unerreichbar hoch oben. Oder war es sogar dort? Er wagte kaum, den Kopf hochzuheben, um hinaufzublicken, aber nein, da war niemand auf den Veranden und Balkons, der sich herunterbeugte, im Begriff, auf ihn herunterzuspucken oder ein Wurfgeschoß herabzuschleudern. Als er den Blick wieder senkte, bemerkte er, daß eine der Türen in der hinteren Hauswand, die für gewöhnlich fest geschlossen war, einen Spalt geöffnet war und ein kleines Mädchen an den Türpfosten gelehnt stand, daß es fast ein Teil davon war – deshalb hatte er es zuvor nicht bemerkt. Sein Zopf hing ihm über eine Schulter, mit einem roten Faden zusammengebunden, und es betrachtete ihn aus ein wenig schielenden Augen. Dann rief ihn die Stimme wieder, und da das Kind nicht den Mund aufgemacht hatte, wurde ihm klar, daß der Ruf von der anderen Seite der Tür hinter dem Kind kam. Er ging langsam darauf zu und schob sich an dem ihn ernsthaft beobachtenden Kind vorbei.
Die Tür führte in einen Innenhof, einen kleinen, privaten, von dem er nicht gewußt hatte, daß er hinter dem äu-

ßeren lag, in den alle Besucher eingelassen wurden. Er schien nicht recht zu dem hohen Haus in der engen Gasse eines der Hauptbasare der Stadt zu gehören. Er hatte etwas von der Atmosphäre eines dörflichen Hofes, einer bäuerlichen Szenerie, nicht nur wegen des *Pipal*-Baumes, des heiligen Bo-Baumes, der in seiner Mitte wuchs und seinen herzförmigen Schatten auf den ziegelgepflasterten Boden warf, oder wegen der beiden Ziegen, einer schwarzen und einer schokoladefarbenen, angebunden an die Beine eines der leichten Ruhebetten, das neben die Wasserpumpe hinausgeschleppt worden war. Kleidung hing zum Trocknen an einer Leine, ein Mahlstein stand in einer Ecke, wo er offenbar gerade benützt worden war zum Kornmahlen, denn das pudrige weiße Mehl lag noch drumherum verstreut. Eine Frau hockte vor einem Ofen im Freien, bemühte sich, mit einem Bündel Zweige ein Feuer anzuzünden. Ihr Kopf war mit einem dichten braunen Schleier bedeckt, und sie mußte ihn erst von der Stirn über ihr schütteres, hennagefärbtes Haar zurückschieben, ehe Deven sie als die Alte erkannte, die in Nurs Zimmer gekommen war, um die junge Begum bei einem ihrer häufigen Wutausbrüche zum Schweigen zu bringen.

»Finden wieder Wutanfälle statt dort oben?« fragte sie trocken und blickte von dem Ofen auf.

Deven nickte vorsichtig, unsicher, wußte nicht recht, ob er einmal mehr in einen vulgären Familienstreit hineingezogen werden wollte. Es stimmte zwar, daß es Nurs Familie war – Nurs Ehefrauen, nahm er an – und daher keine gewöhnliche, aber es war dennoch vulgär, und davon hatte er vollkommen genug zu Hause, mehr davon brauchte er nicht.

»Eine prächtige Schauspielerin ist die«, lachte die alte Frau in sich hinein, brach die Zweige klein und stopfte sie in den irdenen Ofen. »Sie war mal eine Tänzerin dort draußen –« sie wies mit ihrem spitzen Kinn nach der ho-

hen Mauer, jenseits der die Stadt mit ihren Basaren lag, »und sie kennt sämtliche Tricks einer Tänzerin. Jetzt hat sie ihnen weis gemacht, daß sie wirklich krank ist. Es ist immer so, wenn sie etwas von ihm will, immer.«
Entgegen seiner Absicht konnte Deven sich nicht zurückhalten zu fragen, mit trockenen Lippen: »Was will sie denn?«
Sie sah ihn unter ihrem Schleier hervor listig von der Seite an. »Sie will Sie loswerden«, lächelte sie boshaft.
Unwillkürlich zuckte Deven furchtsam zusammen. Für einen Augenblick hatte er die Vision eines Dolches, einer herabsausenden Klinge. Das war gar nicht so unsinnig – er hatte sie im Zorn erlebt, und er wußte – –. Dann gewann er seine Fassung wieder und fühlte sich eigentlich geschmeichelt zu erfahren, daß er von dieser furchterregenden Frau als Gegner auserkoren worden, die Ursache ihrer Eifersucht und Wut, sogar ihrer Krankheit war. Er konnte ein Grinsen nicht ganz unterdrücken über die Extravaganz dieses Kompliments.
Die Alte, die ihn scharf beobachtete, runzelte die Stirn, als sie das töricht über sein Gesicht huschende Lächeln sah: vielleicht glaubte er ihr nicht. Aber sie wußte es besser als irgendwer sonst. »Sie haßt alle seine Anhänger – alle seine Jünger«, beharrte sie. »Ständig versucht sie, diese abendlichen Versammlungen dort oben auf dem Dach abzustellen, wenn er seine Dichtung vorträgt. Aber sie kommen ohnedies nur wegen der Unterhaltung, und weil er ihnen zu essen gibt. *Sie* sind wegen mehr als dem gekommen.«
Deven blickte zu Boden. Er fühlte sich wieder unscheinbar und nervös – war wieder er selbst.
»Ihnen ist es ernst«, fuhr sie fort und zerbrach weiter Zweige zwischen den Fingern. »Sie hat gehört, daß Sie gekommen sind, um ein Buch zu schreiben.«
»Nein, nein!« murmelte er. »Bloß einen Artikel, ein In-

terview. Ich werde es auch nicht schreiben, ich werde es auf Tonband aufnehmen – mit einem Tonbandgerät«, sagte er laut, ebensosehr um sich selbst zu überzeugen, wie um sie zu überzeugen. »Mein College hat es für mich gekauft, damit ich seine Stimme aufnehmen kann –«
Sie war deutlich beeindruckt, wenn sie auch nicht begriff, denn das waren keine Worte, die diese Entzünderin von Feuern, diese Ziegenhalterin und Wäscherin von Kleidern verstehen konnte. Das machte sie um so eindrucksvoller für sie. »Hmm, ja – das muß sie wohl gehört haben. Und sie will das verhindern.«
»Aber warum? Das wird doch niemandem schaden«, beharrte er, »kann höchstens Nur Sahib Ehre bringen – Ehre, die für alle Zeiten festgehalten werden sollte, werden muß.«
»Erzählen Sie ihr das ja nicht«, lachte gackernd die Alte, beugte sich dann vor, zündete ein Streichholz an und hielt es an die Zweige. Unglaubliche Schwaden von dickem, stark riechendem Rauch drangen aus einem Häufchen Unterzündholz. Sie begann, eifrig Holzstücke daraufzulegen. Deven geriet der Rauch in den Hals, und er hustete. »Das ist genau das, was sie ihm wegnehmen will. Sie hat ihm vieles weggenommen«, sagte sie bitter, »und sie will auch seine Ehre, seinen Ruhm.«
»Aber«, sagte Deven ernsthaft, »das kann sie ihm nie wegnehmen. Sie ist keine Dichterin von gleichem Rang – seinen Ruhm, seine Ehre kann sie nie haben.«
Die Worte schienen die Alte nicht zu beeindrucken; sie blies in das Feuer, daß es knatterte. Dann blickte sie über die Schulter nach dem Kind hin, das noch immer den Türpfosten umklammert hielt, aufpaßte und zuhörte, und rief: »O Munni, geh und hol mir den *Dal*«, und ließ das Kind nicht aus den Augen, wie es zur Veranda lief und einen Kochtopf holte und zum Feuer brachte. Sie stellte ihn auf den irdenen Ofen, setzte klappernd einen Deckel dar-

auf und ließ sich dann mit einem Seufzer auf die Fersen zurücksinken, offenbar gefaßt darauf zu warten, bis es kochte. Es kam Deven plötzlich unpassend vor, daß er, ein Dozent eines College, da über die Qualität von Nurs Dichtung mit dieser Alten redete, die in ihrem Hinterhof kochte, wobei ihr zwei Ziegen und ein schielendes Kind zusahen. Er trat von einem Fuß auf den anderen, er hätte diesen Ort als einen unwürdigen gern verlassen.

Sie bemerkte das und sah ihn wieder von der Seite an und bedeutete ihm, näher zu kommen und sich neben sie zu setzen. Er blickte sich um nach einer Sitzgelegenheit – er würde sich nicht auf die Fersen hocken wie sie. Das Kind sah es und lief einen niedrigen Holzschemel holen. Er ließ sich darauf nieder, ungern und ungeschickt.

»Lassen Sie sich von dieser Frau nicht aufhalten«, zischelte sie, sobald er sich auf gleicher Höhe mit ihr befand. »Schreiben Sie dieses Buch –«

»Es wird eine Tonbandaufnahme.«

»Ja, ja, schreiben Sie das«, wiederholte sie eifrig. »Es ist wichtig, nicht? Für Ihr College? Für die Professors dort? Die werden es wollen, nicht?«

»O ja«, hauchte er ernsthaft. »Das wird sehr, sehr wichtig sein. Es wird in die Bibliothek kommen. Studenten und Gelehrte werden es sich anhören. Andere Universitäten werden es ausborgen.«

»Ja, ja«, unterbrach sie ungeduldig, »ich weiß. Ich weiß, er ist ein großer Mann. Das sagen mir alle. *Ist* er ein großer Mann?« fragte sie plötzlich.

»Natürlich«, rief er, verwundert, daß sie das fragte. »Der größte lebende Dichter – der größte Urdu-Dichter«, schränkte er ein, »in Indien.«

»Dann tun Sie das, mein Sohn, tun Sie's«, drängte sie ihn.

»Aber wann?« fragte er verzweifelt. »Wie?«

Sie saß eine Weile schweigend da, bemühte sich, seine Sorgen zu verstehen. Sie waren ihr neu, sie verstand sie ganz und gar nicht, aber sie empfand ihre Dringlichkeit. Im Topf auf dem Feuer begann es zu brodeln, und sie beugte sich vor, um den Deckel abzunehmen. Dampf quoll heraus, Perlen von Feuchtigkeit traten auf ihre Oberlippe. Alle ihre Kleider dünsteten den Geruch von Holzrauch und Kochen aus. »Hmmm«, sagte sie und ließ den Deckel wieder halb zurückgleiten, so daß der Dampf von ihr abgelenkt wurde. »Sie brauchen einen Raum – sie müssen allein sein mit ihm dort, ja?«

»Ja, und mit dem Techniker auch. Vielleicht noch ein oder zwei Leute. Wir werden eine kleine Gruppe sein. Wir brauchen drei, vier Tage mit ihm allein, ungestört, vielleicht eine Woche.«

Jetzt verstand sie genau. »Dann werden Sie weggehen müssen aus dem Haus«, sagte sie. »Das läßt sich nicht machen, wenn sie hier ist.«

»Kann man sie nicht wegschicken«, drängte er. »Wenn sie krank ist, kann man sie nicht wegschicken ins Krankenhaus? Oder zu ihrer Familie?«

Die alte Frau lachte lautlos. »Versuchen Sie das ja nicht. Wenn Sie ›Krankenhaus‹ sagen, springt sie aus dem Bett, kerngesund. Und Familie – Sie glauben, sie hat eine Familie, *die*?« Das Gelächter wurde hörbar, eine Art hohles Krachen, wie das Geräusch, das das Feuer machte.

»Die geht nicht weg«, fuhr die Frau fort. »Die hat sich in unserem Haus eingenistet – wie eine Hexe. *Ihn* werden Sie wegbringen müssen – durch diese Tür«, sie wies auf eine kleine Tür in der Mauer hinter den beiden Ziegen. »Er wird herunterkommen mich besuchen – er tut das manchmal –, dann können Sie ihn bei dieser Tür hier abholen. Warum finden Sie nicht ein Zimmer – nicht weit von hier, ein Stückchen die Gasse hinauf, weiter kann er nicht gehen, der alte Mann –, nehmen Sie ein Zimmer und tun Sie dort Ihre Arbeit. Bringen Sie ihn durch die Hintertür zurück, und ich schicke ihn wieder hinauf. Sie wird

kochen, wenn sie sieht, daß er mich besucht, aber das kann sie nicht verhindern, ich bin die ältere, die erste.« Sie lachte wieder, zeigte ihre geschwärzten Zähne. »Auch wenn ich nur Töchter bekam und sie den Sohn, bin ich doch die erste«, sagte sie nachdenklich. Und dann lebhaft: »Und Ihre Arbeit wird getan, was?«
Deven kaute an seinen Fingergelenken herum, dachte nach. »Wenn das die einzige Möglichkeit ist –«
»Es ist die einzige Möglichkeit«, versicherte sie ihm. »Wollen Sie, daß ich Ihnen ein Zimmer besorge? Ich kann das tun.«
Er sah sie groß an, fragte sich, ob er sie letztlich doch unterschätzt hatte. »Können Sie das?«
»Selbstverständlich«, sie machte eine beiläufige Handbewegung von überraschender Eleganz. »Das ist einfach für mich, ich habe mein ganzes Leben hier gelebt, kenne jedes Haus, jeden, der in dieser Straße wohnt. Ich kann ein Zimmer besorgen. Wenn Sie morgen vormittag kommen, um zehn – nein, um elf – und bei der Hintertür warten, bring ich ihn hinaus –«
»Nein, nicht morgen«, platzte er entsetzt heraus. »Lassen Sie mir Zeit –«
»Wann denn dann?« fragte sie barsch.
»Bald. Ich laß es Sie bald wissen. Ich muß das besprechen – ich schick Ihnen eine Postkarte –«
»Die Postkarte wird *sie* lesen, nicht ich«, sagte die Alte, verächtlich ob seines schwachen Denkvermögens.
»Gut, dann eine Nachricht. Ich werde alle Vorbereitungen treffen, Ihnen dann eine Nachricht schicken und herkommen und ihn abholen, wie Sie sagen.«
Sie nickte, wandte sich dann an das Kind, um ihm ein paar Anweisungen wegen des Essens, das sie kochte, zu geben. Das Mädchen trappelte eilig davon, um verschiedenes zu holen, und die Frau nahm ihr einen Löffel aus der Hand und begann damit umzurühren. »Sein Lieblings-

Dal«, sagte sie und schmatzte zufrieden mit den Lippen. »Nur ich kann kochen, wie er es gern hat«, grinste sie. Deven erhob sich von dem Holzschemel, seine Gelenke krachten schmerzhaft. Mit einer Art Verbeugung drehte er sich um, wollte weggehen, aber sie rief ihn scharf zurück.

»Hören Sie«, sagte sie auf eine direkte, ungehobelte Art, die ihn erschreckte. »Sie werden doch nicht aufs Bezahlen vergessen, oder?«

»Bezahlen?« Deven blieb mit einem Ruck stehen. Das war eine neue Forderung, eine unerwartete, die er nicht bedacht hatte. Panik überfiel ihn so plötzlich, daß seine Worte und Gedanken völlig durcheinander gerieten.

»Ja, ja, bezahlen«, sagte sie, nickte heftig mit dem Kopf und gestikulierte gleichzeitig mit ihrer hennagefärbten Hand. »Bezahlen – bezahlen. Glauben Sie, er kann das alles für Sie tun – Ihnen so viele Stunden seiner Zeit schenken und für Sie schreiben und rezitieren und sich total erschöpfen – ohne jede Bezahlung? Was soll das – glauben Sie, der Dichter muß sich sein Brot nicht verdienen? Glauben Sie, er hat keine Familie zu ernähren? Sollen die Dichter und ihre Familien verhungern, während Sie und Ihresgleichen an den Colleges schwelgen?«

»Nein, nein«, murmelte er und lief vor Scham über ihre Worte rot an. »Niemals kann das sein –«

»Es darf nicht sein«, gab sie scharf zurück. »Also, wenn Sie Ihre Nachricht da schicken, dann sorgen Sie dafür, auch eine Nachricht über die Bezahlung zu schicken, die für seine Arbeit geleistet werden wird. Sollte ich sie ungenügend finden, werden Sie ihn nicht an der Tür vorfinden, wenn Sie ihn holen kommen. Sie werden warten und warten, aber er wird nicht kommen. Jetzt gehen Sie. Gehen Sie.«

Als er wegging, mit ihrer groben Rede noch im Ohr, so verschieden von dem blumigen Urdu, das oben gesprochen wurde, fragte sich Deven, ob der Dichter sich deshalb von einer ungebildeten bäuerlichen Frau einer solchen, wie er sie oben hatte, zugewandt hatte. Er selbst hätte nicht gewußt, wie er zwischen ihnen hätte wählen sollen. Er wüßte keine von beiden zufriedenzustellen, noch ihr auszuweichen.

Er würde das Vorhaben aufgeben müssen.

Achtes Kapitel

Danach fuhr Deven lange Zeit nicht mehr nach Delhi. Sarla saß da und beobachtete ihn, kratzte sich in herausfordernder Weise die Nase, während sie ihn ansah. Schließlich verzog sie sarkastisch den Mund und sagte: »Also, nichts mehr mit Delhi für dich? Was ist passiert – haben sie dich rausgeworfen?«

Er warf ihr einen mörderischen Blick zu, hob dann die Zeitung ein paar Zentimeter höher, um ihren zum Zorn reizenden Anblick zu verdecken. Hinter den steif hochgehaltenen, beinahe zerreißenden Blättern sagte er mit so beherrschter Stimme, wie es ihm unter den Umständen möglich war: »Ich fahre nach Delhi, um zu arbeiten. Wenn ich keine Arbeit habe, fahre ich nicht. Aber«, fügte er mit Bedacht hinzu, »wenn ich zu tun habe, werde ich hinfahren.«

»Ha, *arbeiten*!« sagte sie kaum hörbar und verzog sich dann in die Küche, wo sie sich nicht zurückhalten mußte, sondern ihren Gefühlen freien Lauf lassen konnte, indem sie zum Fenster hinaus das Kind anschrie oder über die Mauer hinweg den Nachbarn zurief, denn es war nicht möglich, ihren Mann anzuschreien, jedenfalls nicht ohne Gefahr von Vergeltungsmaßnahmen.

Erst nachdem sie in diese ihre enge, vollgestopfte Festung verschwunden war, wo man sie ungehindert klappern und lärmen hören konnte, kam Deven der Gedanke, daß es ihr vielleicht mehr Eindruck gemacht hätte, wenn er sie hätte glauben lassen, daß er wirklich jemanden in Delhi hätte, ein weibliches Wesen, das er besuchte. Aber so war das mit ihm, seufzte er: seine Reflexe, schon aus einer angeborenen Ängstlichkeit und Unentschlossenheit eher langsam, erschlafften immer mehr. Zögernd in Gedanken und Taten, hatte er nie das passende Wort oder die geeignete Handlung parat; beides schien immer in unbeständiger Entfernung hinter ihm herzutrotten. Er seufzte wieder und zog eine billige Zigarette aus der Hemdtasche und zündete sie sich zum Trost an. Merkwürdig, daß es in der Welt ringsum mit ihrer ganzen betäubenden Fülle nichts gab, das einem so verläßlich Trost spenden konnte wie eine billige Zigarette.

Trost. Er drehte das Papierröllchen zwischen den Fingern und fragte sich, ob das nicht sein Irrtum gewesen war – immer nach Trost zu suchen, wenn es doch im Walde noch anderes Wild zu jagen gab. Hätte er mehr Temperament, bessere Nerven, mehr Verlangen und Ehrgeiz gehabt, dann hätte er vielleicht statt dessen nach Erfolg, Würde, Übersinnlichem gejagt. Vielleicht wäre er einer künstlerischen Betätigung nachgegangen, hätte einen Gedichtband veröffentlicht, sich einen Namen erworben, ein wenig Ruhm, vielleicht sogar goldene Armreifen für Sarla...

Aber der Gedanke war so kindisch, daß er einen bitteren Tabakkrümel ausspuckte. Jede Anstrengung, die er unternahm, endete in einer Niederlage: die meisten Gedichte, die er geschrieben und an Murad geschickt hatte, waren abgelehnt, seine Monographie nie veröffentlicht worden; seine Frau und sein Sohn betrachteten ihn mit unverhohlener Enttäuschung; und auch die Achtung seiner Studenten und Kollegen hatte er nicht erringen können. Die seinem Vater angeborene Schwäche, die ihn zu einem untüchtigen, wenn auch harmlosen Lehrer und Familienvater gemacht hatte, war auch sein Erbe. Er spürte sie in sich wie ein leeres Loch, das er in all diesen Jahren angestarrt hatte, eingeschüchtert von dessen Schwärze und Leere. Selbst sein Versuch, es mit einer echten und

tiefempfundenen Ehrerbietung für einen wirklichen Dichter zu füllen, einen Mann, der sich hervorgetan hatte, wie er selbst es gern getan hätte, war vereitelt worden durch all die Hindernisse, die in seinem Leben ständig wie Splitter und Steinchen bei jedem Schritt in die Höhe schossen. Es war wieder ein Schlag, und vielleicht der bitterste von allen.
Er saß zusammengekrümmt in seinem Rohrstuhl, ließ die Arme zwischen seinen Knien baumeln, die Zigarette hing ihm zwischen den Fingern, ihr Rauch kräuselte sich in einer Spirale aufwärts.
Durch einen Spalt in der Küchentür spähend beobachtete ihn Sarla und dachte, nicht besorgt, nur irritiert: Ist er tot? Lebt er? Nur Männer konnten so tun, als seien sie tot, während sie noch lebten; ein solcher Müßiggang war Luxus, ihrer Meinung nach. Was wäre, wenn sie anfinge, solches Theater zu spielen, wo kämen sie da alle hin? Wer würde Manu zur Schule bringen und für sie das Essen kochen?
Deven hätte nicht gewußt, wie er ihr darauf antworten sollte.
Er lehnte sich in seinem Stuhl zurück und steckte die Zigarette wieder zwischen die Lippen, legte den Kopf zurück an den Spitzen-Schoner, den Sarla in ihrer Brautzeit gehäkelt hatte und der von langem Gebrauch schon ziemlich geschwärzt war, und schloß die Augen. Das Zimmer wurde dann so dämmrig wie das von Nur mit seinen Bambusrollos und den grüngekachelten Wänden und den unsichtbaren Tauben, die so tröstlich gurrten. Er rief sich ihre erste Begegnung an jenem Nachmittag ins Gedächtnis – wie er Nurs Verse laut rezitiert hatte:

»Mein Körper, gleich wie die Feder aus Rohr,
von des Schwertes Spitze geschnitten,
nutzlos und trocken, eh sie nicht getaucht in die
Tinte aus dem Blute des Lebens.«

während Nur auf seinem Bett lag, ihm, zusammengerollt wie ein Riesenbaby, zuhörte, und ihn selbst ein Gefühl überkommen hatte, als sei Nur sein Kind, er die Mutter, und beide wie von einem Kranz umschlossen in inniger, instinktiver Umarmung.

Draußen auf der Straße ging der Tonkrugverkäufer vorbei mit seinem Esel, vollbeladen mit seiner Ware, und rief mit hoher, klagender Stimme: »*Su-ra-hi! Su-ra-hi!*«, ein sicheres Zeichen für den herannahenden Sommer. Deven öffnete die Augen und sah, daß die Zigarette fast bis auf seine Finger heruntergebrannt war, und nachdem er sie auf den Boden neben sich fallen gelassen hatte, zertrat er sie mit dem Fuß, scharrte vor und zurück, bis nichts von ihr übrig war als ein verschmierter Aschenfleck. Er blickte hinunter, um sich zu vergewissern: das war alles, nur ein Aschenfleck.

Doch da kam Sarla lärmend herein, reichte ihm eine Postkarte, die eben gekommen war, eine gelbe Postkarte, in Delhi abgestempelt, mit der kleinen, ordentlichen Handschrift, die er erkannte. »Sehr geehrter Herr«, hieß es, »es wird Sie freuen zu hören, daß ich einen neuen Zyklus von sechsunddreißig Zweizeilern geschrieben habe. Meine liebe Frau hat mich dazu ermutigt, über das Thema des Leidens der Frauen zu schreiben. Sie werden daran interessiert sein, dieselben abzuschreiben. Bitte melden Sie sich ehestens. Hochachtungsvoll, Ihr –« und der Urdu-Schnörkel, der sein Name war.

In dem kleinen Raum, in dem sie alle drei schliefen, schien die Nacht ihm den Atem zu nehmen. Der Sommer war da, und es war Zeit, daß sie ihre Betten in den Hof hinausstellten, aber Sarla widersetzte sich dem jedes Jahr – sie hatte Alpträume von Räubern, die über die Mauer kletterten und sie im Schlaf angriffen. Als Deven kurz auflachte und sagte: »Was können Räuber in *unserem*

Haus schon zum Stehlen finden?« fauchte sie: »Für sie sind College-Lehrer große Männer, bedeutende Männer; wie können sie wissen, daß wir *hungern*?« Er war zugleich erschrocken und gekränkt über die Heftigkeit dieses Wortes und dachte daran, sie zu fragen, ob sie je Hunger gelitten hätte, aber er legte keinen Wert darauf, sich mit ihr auf ein Wortgefecht einzulassen, da er wußte, daß sie ihn dabei schlagen könnte. Er erinnerte sich, wie er sich geweigert hatte, dem Kind Bonbons zu kaufen, als sie einkaufen waren, und wie sie mit zusammengekniffenen Lippen gesagt hatte: »Für deinen eigenen Sohn hast du kein Geld; bloß um nach Delhi zu fahren, zu deinem eigenen Vergnügen, ist Geld da.«

Aber er würde nicht wieder nach Delhi fahren. Das war jetzt ein für allemal vorbei.

Er glitt vom Bett herunter, leise, wie er glaubte, aber Sarla zuckte sofort verärgert zusammen und stöhnte: »Kannst du uns nicht schlafen lassen?« Er saß am Bettrand, kratzte sich am Hals und an den Schultern, wo die Mücken ihn gestochen hatten, murmelte dann: »Ich geh nur einen Schluck Wasser trinken«, und schlurfte aus dem Zimmer. Die Tür auf den Hof hinaus quietschte, als er den Riegel zurückschob, und er fürchtete schon, er würde auch noch das Kind aufwecken und Sarla wütend machen, aber beide blieben still, und als er erst einmal draußen war, fühlte er sich doch erleichtert. Statt Erleichterung von dem Gefühl, an all dem nicht zu Bewältigenden ersticken zu müssen, würde ihm die einfache physische Erleichterung, aus dem kleinen schwülen Zimmer in die frische Nachtluft hinauszukommen, genügen müssen.

Er ging auf dem unebenen Ziegelpflaster auf und ab, mied die Leine, auf der Sarlas Wäsche noch hing, die Ecke bei der Pumpe, wo sich Wasser in einer schlammigen Pfütze gesammelt hatte, und die Ecke, wo der Junge sein Spielzeug aufhob: Blechbüchsen, Stöcke, Eimer und Bälle.

Ein *Neem*-Baum wuchs außerhalb der Mauer, streckte seine Zweige über den halben Hof. Sarla drohte oft, sie würde die Zweige abschneiden, besonders im Winter, wenn sie, sagte Sarla, die Sonne abhielten, aber er ließ sie nicht, erinnerte sie daran, daß sie ihnen im Sommer Schatten spendeten. Nun mußte er zugeben, daß sie auch die Luft abhielten, sie wirkten wie ein staubiges Zeltdach über dem kleinen ummauerten Hof. Und doch fühlte er sich kühler und frischer, ganz einfach weil er im Freien war, ein paar blasse Sterne sehen konnte, in den purpurnen Filz des Sommerhimmels eingebettet. Was war es, das Nur über diese fernen Planeten gesagt hatte? Ach ja, »Leuchtfeuer im Meer des Himmels, o mein Schiff, laß dir von ihnen den Kurs weisen...«

Nein, er würde nicht, würde nicht –

Er wandte seine Gedanken entschlossen von diesen gefährlichen Klippen ab, wanderte hin und her auf bloßen Füßen, in seiner losen Hose und dem Unterhemd voller Löcher, kratzte seine Mückenstiche, rauchte gelegentlich eine Zigarette, versagte es sich, auf Lyrik einzugehen, und dachte in strenger Prosa, daß er für ein Wesen, das von einem anderen Planeten auf die Erde heruntersah, wie ein in einen Käfig gesperrtes Tier im Zoo aussehen mußte. Und nichts anderes war er – ein in die Falle gegangenes Tier. In seiner Jugend hatte er die Illusion gehabt, einen freien Willen zu besitzen, nicht wissend, daß er in einer Falle saß. Die Heirat, eine Familie und sein Posten hatten ihn in diesen Käfig gesperrt; jetzt gab es keinen Ausweg daraus. Die unerwartete Freundschaft mit Nur hatte in ihm die Illusion geweckt, daß die Tür der Falle sich geöffnet hätte und er schließlich doch in eine weitere Welt entfliehen könnte, die außerhalb des Käfigs lag; aber die engere Vertrautheit mit dem Dichter hatte ihm gezeigt, daß das, was er für die »weitere Welt« gehalten hatte, ebenfalls eine Illusion war – es war nur eine Art

Zoo, in dem er nicht hoffen konnte, Freiheit zu finden, er würde nur wieder in einen Käfig geraten, der von einem weiteren gefangenen Tier bewohnt war. Daß er ein berühmter Dichter war, hatte Leute in den Zoo gelockt, um ihn anstarren zu kommen, aber Nur war trotz alledem seinem Käfig nicht entkommen – er war ebenso gefangen wie Deven, selbst wenn sein Käfig berühmter war und mehr Aufmerksamkeit auf sich lenkte. Dennoch war es nur ein Käfig in einer Reihe von Käfigen. Käfig, Käfig. Falle, Falle.

Wo konnte man dann Freiheit finden? Wo gab es frische Luft zum Atmen?

Er blickte auf zu dem staubigen Pelz des Himmels nach irgendeinem Spalt, der ein Entkommen versprach oder zusicherte, aber sogar die Sterne waren in Düsternis erstickt. Keine Botschaft kam flüsternd mit einem nächtlichen Lüftchen; jedes Blatt an dem *Neem*-Baum hing still, leblos. Draußen auf der Straße knarrte ein Ochsenwagen vorüber, die hölzernen Räder ungeölt, und sie quietschten erbärmlich. Jenseits des Kanals bellte ein streunender Hund in langgezogenem, heulendem Aufbegehren. Dann herrschte Stille. Eine lange Weile später wurde sie unterbrochen von dem scharfen, schrillen Pfiff des Janata-Express aus Assam, der die Eisenbahnstrecke entlangratterte.

Deven biß in seine Zigarette, verfluchte den Zug: warum mußte im Dunkeln immer ein Zug pfeifen, über weite Strecken hinweg jene rufen, die sich danach sehnten zu reisen und weiterzuziehen? Er versprach nichts, erinnerte Gefangene nur an ihre Gitter, verhöhnte sie in ihren Zellen.

Es war Zeit, mit dem Hin- und Hergehen aufzuhören; er war erschöpft, vielleicht würde der Schlaf jetzt zu ihm kommen. Er kehrte in das Zimmer zurück, wo die Luft schal, verbraucht und zum Einatmen ungeeignet war wie zuvor, und streckte sich auf dem Bett aus. Er bedeckte die Augen mit einem Arm und fing an, durch eine graue Bewußtseinsschicht nach der anderen zu fallen, der letzten zu, wo das Grau in verschwimmendes Schwarz absinken würde. Aber das Bewußtsein forderte noch immer seinen Tribut, bohrte Haken in sein Fleisch und zog ihn wieder und wieder zurück, brachte ihn gegen seinen Willen wieder an die Oberfläche. Durch den kalkigen Staub der Straße, wo die Nacht wich, um ihnen Platz zu machen, kam eine Gruppe von Dämmerungssängern geschlurft – Frauen in Weiß, Witwen, Asketen und Pilger, eilten vorüber mit Kerzen und Laternen in den Händen, sangen mit den bebenden Stimmen der Gerechten:

»Oh, willst du mit uns kommen
oder im Gestern bleiben.
Oh, willst du mit uns kommen ...«

Bei dem Geräusch eines erstickten Stöhnens wie dem Wimmern eines Hundes wachte Sarla auf. Sie stützte sich auf einen Ellbogen, so daß ihr Haar zu beiden Seiten ihres gelben Gesichtes herabfiel und ihre Augen zwischen den Strähnen hindurchsahen, und flüsterte: »Sssch! Das ist nur Mrs. Bhalla und ihre Freunde, die in den Tempel beten gehen.«

Obwohl alles um ihn herum die Niederlage und eine ermattete Rückkehr in die Alltagsroutine verkündete, sah Deven sich, ganz wider sein besseres Wissen und, wie er sich selbst sagte, lediglich aus einem masochistischen Bedürfnis, neuerlich ein Klagelied um Verlorenes anzustimmen, auf dem Weg zu Siddiquis Haus am anderen Ende des Basars.

Siddiqui lebte in einer der letzten großen alten Villen von Mirpore, da er entfernt verwandt war mit jenem Nawab aus Delhi, der sie für seine Familienangehörigen erbaut hatte, die mit ihm vom Schauplatz des Großen Aufstan-

des geflüchtet waren. Natürlich hatte der weitläufige Basar sich ausgedehnt und war gewachsen und bedrängte den Besitz von allen Seiten, aber innerhalb der vier hohen, jetzt an vielen Stellen eingefallenen, Mauern des Grundstückes stand das Haus noch, baufällig, aber geräumig, in einem großen vernachlässigten Garten mit blätterlosen Bäumen und sterbenden Sträuchern und Staub, wo einmal Rasenflächen und Blumenbeete gewesen waren. Siddiqui saß draußen auf einer Terrasse in einem Korbsessel, ganz in der Haltung eines großen Gutsherrn, eines Mannes der Muße und des Wohlstands.
Deven machte noch einen zögernden Schritt und blieb dann stehen, als er Siddiqui in solch unerwarteter Vornehmheit sitzen sah. Unerwartet, weil er, um auf das Grundstück zu gelangen, durch einen Spalt zwischen dem Tor und dem Torpfosten hatte schlüpfen müssen: das rostige Schmiedeeisen lehnte windschief dagegen und wurde von einem Drahtbündel zusammengehalten, das ebenso verrostet war. Der Bananenverkäufer und der Erdnußverkäufer, die ihre Buden an den beiden Torpfosten errichtet hatten, hatten ihn dazu ermutigt, den Spalt zu benützen, da nie jemand das Tor öffnete; es würde umfallen, wäre jemand so unbesonnen, es zu versuchen. »Alle ihre Autos, ihre Wagen sind vor langem verkauft worden – wozu sollte das Tor da noch geöffnet werden?« erklärten sie, als er zweifelnd dreinblickte, weil er nicht wie ein Dieb eintreten wollte und nicht glauben konnte, daß Siddiqui auf diese Weise sein eigenes Haus betrat oder verließ.
Schließlich hatte er sich hindurchgezwängt und stand jetzt auf der breiten, kiesbestreuten Einfahrt und blickte hinüber zu der verfallenen Villa und der erkennbaren, doch gar nicht vertrauten Gestalt des kleinen Professors für Urdu, der da auf der Terrasse saß. Siddiqui war ebenso erstaunt, als er sah, wie Deven sich durch die Öff-

nung zwängte und mitten auf der Einfahrt erschien wie einer der streunenden Hunde oder eines der Hühner, die gelegentlich aus dem Basar auf seinen Grund entkamen. Er erhob sich, in leichtes, weißes Musselin gekleidet, das er nach seinem abendlichen Bad trug, hielt eine leere Pfeife in der Hand und rief: »Kommen Sie, kommen Sie herauf, Deven-Bhai. Welch eine Ehre, welch ein Vergnügen, was für ein Ereignis.«

Deven, von dieser Begrüßung ermutigt, schüttelte sich ein wenig und kam hinkend herangeschlichen, genau wie einer dieser streunenden Hunde, ungewiß, ob er Schläge oder einen Knochen zu erwarten hätte, und fragte sich, wieso er es gewagt hatte, in die Privatsphäre eines Mannes mit einem solchen Besitz einzudringen, ohne Voranmeldung oder Erlaubnis. Aber schließlich hatte er keine Ahnung gehabt, daß Siddiqui so großartig lebte (die Dunkelheit ließ die Dimensionen der Villa eher größer als kleiner erscheinen). Er hatte gewußt, daß Siddiqui Junggeselle war und allein in dem Haus seiner Vorfahren lebte, worüber er allein das Verfügungsrecht besaß, und daß er sich aus diesem Grunde nicht um einen besseren Posten an einer größeren Universität in einer größeren Stadt beworben hatte: das wenigstens war der College-Klatsch.

Verlegen blieb Deven am Fuße der Treppe stehen und murmelte: »Ich wußte nicht, ich habe nicht gedacht –«

»Was wußten Sie nicht, Deven-Bhai?« fragte Siddiqui und zog ihn mit einer Hand die Treppe hinauf und drückte ihn in den Korbsessel, klatschte dann laut in die Hände, um gehört zu werden, und rief: »Chotu! Chotu!«

»Daß Sie so wohnen, hier, allein«, murmelte Deven.

»Was! Haben Sie geglaubt, ich hätte eine Familie, eine Frau, Kinder, Verwandte? Oder dachten Sie, ich lebte wie ein Nawab in einem Nawabpalast? Schauen Sie genau hin, mein Lieber, schauen Sie genau hin – haben Sie je eine solche Ruine gesehen?« lachte er und winkte einem schmuddeligen Jungen, der aus einer Ecke des heruntergekommenen Hauses herauskam. »Noch einen Sessel, Chotu«, rief er, »wenn wir noch einen haben. Und ein Glas und eine Flasche – einen Drink für unseren Besucher. Das haben wir doch, ja? Und mach schnell.«

Deven betrachtete das Haus, das ganz unbeleuchtet war, die Schmuddeligkeit des sich zurückziehenden Jungen und stieß einen leisen Seufzer der Erleichterung aus. Im ersten Augenblick hatte ihn die Größe von Siddiquis Familiensitz überwältigt, doch erleichtert stellte er fest, daß er sich in einem derart fortgeschrittenen Stadium des Verfalls befand, daß er beinahe auf jenen Zustand reduziert war, in dem alle anderen in Mirpore lebten. Er verspürte eine unbestimmte Befriedigung, als er um sich blickte und sah, daß der Korbsessel, den Chotu angeschleppt brachte, abgenutzt und beschädigt war, daß das Haus ebensosehr durch Vernachlässigung dunkel geworden war wie durch die hereinbrechende Nacht, und es eindeutig seit Jahrzehnten nicht gestrichen worden war; und es gab weder Beleuchtung noch Vorhänge, um die Düsternis zu beleben. Die einzige Tür, die offenstand und aus der ein Schimmer Licht drang – flackerndes, kein elektrisches –, war die zur Küche des jungen Bediensteten, unsäglich dreckig und rauchgeschwärzt obendrein, während andere Türen versperrt waren und aussahen, als könnten sie überhaupt nicht geöffnet werden. Dann, um nicht zu neugierig zu wirken, wandte er sich dem zu, was einmal der Garten gewesen war, aber nicht mehr so genannt werden konnte – die Blumenbeete und Wege, obwohl noch von dreieckigen Ziegelstückchen eingefaßt, waren nichts als Staubflächen. Nur ein paar Bäume waren noch übriggeblieben – Mango, Granatapfel, Tamarinden –, ragten undeutlich rund um die Mauern des Grundstücks wie zerzauste Wächter, wenn sie auch vor Trockenheit und Luftverschmutzung die Zweige hängen ließen.

Siddiquis Benehmen als Gastgeber war so untadelig, als wäre noch alles in Ordnung, ginge noch in einer anderen, üppigeren Zeit vor sich. Nachdem er Deven ein Glas Rum in die Hand gedrückt hatte, gab er dem Jungen Anweisungen und schickte ihn in den Basar, *Kebab* und *Pilao* holen. Deven rutschte unruhig auf seinem Stuhl hin und her – die Szene rief ihm allzu lebhaft Nurs Art ins Gedächtnis, ein Abendessen bei einer Soirée zu organisieren. Was war das für ein Lebensstil? Er war Deven fremd, der ein so trübseliges häusliches Leben gewohnt und so sparsam war.

Siddiqui schien sein Unbehagen zu bemerken. »Seit das Küchendach eingefallen ist, haben wir es fast ganz aufgegeben, zu Hause zu kochen«, erklärte er tröstend, in einer Art Taubengurren. »Die meisten Töpfe und Pfannen sind von dem Schutt begraben worden, und Chotu hat gesagt, was für einen Sinn hätte es, sie auszugraben, sie seien alle zerbrochen. Daher, verstehen Sie, ist es ganz bequem, den Basar direkt am Gartentor zu haben. Ich schicke Chotu mir meinen Tee und irgendwelche Kleinigkeiten holen, und für Gäste – *Kebab* und *Pilao.*«

»Das muß teuer sein«, konnte Deven, ganz erschrocken, sich nicht enthalten zu sagen.

»Aber, mein Lieber, für wen soll ich denn mein jämmerliches Gehalt ausgeben, außer für mich selbst?« fragte Siddiqui. »Sie haben einen Mann ohne Bindungen vor sich. Nein, das stimmt nicht – es gibt ja Chotu. Ich muß, ich will für Chotu sorgen, er ist nämlich ein sehr begabter Junge. Wenn er zurückkommt, muß ich ihn bitten, für uns zu singen. Sie müssen ihn singen hören. Ich lasse ihn ausbilden. Seine Stimme ist ausgezeichnet – sie muß nur geschult werden. Ich bin überzeugt, ich kann ihm eine Anstellung beim All India Radio finden. Schauen Sie nicht so erstaunt drein – auch ein schmutziger kleiner Junge, der mir Reis und Fleisch holen geht, kann doch

Talente haben, die ihm Gott gegeben hat –« seine Stimme wurde lauter, aggressiv.
»Selbstverständlich«, beeilte sich Deven, ihm zuzustimmen, wenn auch nicht ohne Zweifel.
»Sie glauben mir nicht, aber Sie werden ihn hören, ich werde ihn etwas vorsingen lassen. Deven-Bhai, wie es mich freut, daß Sie gekommen sind. Es schien wieder der übliche, langweilige, fade Abend zu werden wie all die anderen in Mirpore, aber jetzt – werden wir ein Konzert veranstalten. Ich werde Chotu bitten zu singen und ein paar Freunde zu holen – auch ein Vorteil, wenn man mitten im Basar wohnt, man braucht nicht weit zu gehen, um Gesellschaft zu haben – und wir werden hier bei Mondschein speisen – scheint der Mond überhaupt? Haha – und vielleicht eine Runde Karten spielen, nachdem wir gegessen haben –« Er schien losgelöst von seinem üblichen Universitäts-Ich – dem ordentlichen, besonnenen, gepflegten –, schien verwandelt in einen Genießer, einen Schlemmer, einen Kenner von Musik und Essen und sogar einen Spieler, ein für den phantasielosen – oder ahnungslosen – Deven ganz fremdes Wesen.
Sie saßen da auf der Terrasse, wie zwei Nawabs, die in den toten Wassern der Zeit gestrandet waren, dachte Deven und nahm sich noch ein *Kebab* von dem fettigen Teller, den Chotu gebracht hatte, oder hielt sein Glas zum Nachfüllen hin, während Siddiqui über Geschichte, Politik, die Dichtkunst und Philosophie sprach, in seinem blumigen Urdu, mit dem es gelang, nicht gerade eine Mauer, aber doch einen Gitterzaun zwischen diesem für ihn historischen Haus und dem Basar draußen aufzurichten, so daß das Bimmeln der Fahrradklingeln, das Tuten der Autohupen, das Gegröle der Filmmusik aus einem Lautsprecher und das Geschrei der Hausierer, die ihre Waren ausriefen, weiter nichts zu sein schien als das Heulen von Schakalen in der Wüste ringsum. Es war eine

sonderbare Erfahrung, die Deven hier machte, in dem Mirpore, von dem er sich eingebildet hatte, jede staubige Furche und jeden verschwommenen Umriß zu kennen, und er wunderte sich, wieso ihm Siddiquis Talent, statt der realen Tatsachen Angenehmeres, Erfreulicheres zu erfinden, so lange unbekannt geblieben war: Es hatte sich im College nie gezeigt, wo er nur war, was er war, nichts sonst.

»Es war einer meiner Vorfahren, der zur Zeit des Großen Aufstandes in Ungnade fiel – die Engländer nahmen ihn gefangen und bestraften ihn, zwangen ihn, die ganze Straßenlänge nach Chandni Chowk auf den Knien entlangzurutschen, und sein ganzer Besitz wurde beschlagnahmt und zerstört. Er floh mit seiner Familie und den Kleidern, die er am Leibe hatte, nach Mirpore – und gab damit den Fluch, hier zu leben, an alle folgenden Generationen weiter«, sagte er, die Lippen am Rand seines Glases. Nachdenklich fügte er hinzu: »Ich habe mir oft gewünscht, jemand würde mir den Gefallen tun und meinen Besitz hier beschlagnahmen und zerstören, so daß ich frei wäre, nach Delhi zurückzukehren, wo wenigstens innerhalb der Stadtmauern ein reines Urdu gesprochen wird, nicht dieser Bauerndialekt, den man hier hört ...«

Deven zuckte zusammen, verstreute ein paar Reiskörner auf dem Schoß. Die Erwähnung von reinem Urdu erinnerte ihn endlich an das Thema, das zu besprechen er hergekommen war – Nur – und das sie irgendwie vermieden hatten, auch nur zu erwähnen – absichtlich? Es war eine solche Erleichterung gewesen, dieses bedrohliche Thema eine Zeitlang zu vergessen. Deven war durchaus bereit gewesen, sich mit gewürzten Basarspeisen, starken Getränken und sogar einer Aufzählung von Chotus Tugenden und Verdiensten davon ablenken zu lassen, war gelegentlich dem Blick des Professors begegnet und hatte rasch wieder weggeschaut. Aber allmählich merkte er, daß Siddiqui, obwohl er noch immer mit ihm sprach, ihn eigentlich nicht beachtete und seine Anwesenheit als ganz nebensächlich zu betrachten schien. Lag nicht eine gewisse Überheblichkeit in der Art, wie er die ganze Zeit nur von sich selbst sprach?

»Siddiqui Sahib«, begann er zögernd, »da Sie mich eben erinnern – an Urdu, an Lyrik –«

»Ha!« rief Siddiqui und schlug sich auf das Knie. »Vergessen! Wie könnte ich vergessen, wenn Chotu hier neben mir steht? Chotu, laß die Teller und geh ein paar von den Jungen holen. Wir spielen eine Runde Poker, und nachher wirst du für uns singen – für meinen Freund, einen Liebhaber von Musik und Versen wie wir –«. Spottete er?

»Ich muß den Tisch abräumen«, murmelte Chotu und fing an, die fettigen Teller zu nehmen und klappernd aufeinander zu stellen.

»Nein, nein – laß das alles stehen, laß das heute abend sein – lauf in den Basar, lauf und hol Anwar und Mehtab – sag ihnen, wir spielen eine Runde Karten heute abend –«

»Ich hab's ihnen schon gesagt«, brummelte Chotu und schlurfte davon. »Sie kommen dann gleich.«

Siddiqui sah gekränkt aus über den Mangel an Begeisterung und war eine Weile still, wie ein Vogel, der einen kalten Windhauch verspürt, aber Chotu hatte doch die Wahrheit gesagt, und ein paar Schatten krochen durch den Spalt neben dem Tor und trotteten die Einfahrt herauf, mit hängenden Schultern und einwärts gewandten Zehen, als bemühten sie sich, nicht gesehen zu werden. Chotu, völlig verwandelt, kam aus der Küche geschossen und sauste die Treppen hinunter, um sie zu begrüßen. Lachend standen sie dort und schlugen sich gegenseitig auf die Schultern, umarmten einander, und Siddiqui, der liebevoll zusah, sagte leise: »Ist doch noch ein Junge, so begabt, so fleißig, ich vergesse immer wieder, daß er ja schließlich noch ein Junge ist.«

Deven warf ihm einen mißtrauischen Blick zu. Er mochte es eigentlich gar nicht, daß der Abend sich in diese gefährliche Richtung entwickelte – es glich zu sehr dem *Mehfil* in Nurs Haus – die Anzeichen waren unverkennbar. War es nicht leicht möglich, daß alles außer Rand und Band geriet? Beschwor der besonnene und vorsichtige Siddiqui nicht geradezu ein Unheil herauf, indem er es zuließ, daß Chotu sich aus einem Diener in einen Gesangsstar verwandelte, und das Gelichter aus dem Basar durch dieses eindrucksvolle, wenn auch beschädigte Tor hereinkommen ließ?

Auch hegte er keinerlei Wunsch, beim Poker mitzuspielen und zu riskieren, das wenige Geld, das er bei sich hatte, zu verlieren. Auf den Terrassenfliesen wurde eine Matte entrollt. Die Jungen setzten sich und fingen an, ein Kartenspiel auszuteilen, während Chotu geschäftig für alle etwas zu trinken holte, wie Siddiqui großzügig angeordnet hatte. Nachdem er in dicken, beschmierten Gläsern serviert hatte – er griff mit den Fingerspitzen in mehrere zugleich beim Herausbringen –, setzte auch er sich mit gekreuzten Beinen auf die Matte. Siddiqui konnte seine Aufregung und Vorfreude kaum beherrschen. Er spielte Poker, als wäre er bei einem Zechgelage – hemmungslos, leichtsinnig. Nachdem Deven voll Entsetzen gesehen hatte, wie er eine Runde nach der anderen verlor, zog er sich vorsichtshalber zurück und bestand darauf, daß Chotu seinen Platz einnahm. Er saß da und hielt seine Knie umschlungen und fragte sich, wieviel Siddiqui verlieren würde, ehe er zur Vernunft kam: seine Verluste schienen ihn nicht im mindesten aus der Fassung zu bringen. Im Gegenteil, sie brachten ihn zum Lachen, und er beugte sich zu Chotu hinüber, streichelte sein Knie und sagte: »Warte nur – ich bring dich schon dazu, mir das zurückzuzahlen. Nimm mir nur so viel Geld weg, wie du willst, ich weiß schon, wie ich dich das wieder gutmachen

lasse.« Die Jungen aus dem Basar grinsten und zwinkerten einander zu und zwinkerten Chotu zu, der nur mürrisch den Kopf hängen ließ, seine Karten hinwarf und mehr Rum zu trinken holte und allen die Gläser nachfüllte oder aufstand und sich über den Rand der Terrasse in das Gebüsch schneuzte, dann zurückkam, sich die Finger am Hosenbein abwischte, um weiterzuspielen.
So schleppte es sich dahin. Sogar der Basar draußen schien zur Ruhe gekommen, schien langsam einzuschlafen. Die Lautsprecher wurden abgeschaltet, der Verkehr schien zum Stillstand gekommen. Eulen glucksten in den wachsamen Bäumen. Devens Kopf sank tiefer und tiefer, baumelte an dem Wirbel, der hinten an seinem Hals hervorstand; oft nickte Deven ein, schwamm langsam durch den Schlaf, nur um wieder an den Schauplatz des Geschehens zurückgeholt zu werden durch einen Schlag auf sein Knie von dem aufgeregten Siddiqui, der rief: »Trinken Sie aus, Deven, trinken Sie noch einen. Trinken Sie wenigstens mit uns, wenn Sie schon nicht mit uns spielen. Sehen Sie, wie Chotu spielt? Oh, ich werd ihn zahlen lassen, ich werde ihn dafür bezahlen lassen!«
Deven begann zu fürchten, sein Kopf würde von dem hervorstehenden Knochen herunterfallen und davonrollen, da wurde das Spiel abgebrochen, damit man sich, wie Siddiqui versprach, erfrischen könnte. Siddiqui half ihm die Terrassenstufen hinunter und die tintenschwarze Einfahrt entlang zum Tor: die vorgerückte Stunde und die ungezählten Gläser Rum hatten eine schwächende Wirkung auf Deven und erstaunlich wenig Wirkung auf Siddiqui, der nur ein wenig zerzaust aussah. Während Deven sich auf der Suche nach dem Ausgang an den eisernen Schnörkeln des Tores festkrallte, erinnerte er sich und lallte: »Aber Siddiqui Sahib, Nur – Nur –«
Siddiqui, ebenfalls nicht mehr ganz fest auf den Beinen – sein weißes Haar stand wie eine Zipfelmütze hoch –, er-

griff Deven beim Ellbogen und flüsterte: »Haben Sie es? Kann ich es hören?«

»Häh?« Deven klammerte sich an zwei Eisenstäben fest, spürte den Rost auf seinen Handflächen haften bleiben. »Ich – ich versteh nicht, Siddiqui Sahib.«

»Das Tonband, Deven, das Tonband.«

Devens Knie gaben nach, und er fiel gegen das Tor, das unter seinem Gewicht mit einem knarrenden Laut zusammensackte. Den Tränen nahe, schluchzte er: »Nein, nein, nein. Es *gibt* kein Tonband.«

»Aber«, sagte Siddiqui, riß sich zusammen und hielt sein aufgeknöpftes Hemd am Hals zu, bemüht, den Anstand zu wahren, »aber das Geld ist doch gegeben worden, das Aufnahmegerät gekauft, Sie sind nach Delhi gefahren. Wo ist dann das Tonband?« Es klang streng, nach Verhör.

»Kein Tonband«, stöhnte Deven, »kein Tonband«, und versuchte mühsam, sich von dem Gitter zu erheben, in dem er sich verheddert hatte. Schwankend wieder auf den Füßen, legte er Siddiqui seine Hände auf die Schultern, um das Gleichgewicht wiederzugewinnen, und entschied sich dafür, mit allem herauszuplatzen: »Kein Tonband. Ich konnte nicht anfangen mit der Aufnahme. Nur – seine Frau – Familie – verlangen Bezahlung. Sie wollen – sie wollen zuerst Geld.« Das Wort »zuerst« kam in einem Sprühregen von Speichel heraus.

Siddiqui wich zurück. Er befreite sich aus Devens Griff. Dann ging er an den Torpfosten hinüber, lehnte sich mit einer Hand dagegen. »Hmmm«, sagte er.

Erschreckt von seinem kühlen Benehmen, stolperte Deven hinter ihm her, ergriff sein dünnes Musselin-Hemd, als ob er es zerreißen wollte. »Ich kann nicht – kann nicht weiter, Siddiqui Sahib. Werde es – aufgeben müssen. Es geht – geht nicht. Nur – wissen Sie – Nur –«

»Hören Sie«, sagte Siddiqui, der jetzt aufrecht stand und sehr deutlich in glashellem Tonfall sprach. »Es muß gemacht werden. Auf mein Ersuchen hin wurden die Mittel für ein Tonbandgerät zur Verfügung gestellt. Sie haben es gekauft. Man wird mich für Sie zur Verantwortung ziehen – für Ihren Betrug. Dieses Tonband ist Eigentum des College, wurde im vorhinein bezahlt. Sie müssen es machen. Das College muß es haben.« Er sah Deven mit kleinen, wilden Augen an, die glühten wie Kohlen unter der Asche.

Deven stolperte, einen vollen Kreis beschreibend, rund um Siddiqui herum, hielt mit beiden Händen seinen Kopf, der sich anfühlte wie ein Sack voller Glasscherben. Er mußte schwindelig geworden und hingefallen sein, fand sich ganz nahe dem Boden wieder, im Staub herumkriechend und Siddiquis kleine weiße Zehen in ihren Sandalen vor den Augen. »Ich kann nicht«, jammerte er, »ich kann nicht. Wo ist Geld, um seine Frau zu bezahlen? Und wenn ich das Geld nicht bringe, hat sie gesagt, läßt sie mich nicht ins Haus, Sie wissen nicht, Siddiqui Sahib, Sie wissen ja nicht, wie sie ist – und die andere – und das Haus – wie das ist –«

»Nein, und das College auch nicht. Mit all diesen Dingen müssen Sie selbst fertig werden, denn es war ja Ihre Idee und Ihr Vorschlag«, sagte Siddiqui sehr scharf. »Das ist Ihre Sache, wie Sie das anfangen. Aber die Aufnahme muß gemacht werden, das Tonband muß den zuständigen Stellen übergeben werden.« Irgendein Rechtsanwalt in seiner Familie schien ihm diese neue Strenge, diesen Tonfall und das Verhalten eines Anklägers vererbt zu haben.

Deven weinte – wenigstens war sein Gesicht naß, als er es mit den Fingern berührte. »Wie denn?« heulte er wie ein Schakal, auf den Knien liegend. »Siddiqui Sahib, *wie* denn?«

Siddiqui war ein kleiner Mann, aber er blickte von seiner Höhe hinunter mit der ganzen Verachtung eines Riesen für einen Wurm. Einen Augenblick schien es, als setzte er dazu an, seine wahre Meinung über Deven zu äußern, über sämtliche feigen, kriecherischen Kreaturen auf Erden. Aber der Abend hielt noch bessere Unterhaltung für ihn bereit; allem Anschein nach hatte er das Interesse an dem Schauspiel zu seinen Füßen verloren und sagte nur: »Wenn Sie mehr Geld brauchen, werden wir bei der zuständigen Stelle ansuchen müssen.«

»Können Sie das tun, Siddiqui Sahib – können Sie, werden Sie ...?« stammelte Deven, halb verrückt vor Erleichterung, und vergaß ganz, daß er geschworen hatte, Nur aufzugeben, das Haus in Alt-Delhi aufzugeben, die ganze Idee mit dem Interview und den Memoiren und der Aufnahme aufzugeben im Austausch gegen die Ruhe und Sicherheit seiner alten, ereignislosen Nicht-Existenz.

»Da *Sie* unfähig sind«, sagte Siddiqui grausam, »werde ich es wohl tun müssen, nicht wahr?« Er wandte sich ab von der unterwürfigen Kreatur zu seinen Füßen und sah über die Schulter zum Haus, zur Terrasse hinüber. Dort drüben lachten und sangen Chotu und seine Freunde etwas im Chor. Siddiqui lächelte, und seine Lippen bebten leicht. »Es wird besser sein, wenn Sie gehen, überlassen Sie das lieber mir und gehen Sie«, sagte er und schob Deven mit dem Knie beiseite, drehte sich um und ging rasch, beinahe laufend, auf das Haus zu, wo sein privates Paradies inszeniert wurde.

Später konnte Deven nicht begreifen, wie das alles gekommen war – wie er, die Zentralfigur der ganzen Angelegenheit, der Träger der Handlung (wenn man Murad außer acht ließ), derjenige, von dem die ganze Sache mit dem Interview abhing, die Aufnahme, die Memoiren, wobei Siddiqui nicht mehr als ein Anhängsel darstellte, das nur zufällig auf der Bildfläche erschienen war und in einem späteren Stadium, und der dabei nur eine unterge-

ordnete Rolle spielte – wie er im Laufe dieses Abends seine eigene Autorität preisgegeben und Siddiqui ausgeliefert hatte, der nun als der Stärkere daraus hervorging, während er, Deven, in die Knie gegangen war, unterwürfig und stammelnd in seiner Hilflosigkeit. *Wie*?
Was hatten ihm Siddiqui und Chotu zu trinken gegeben, das ihn auf ein so verächtliches Niveau herabsinken ließ? Er hatte das Getränk in Verdacht, weil sein seelisches Elend begleitet war von körperlichen Qualen – jetzt rannte er ständig auf die Toilette am Ende des Hofes, vor Schmerzen zusammengekrümmt, und wenn er herauskam, glänzte sein weißes Gesicht von Schweiß.
Und doch, als Sarla ihm Kräutertee zu trinken gab und irgendwelche Pulver vom Homöopathen im Basar holen ging, brauchte er bloß einen Schluck von dem heißen, gewürzten und aromatischen Aufguß zu nehmen, um zu wissen, es war weder das Essen oder die Getränke, noch auch irgend etwas Bösartiges an Siddiqui, sondern nur seine eigene panische Angst. Wie von einer physischen Erkrankung davon geschüttelt, hatte er nicht einmal mehr die Kontrolle über seinen Körper. Wie beherrschten andere ihr Leben, wie kamen sie durch, organisierten und ordneten es und hatten sogar Erfolg? Er saß noch immer zusammengekrümmt am Tisch, trank seinen Tee in kleinen Schlucken und bemühte sich, die Finger von der Zigarettenpackung zu lassen, die auf dem Tisch lag, als sein Sohn ihm einen gelben Briefumschlag brachte. Es war ein Telegramm, und er öffnete es mit nervösen Fingern.
»sofort benachrichtigen wann aufnahme beginnt und transkript an *awaaz*-Büro sendet stop ganze ausgabe aufgehalten wegen verzögerung stop erklärung gefordert murad.«
Er zerknüllte es und warf es über den Tisch, aber so kraftlos, daß es nicht herunterfiel, sondern deutlich sichtbar liegenblieb. Um davon wegzukommen, mußte er aus dem Haus gehen.

Er stand vor der Kantinentür und tastete seine Tasche nach etwas Kleingeld ab, als er Siddiqui ihn rufen hörte. Langsam ging er auf ihn zu, um seine Fassung bemüht, war sich sehr bewußt, alle seine Würde zusammennehmen zu müssen, um dieser Begegnung gewachsen zu sein.

Siddiqui bedachte ihn mit einem kühlen Lächeln und sagte: »Es ist erledigt. Sie sind ein Glückspilz, Deven, ich habe bemerkt, wie die Dinge Ihnen in den Schoß fallen, während wir anderen hart dafür arbeiten müssen.«

»Was meinen Sie damit?« fragte Deven trübselig, überzeugt davon, verspottet zu werden. In seinem ganzen Leben hatte er nie auch nur einen flüchtigen Blick auf das schöne Gesicht der Göttin des Glücks erhascht. Sarla verrichtete regelmäßig *Puja*, ihre Andacht, vor einem farbigen Öldruck der Göttin Lakschmi, die in der Ecke neben ihrem Frisiertisch hing, brachte ihr Blumen, Räucherstäbchen und Kerzen dar, aber das flache rosa Gesicht der Gottheit in ihrem blauen Sari reagierte nie darauf. Weder er noch Sarla hatten als Gegengabe je ein Lächeln von ihr bekommen.

»Ich meine, der Registrator kommt Ihnen noch einmal zu Hilfe. Ich habe gestern den ganzen Nachmittag mit ihm verbracht, zu Ihrer Information – warum kommen Sie nicht eine Tasse Kaffee mit mir trinken, und ich erzähle Ihnen das Ganze.«

Und das tat er. Anscheinend hatte Siddiqui den Registrator besucht und mit ihm über ihre Studentenzeit in Lucknow gesprochen und sich an sämtliche Preise erinnert, die Rai beim Tennis und Kricket gewonnen hatte, womit er ihn in eine so großartige Stimmung versetzt hatte, daß der Registrator versprach – als man ihm auseinandersetzte, daß das vom Direktor bewilligte Geld für das Tonbandgerät nicht ausreichte, um das ganze Projekt damit zu finanzieren und daß mehr Mittel benötigt würden –, ihr

Anliegen vorzubringen und für eine »wohlwollende« Behandlung zu sorgen.
»Und was noch wichtiger ist, er hat's auch tatsächlich getan«, rief Siddiqui, nun wieder der heitere Vogel, der niemandem etwas Böses tat. Er lachte stolz und vergnügt in sich hinein.
Deven blieb vor Verblüffung der Mund offen. Er konnte nicht verstehen, wieso eigentlich irgendwer ihm half. Er wußte nicht mehr, ob man ihm helfen sollte – oder ob er überhaupt wollte, daß man ihm half. Halfen ihm denn diese Leute eigentlich, damit ihm ein einmaliges und wunderbares Unternehmen gelänge, oder ließen sie ihn unausweichlich in eine Falle, einen dicht vergitterten Käfig geraten? Und war die Falle von Murad, von Siddiqui oder von Nur und seinen Ehefrauen ausgelegt worden? Das einzige, was er wußte, war, daß er, der ausgezogen war, Nur zu erjagen, jetzt selbst gejagt wurde, Beute war.
»Können Sie nicht ein bißchen erfreuter aussehen? Sie wollten Geld, um Nur für seine Rezitation zu bezahlen, und der Direktor hat sogar das bewilligt. Übrigens ist es Geld, das ein Wohltäter für die Bibliothek gespendet hat – ein gewisser Lala Baghwan Das –, aber es ist noch nicht verbraucht worden, daher kann es für die Aufnahme verwendet werden, weil die Tonbänder zu gegebener Zeit in die Bibliothek kommen werden, als Kern für eine künftige Sammlung. Der Bibliothekar hatte zunächst Einwände dagegen, weil von den Bändern nur die Urdu-Abteilung profitieren würde und es nicht fair wäre, die anderen Abteilungen ihres Anteils an den Bibliotheks-Geldern zu berauben, aber das ist natürlich absurd, denn was nützen Bücher über Brückenbau, Landwirtschaft und Chemie den Urdu-Studenten? Außerdem, wenn er mit so einer Bibliothek von Tonbändern anfängt, kann er auch andere Abteilungen dazu anregen, audiovisuelle Lehrmethoden einzuführen. Also hat man den Bibliothekar

überzeugt, und der Direktor hat seine Zustimmung gegeben, Mittel freizustellen, um Nur für die Aufnahmen zu bezahlen. Sie sollen in das Büro des Registrators gehen und das Geld entgegennehmen – und dann geht's wieder auf nach Delhi, was, Deven-Bhai? Sie haben viel zu viel Glück, mein Lieber, viel zu viel«, dröhnte Siddiqui und brach in Lachen aus über Devens verblüfften Gesichtsausdruck.

Es waren noch zwei Hindernisse zu beseitigen, ehe er sich in Richtung Nur, Dichtkunst, Erfolg und Unsterblichkeit begeben konnte. Sie lagen vor ihm wie zwei Schutthaufen, wie Abfall, der sich auf seinem Wege aufgehäuft hatte, und er wußte, er würde sie in Angriff nehmen müssen, ehe er weiterkommen konnte.

Der eine war die Vorsprache bei dem Leiter der Hindi-Abteilung, einem kleinen, bösartigen Frettchen von einem Mann namens Trivedi, der vor langer Zeit einmal ein paar Kurzgeschichten in einer inzwischen eingegangenen Frauenzeitschrift veröffentlicht hatte, an die sich kein Mensch erinnerte, und der schon am Mirpore-College unterrichtet hatte, lange bevor Deven ihm angehörte. Er sah jeden mit dem gleichen Ausdruck von manischem Haß an, als berechnete er den richtigen Augenblick, um vorzuschnellen und zu beißen. Deven hatte sich dem so oft gegenübergesehen, daß er es schon geradezu erwartete, und zog nun bloß ein wenig die Schultern hoch, als er sein Ansuchen um eine Woche Urlaub murmelte.

Wie erwartet, brüllte Trivedi: »Eine Woche Urlaub? Knapp vor Ende des Semesters? Wozu? Warum können Sie nicht warten, bis das College schließt? Zwei Monate sind nicht genug für Sie? Kennt denn die Faulheit der jungen Männer heutzutage überhaupt keine Grenzen? Was für ein Beispiel geben Sie damit Ihren Studenten? Soll man die auch eine Woche früher entlassen?«

Deven blieb standhaft – er saß fest auf einem Stuhl gegenüber dem Schreibtisch von Trivedi und klammerte sich mit den Händen an seinem Rand fest, was ihm dabei half – und brummelte eine lange, unzusammenhängende Erklärung, während Trivedi fürchterliche Grimassen zog, wie ein Schauspieler, der das *Rudra Rasa*, das wütende Temperament übte – er öffnete den Mund, fletschte die Zähne, kniff die Augen zusammen, legte eine Hand hinter sein Ohr und runzelte die Stirn; für seine Studenten war das Anlaß zur Heiterkeit, aber Devens Lachfähigkeit war schon seit langer Zeit betäubt und gelähmt.
»Was?« sagte Trivedi schließlich. »Ein Urdu-Dichter? *Seine* Memoiren? *Seine* Dichtung? Tonbandaufnahmen?« kreischte er. »Wovon reden Sie? Warum kann das nicht warten? Warum kann das nicht in den Sommerferien geschehen?«
»Sir, es sind eine Menge anderer Leute damit befaßt. Die Veröffentlichung der Zeitschrift wird verzögert. Nur Sahib selbst liegt daran, anzufangen, ehe die Hitze ärger wird, da es ihm gesundheitlich nicht gut geht. Seine Frau benötigt das Geld für den Haushalt, Sir. Und die – die andere Frau, die krank war und sich langsam erholt und womöglich dagegen ist, daß er die Aufnahmen machen läßt, falls sie davon erfährt –«
»Was? Was? Was?« sprudelte Trivedi los, schüttelte seine Feder, so daß große Tintentropfen davon über den Schreibtisch flogen. »Was für ein Unsinn ist das alles? Sind Sie toll geworden? Alle miteinander? Ich hab schon immer gedacht, irgendein toller Hund muß durch dieses College gerast sein und Lehrer und Studenten gebissen haben – ihr seid alle verrückt, toll, das ist es«, er hatte Schaum vor dem Mund. »Schauen Sie, daß Sie hier rauskommen –«
»Auf Urlaub, Sir?« rief Deven und sprang auf, bemühte sich, nicht noch mehr Tintenkleckse auf die Vorderfront

seines weißen Buschhemds zu bekommen. »Eine Woche Urlaub, Sir?«
»Eine Woche? Es wäre eine Erlösung für mich, wenn es ein Jahr wäre«, brüllte Trivedi, »und ich Ihre dumme Fratze nicht wiedersehen müßte. Ich werde Sie rückversetzen lassen, Sharma – ich werde dafür sorgen, daß Sie Ihre Bestätigung nicht bekommen. Ich werde Sie in Ihre geliebte Urdu-Abteilung versetzen lassen. Ich werde keine Moslem-Speichellecker in meiner Abteilung dulden, Sie werden meine Jungen mit Ihren Moslem-Ideen verderben, mit Ihrer Urdu-Sprache. Ich werde mich beim Direktor beschweren. Ich werde den RSS* warnen. Sie sind ein Verräter –« »Ja, Sir, ich gehe, Sir«, sagte Deven und ging gerade noch rechtzeitig hinaus, um dem Tintenfaß zu entgehen, das gegen die Tür geschleudert wurde, die Wand traf und in einer Explosion schwarzer Tinte zerplatzte.
Da er wie ein Schuljunge behandelt wurde, fühlte er sich auch wie einer. Er konnte sich ein kleines, unterdrücktes Lachen nicht verbeißen.

Mit Sarla fertigzuwerden war eine andere Sache. Sarla erhob in seiner Gegenwart nie die Stimme – die Tradition zahlloser Generationen von Hindu-Frauen stand hinter ihr, stand ihr im Weg, hinderte sie daran, ihre Rebellion offen zu zeigen. Deven wußte, sie würde erst schreien und schimpfen, wenn sie sich sicher außer Reichweite befand, vorzugsweise in der Küche, ihrem eigenen Herrschaftsbereich. Ihre andere Verteidigungsmethode war, ins Schlafzimmer zu gehen und vor sich hinzuschluchzen, überhaupt kein Wort mehr zu reden und damit ihr Kind zu veranlassen, aus Mitgefühl zu heulen.
Welche Methode würde es wohl diesmal sein, fragte sich

*Konservative Hindu Partei

Deven, als er sie davon in Kenntnis setzte – während er zum Frühstück die kalten trockenen *Puris* vom Abend vorher aß und eine Tasse Tee trank –, daß er doch nicht mitfahren würde zu ihren Eltern, daß er auch zu beschäftigt sein würde, um später nachzukommen, ja, daß er sogar die Ferien eine Woche früher antreten würde, um mit einer Extra-Arbeit anzufangen, die sich für ihn in Delhi ergeben hatte, und daß es ihm recht wäre, wenn sie den Jungen mitnähme und eine Woche früher zu ihren Eltern führe, in welchem Fall er sie zum Bahnhof bringen würde, ehe er selbst wegführe.

Seit langem waren an Sarla nicht so viele Worte auf einmal gerichtet worden. Sie stand mit offenem Mund neben ihm, hielt eine Schüssel Joghurt so schief, daß es auf den Tisch tropfte und spritzte.

»Räum das weg, schau, was du gemacht hast«, wies Deven sie scharf zurecht.

Sie trat einen Schritt zurück. »Und – und was soll ich meinen Eltern sagen? Wie soll ich ihnen das alles erklären?« brachte sie endlich mit erstickter Stimme hervor.

»Sag ihnen, was ich dir gesagt habe – das *ist* die Erklärung«, sagte er und sah sie wütend an.

»Sie – sie werden fragen, wo du bist, was du tust«, stammelte sie.

»Wie soll ich ihnen das erklären? Sie sind ungebildete Leute, wie sollen sie *meine* Arbeit verstehen?« schrie Deven und stand vom Tisch auf, schob das Metalltablett mit neuem Ungestüm zurück. Er war jetzt ungeduldig, ein Mann, der keine Zeit hatte, der sich beeilen mußte. Wann würde er all diese Schutthaufen beiseite geräumt haben und den Weg frei vor sich liegen sehen? Und wohin würde ihn der führen – wieder zu einem neuen Trümmerhaufen oder dem klaren, leuchtenden Horizont entgegen, endlich?

Neuntes Kapitel

Dann begann eine Zeit, in der die Ereignisse einen derart raschen Lauf nahmen und die Bilder und Empfindungen sich so dicht aneinanderdrängten, daß Deven die frühere Vision vom leuchtenden Horizont und dem freien Weg gänzlich verlor. Er wurde herumgewirbelt auf dem fliegenden Pferd eines Karussells, das sich mit solch einem ratternden Tempo um seine Achse drehte, daß er nicht ein einziges Bild erkennen, keinen Zusammenhang verfolgen konnte und nur der Windeseile gewahr wurde, in der die Dinge vorübersausten, einmal nach und nach ansteigend, einmal sich senkend, in Kreisen um ihn herum, daß ihm schwindelig, fast ein wenig übel wurde, und er dem Kichern nahe war vor heiterer Beschwingtheit.

»Na also, Deven, endlich bist du soweit«, sagte Murad, als er den Kopf mit einer gewissen Vorsicht zur Tür hereinstreckte. »Kein Wunder, daß du von einem Ohr zum anderen grinst.«
Deven ließ die Zähne aufeinanderklappen. »Gar nicht wahr«, brummte er, ebenfalls vorsichtig.
»Du siehst aus, als hättest du gerade Zwillingssöhne bekommen, oder endlich diesen miserablen Gedichtband von dir veröffentlicht.« Noch immer draußen stehend, die Hand am Türpfosten, zog er seine große pockennarbige Nase kraus, und sämtliche Pockennarben vereinten sich, gaben seinem Gesicht einen finsteren Ausdruck.
»Was hast du daran auszusetzen, Murad?« fragte Deven nervös. »Es ist ein großes Zimmer, ein ruhiges Haus. Und übrigens hat Nurs Begum das organisiert.«

Sie hatte an der anderen Seite der Tür gewartet, als er zaghaft mit der Handfläche daran geklopft hatte. Sie hatte die Tür einen Spalt breit geöffnet und in der übertriebenen Manier, die zu einem Melodrama gehört, geflüstert: »Haben Sie es mitgebracht?«, und Deven hatte den dicken Briefumschlag durch den Spalt geschoben und sie stolz aufgefordert: »Zählen Sie nach – es ist alles drinnen.« Aber sie hatte den Umschlag nur in ihre Bluse gesteckt, wozu sie ihren ausgeblichenen Schleier hob, der die gefärbten spärlichen, über den fast kahlen Kopf gekämmten Haare freigegeben hatte. Im grellen Licht des Sommermorgens sah sie älter und verbrauchter aus. Sie hatte kaum noch Zähne, und die waren schwarz verfärbt. Ein Auge zukneifend, wies sie über seine Schulter die Straße hinunter auf eines der hohen Häuser, deren Rückseiten man dort sah. Mit einer Bewegung ihres Kinns in diese Richtung sagte sie: »Dort, das letzte in der Reihe, das rosa Haus dort. Gehen Sie zur Hintertür hinein, die Frau wird auf Sie warten und Sie in ein Zimmer oben hinaufbringen – ich habe alles geregelt, sie ist eine Bekannte von mir, eine alte Freundin. Das Zimmer ist ganz oben, ruhig, mit eigenem Eingang und ohne Verbindung mit dem übrigen Haus. Es wird ganz in Ordnung sein. Gehen Sie hin und warten Sie dort, und ich werde Nur Sahib schicken.« Und so war er in dieses rosa Haus in dieser Straße gekommen, das so ungewöhnlich ruhig war, freundlich gestrichen, offenbar unbewohnt. Als erstes hatte er einen ziemlichen Schrecken bekommen, denn die Hintertür wurde von einem Mann bewacht, der aussah wie ein Preisringer, mit schwarzen Haarkringeln, die aus seinem aufspringenden roten Hemd mit vergoldeten Knöpfen hervorquollen, Goldknöpfen in den Ohren, einem großen, vom ständigen Betelkauen gefärbten Mund und öltriefend gelockten Haaren, die im Licht blau glänzten. Deven hatte seinen Fluchtinstinkt unterdrücken müssen und anstatt

»Verzeihung, ein Irrtum« zu murmeln und umzukehren sagte er leise Nurs Namen, woraufhin der Mann einen Schritt zurücktrat und jemanden rief. Eine Frau erschien – groß, erstaunlich gut angezogen auf einigermaßen auffällige Weise, mit Perlenringen und gläsernen Armreifen geschmückt und in irgendeinen leichten, dünnen Stoff gekleidet, der ihre pockennarbige Haut und ihr dick gepudertes Gesicht fast verhüllte.

Ihre Hand an die Stirn hebend, begrüßte sie ihn schweigend mit nicht mehr als einem leichten Zucken der Lippen, zwischen denen sie ein Stück aromatische Betelnuß hielt, und gab dann ihre Zustimmung, ihn die Treppe hinaufführen zu lassen. Er hatte noch um eine Minute Zeit gebeten und war hinausgegangen, um nach Chiku zu pfeifen, der mürrisch in einer Fahrrad-Rikscha draußen saß, mit dem Tonbandgerät auf den Knien, und verdrießlich in der Hitze wartete; Deven hatte ihm geholfen, die verschiedenen Teile des Geräts das gekachelte Treppenhaus hinaufzutragen, das unangenehm nach Urin und billigem Parfüm roch, bis zum obersten Geschoß des Hauses, an mit geblümten Stoffen verhangenen Türen vorbei, durch die er flüchtige Blicke auf Betten, schlafende Gestalten, Spiegel und Toiletten-Artikel erhaschte. Chiku hingegen ging die Treppe langsam hinauf, blieb vor jeder Tür stehen und starrte mit unverhohlener Neugier hinein, den Mund ein wenig offen, und atmete schwer, hatte offenbar Polypen. Vor den Türen standen Schuhe oder leere Gläser, Tabletts mit allerlei Überbleibseln. War das ein Hotel? In Deven regte sich ein leiser Verdacht bei dem Gedanken, daß womöglich eine Rechnung bezahlt werden müßte.

»Komm, komm«, schnauzte er Chiku an, »wir müssen alles fertig haben, bis Nur Sahib kommt – wir haben keine Zeit zu verlieren – es muß in drei Tagen erledigt sein.«

Drei Tage.

»Wie lange wirst du brauchen, Deven-Bhai?« fragte Murad und kaute nachdenklich auf einem Packen *Paan,* Betelblättern, herum, während seine Augen hin und her gingen und alles aufmerksam registrierten: die Polster und Kissen auf den mit weißen Laken bedeckten Matratzen, den Spucknapf, die silberne Dose mit *Paan,* die Gläser und Wasserkrüge in einer Ecke, das Aufnahmegerät samt Zubehör in einer anderen, den girlandengeschmückten Öldruck eines Heiligen aus dem Süden mit zerzausten Haaren, an der Wand hängend unter einer blauen Leuchtstoffröhre, und die auf den Matten sitzenden untätigen Gestalten: vornübergebeugt oder breit hingelümmelt warteten sie darauf, daß der Dichter erschien.

Deven zog ein wenig die Stirne kraus, als hätte er leichte Kopfschmerzen. Er hatte keine Lust zu antworten. Er konnte nicht. Die Tage glitten vorbei. Er hatte anscheinend keine Gewalt über sie, noch über das, was in ihrem Verlauf geschah. »Bei so etwas kann man nicht nach einem festen Stundenplan vorgehen«, brummte er und wurde wütend über die Art, wie Murad langsam mit dem Kopf nickte, als hätte sich sein Verdacht bestätigt. »Kommst du herein?« fragte er gereizt.

Murad schnaubte: »Ich komme nicht oft in solche Häuser«, bemerkte er mit einem gehässigen Seitenblick. »Jedenfalls nicht in diesem Viertel der Stadt.«

»Ach, was ist denn dann *dein* Stadtviertel?« forderte ihn Deven heraus, wütend darüber, daß man seine so mühsam getroffenen Vorbereitungen herabsetzte.

Murad sah einen Augenblick überrascht aus über diesen entschiedenen Tonfall. »Soso, mein Lieber, ich hatte keine Ahnung, daß es deines ist«, sagte er und schob den Klumpen Betelblätter in seinem Mund herum und fing wieder an, darauf herumzukauen.

»Es ist nicht meines – es ist Nur Sahibs«, wehrte sich Deven. »Und wir werden nur so lange hier sein, bis die Aufnahme fertig ist.«

»Ja«, sagte Murad und setzte endlich einen Fuß in das Zimmer, nachdem er die Angelegenheit so lange debattiert hatte. Er trug weiße Beinkleider und eine lose *Kurta*, bereits mit großen feuchten Schweißflecken durchtränkt. »Genau deshalb bin ich hergekommen – um zu sehen, wie es geht – damit ich mir eine Vorstellung machen kann, wie lange es dauern wird.«

Deven machte eine Handbewegung von eleganter Sorglosigkeit, die er eigentlich nicht empfand. Die Geste verlor sich in der Luft aus Mangel an Überzeugung. »Wie lange? Was spielt das für eine Rolle? Kann man einen Dichter mit Zeit festnageln? Von ihm kann man nicht erwarten, daß er ständig auf die Uhr sieht, Murad-Bhai – er ist unsterblich und gehört der Zeit an sich.«

Murad machte ein angewidertes Gesicht. »Was ist los? Bist du betrunken – jetzt schon, am hellen Vormittag?«

Aber Deven brauchte nichts zu trinken, um in diese gefährliche Euphorie versetzt zu werden – nicht Alkohol war die Ursache dafür, sondern Nur.

Am Anfang hatte Nur bloß von Essen und Trinken gesprochen. Die Füße unter sich verschränkend – die weißen, leichenähnlichen Füße der Alten, die wenig gehen –, hatte er das zum Thema seines Hauptinteresses gewählt, zum Entsetzen von Deven, der gerade Chiku ein Zeichen gegeben hatte, den Apparat einzuschalten und mit der Aufnahme von Nurs unvergänglichen Worten zu beginnen.

»Das *Biryani* sollte man aus dem Basar holen lassen, Deven-Sahib«, erklärte er sofort keuchend, als wäre er hierhergeeilt, um Anweisungen zu geben. »Ich hätte gern ein gutes Schaffleisch-*Biryani* von Jama Masjid zum Mittagessen. Da gibt es einen Mann, einen Flüchtling aus Pe-

schawar, an der Rückseite der Moschee, der macht es so, wie ich es gern habe – mit echtem Safran von der Sorte, die dem Reis nicht nur Farbe, sondern auch Duft verleiht, und natürlich muß der Reis der langkörnige aus Dehra Dun sein. Wissen Sie, daß er von Peschawar wegging und hierher kam, weil er diese Sorte Reis dort nicht mehr bekommen konnte? Er sagte, er könne sein *Biryani* nicht ohne ihn machen, daher kam er hierher und ließ sich hier nieder. Gut für mich, einen solchen Nachbarn hier zu haben. Wenn Sie jemanden mit meinem Auftrag zu ihm schicken, wird er es hierher bringen lassen – er kennt dieses Haus«, strahlte er sein Gefolge an, in bester Laune.
»Ich habe es mir oft schicken lassen«, lachte er in glücklicher Erinnerung. »Am Ende einer langen Nacht, wenn die Morgendämmerung über der Moschee aufstieg, ging ich auf den Balkon hinaus und rief – es war ein Wettlauf zwischen mir und dem Mullah, wer zuerst rief, ich nach meinem *Biryani* oder er zum ersten Gebet des Tages. Ach, wie laut ich rief, das ganze Haus wachte auf, und *Bibi-ji* wurde immer so böse und kam und schimpfte«, er wackelte vor Vergnügen mit den Zehen, bleichen Würmern gleich, die sich aus dem Grab herausschlängelten. »Aber dann ließ sie es immer von dem Jungen holen, und ich setzte mich hin und aß, ungläubig wie ich war in meiner Jugend, während die anderen ihre Matten aufrollten und sich auf das Gebet vorbereiteten. Ach, dieses *Biryani*, der Duft von Reis und Safran in der Morgendämmerung, erinnerte mich intensiver an Allah, als es der Ruf des Mullahs tun konnte.«
Und Deven, der wie wild quer durch das Zimmer zu Chiku hinüber gestikuliert und Gesichter geschnitten hatte, damit er das Aufnahmegerät anhielte, senkte den Kopf und horchte, überzeugt davon, daß Nur jetzt beginnen würde, aus seinen Gedichten zu rezitieren, wahrscheinlich die Vers-Sequenz über seine ausschweifende

Jugend, worin er mit den vielen Worten für Wein und Becher und dem Kredenzer des Weines spielte …

Aber Nur hatte sich lediglich eine Stufe auf der Alltagsleiter weiterbewegt und war jetzt beim Thema des Trinkens. »Da gibt es Leute, die glauben, Whisky sei das einzige Getränk, das man mit *Biryani* trinken könne – Rafiq jedenfalls fand das, der so oft dieses *Biryani* in der Morgendämmerung mit mir teilte –, aber ich habe festgestellt«, und seine Stimme sank zu der dunklen braunen Ebene der Tiefgründigkeit herab, »ich habe festgestellt, daß sich Rum ebensogut eignet, wenn nicht besser«, und er wandte sich an Deven und fixierte ihn mit einem listigen Blick. »Also müssen Sie eine Flasche Rum besorgen, Deven-Bhai, wenn ich Ihr *Biryani* essen soll – es kann mit nichts Geringerem heruntergespült werden, Khan Sahibs *Biryani* jedenfalls nicht. Was sagt ihr?« wandte er sich an die jungen Männer, die ihn die Treppe herauf zu diesem Zimmer begleitet hatten – das gleiche Gelichter, das ihn jeden Abend auf der Terrasse umgab –, und rollte dazu seine Augen derart komisch, daß sie begeistert brüllend zustimmten. Ihn zu einem senilen Greis zu machen, schien ihr einziges Ziel, bemerkte Deven mit Bitterkeit.

»Rum!« riefen sie, während andere jaulten: *»Biryani!«* und Deven sich verwirrt umblickte, um zu sehen, wer denn diese ganze Festlichkeit finanzieren würde. Sie alle sahen wiederum ihn an, erwartungsvoll lächelnd.

Da hatte er sich dann angsterfüllt an Murad gewandt. »Murad«, hatte er ihn am Telefon angefleht, »ohne Bargeld bin ich erledigt. Alles, was das College mir gegeben hat, habe ich seiner Begum abgeliefert. Das ist die Bezahlung für Nur. Ich hatte nicht – ich hatte alle diese Ausgaben, diese Spesen nicht erwartet. Ich kann mich nicht wieder an mein College wenden – alles hat schließlich seine Grenzen –, aber ohne Bargeld kann ich Nur nicht

dazu bringen, auch nur fünf Minuten lang etwas vorzutragen.«
Am anderen Ende der Leitung gab Murad entrüstete Töne von sich. War er wütend? Amüsiert?
Deven tanzte gequält von einem Fuß auf den anderen. Der Apotheker, von dessen Laden aus er telefoniert hatte, beobachtete ihn mit feindseligem Mißtrauen, während er einen drängenden Kunden vor dem Ladentisch ignorierte. Deven hatte ihm erklärt, er müsse wegen eines Patienten anrufen, der im Krankenhaus läge und irgendwelche seltenen und teuren Medikamente benötigte. Er senkte seine Stimme zu einem Gemurmel. »Bring mir Bargeld. Schließlich ist es für deine Zeitschrift. Ich muß einfach etwas Geld haben. Ich sage dir, das Ganze ist nutzlos, diese ganzen mühsam organisierten Vorbereitungen, wenn ich kein Geld für – für Spesen habe. Stell mir wenigstens genug zur Verfügung, daß ich ihm seine Mahlzeiten und was zum Trinken besorgen kann, das ist alles.«
Es war ihm nicht gelungen, Murad, der anscheinend nicht gern telefonierte, mehr als ein paar Grunzlaute zu entlokken, er antwortete sonst nichts außer diesen unterdrückten Lauten. Aber er war am nächsten Morgen doch gekommen und hatte seinen Kopf mit dem Ausdruck eines skeptischen Wasserspeiers zur Tür hereingesteckt, und als Deven fragte: »Bringst du –?« hatte er ein oder zwei Mal grimmig genickt und drohend gesagt: »Ja, aber ich werde es dir von deinem Honorar abziehen, daß du's weißt«, und sich dann im Zimmer umgesehen, um das Ganze selbst richtig abschätzen zu können.

Das Eß- und Trinkgelage dauerte zum Glück nicht pausenlos an. In seinem Alter und bei seinem schlechten Gesundheitszustand konnte Nur seinen kostspieligen Marotten nicht ohne Unterbrechung frönen. Der junge Diener, der ihn jeden Morgen zu dem Haus begleitete, sorgte

dafür, daß er, wie es seinem Rang gebührte, verwöhnt wurde, aber nicht mehr.
Zu Devens Erleichterung kam es auch vor, daß Nur, ohne daß man ihn übermäßig antrieb, seine Nickelbrille herausfischte, nach den Schulheften suchte, bis man sie ihm brachte, sich peinlich übertrieben räusperte und dann seine Verse einem hingerissenen Publikum vorlas. Dann winkte Deven voll Freude Chiku quer durch das Zimmer zu, wie ein Trainer, der bei einem Rennen mit einer Flagge das Startsignal gibt, und Chiku raffte sich auf und fing an herumzufuhrwerken und lange Drähte und kurze Mikrophone im Zimmer herumzutragen und seinen mürrischen Gesichtsausdruck schlagartig in einen wichtigtuerischen zu verwandeln. Dann hob er gebieterisch die Hand und forderte, die elektrischen Ventilatoren auszuschalten, weil sie ein störendes Geräusch machten, oder daß die Spatzen aus dem Zimmer gescheucht würden. Nur irritierten derartige Unterbrechungen bis jenseits der Grenzen des Erträglichen, und er fing an, eine Rede gegen die Übel der Technologie zu halten – »Ihr sagt, sie hat den Menschen vom Gesetz der Schwerkraft befreit und ihn in den Raum gesandt – aber in was für einem Fahrzeug? Ein Fahrzeug, das aus Stahl ist, ist nur eine stählerne Falle. Das Flugzeug hat den Menschen nicht befreit, er ist darin gefangen. Und wie soll die Seele eines Dichters sich erheben und frei dahinschweben, wenn ihr immerzu versucht, sie in einer Schachtel zwischen euren Knien einzufangen?« so konnte Deven nicht umhin – in dem Bemühen, ihn zu beruhigen –, ihm etwas zu trinken anzubieten und ein Zeichen zu geben, daß man die Ventilatoren wieder einschalten sollte. Brummend erklärte Nur sich dann bereit, ihnen zu vergeben und eine Folge von Gedichten zu rezitieren, die er in seiner Jugend über das Fliegen geschrieben hatte, und die seinen Zuhörern wohlbekannt und leicht verständlich waren und die sie liebten.

Verzückt von den süßen Klängen und gemurmelten Zischlauten ließ Deven sich auf seine Fersen zurücksinken und schloß die Augen, nickte sanft im Einklang mit den Empfindungen des Dichters und bemerkte gar nicht, daß Chiku noch immer an dem Gerät herumbastelte und nichts von alledem aufnahm. Wenn seine ungeschickten, ungeduldigen Finger das Ding endlich funktionsbereit gemacht und eingeschaltet hatten, war es zu spät: Nur hatte seine Rezitation beendet und schwelgte in Erinnerungen an seine Tauben und die Wettflüge und Kämpfe und Wettbewerbe, die er mit ihnen auf dem Dach abgehalten hatte, er sprach über Lieblings-Pfauentauben und Preis-Pokale, ohne zu bemerken, wie seine Zuhörer gähnten und murrten und einander zuzwinkerten.
Bemerkte er es dann schließlich doch, wurde er melancholisch. »Natürlich kennt keiner von euch dieses königliche Spiel. In alten Zeiten glich der Himmel von Delhi einer glänzenden Tapisserie – war nicht so eine dicke Steppdecke aus Rauch und Qualm wie heute. Die Luft war so leuchtend klar wie Seide, die Sonne funkelte auf ihr wie ein riesiger goldener Anhänger, von einem Goldschmied geschaffen, und wenn die Pfauentauben darauf zuflogen, verwandelten sie sich in Edelsteine, blendeten die Augen. Selbst mit nur zwei Rupien in der Tasche war ich damals ein reicher Mann«, sinnierte er und erzählte eine lange, umständliche Geschichte von einem Nachbarn, einem gierigen Gauner, den es nach ihnen gelüstet und der versucht hatte, sie ihm zu rauben. Er begann zu fluchen, als hätte der Diebstahl sich an diesem Morgen ereignet und nicht vor fünfzig Jahren.
Zu spät bemerkte Deven, daß er jetzt in Prosa sprach, in allergewöhnlichster Prosa, und versuchte, dem unaufmerksamen Chiku einen Wink zum Abschalten des Tonbandgerätes zu geben, aber Chiku schien zu dösen, und hin und wieder warf Nur doch ein oder zwei Verszeilen

ein, wie eine blankpolierte Stahlklinge, die durch den verwirrten Faden seiner Erinnerungen schnitt, so daß es sich zu lohnen schien, mit der Aufnahme fortzufahren. Das konnte alles später redigiert werden, dachte Deven vage und gab sich dem Versuch hin, Nurs langer und verzwickter technischer Beschreibung zu folgen, wie man einen Champion trainiert; er hätte sich nie gedacht, daß dem Hobby eines Tauben-Liebhabers so viel abzugewinnen sein könnte, und fragte sich, welchen Einfluß, wenn überhaupt einen, ein solcher Sport auf die Dichtkunst haben könnte. Er hörte daher aufmerksam zu, aber die anderen ließen deutlich spüren, daß sie es nicht taten.
Nur schnitt eine Grimasse und schloß das Thema ab: »Nutzlos, darüber zu reden – es ist, als rupfte ich meinen Schönen die Schwanzfedern aus, um sie euch zu zeigen, und ließe meine Lieblinge nackt. Uuuch«, explodierte er und wedelte mit den Händen vor seinem Gesicht herum, als wollte er auslöschen, was er sah. »Ich kann euren Anblick nur ertragen, wenn ihr mir ein bißchen Rum gebt – nein, viel Rum, weil ihr so viele seid.«
Sie lachten nachsichtig und füllten sein Glas aus der Flasche, die Murad mitgebracht und hinter den irdenen, von dem Etablissement beigesteuerten Wasserkrug gestellt hatte. Natürlich wollten dann die anderen auch etwas zu trinken, und es gab ein großes Treppauf- und Treppabgerenne, Holen und Herauftragen und Herumreichen.
Erst als man Chiku ein Glas reichte, entdeckte man, daß er fest schlief, daß das Aufnahmegerät noch eingeschaltet war und unerschütterlich alle Schimpfereien und Verwünschungen aufnahm. Entsetzt riß Deven das Glas zurück und fauchte ihn an: »Hab ich dich vielleicht hergebracht zum Trinken und zum Schlafen? Kannst du nicht mal wach bleiben bei deiner Arbeit?«
»Was ist das für eine Sorte Arbeit, die zwölf Stunden am

Tag dauert?« murrte Chiku, rieb sich seine trüben Augen und schniefte.
»Lassen Sie ihn doch was trinken, den armen Kerl«, sagte sein Nachbar, ein fettleibiger jovialer Mensch, der belustigt zusah: für ihn war Chiku noch eine weitere Zugabe zu diesem unterhaltsamen Schauspiel, diesem *Tamascha.*
»Nein«, fauchte Deven, »er bekommt *nichts* zu trinken«, und setzte sich neben ihn, um sicher zu gehen, daß er nichts bekam: man würde den Jungen antreiben müssen, seine Arbeit zu tun, eigenhändig.

Es war nicht allein Chikus Unfähigkeit, die Devens mühsam aufgebauten Plan zu sabotieren drohte: all die müßigen Männer, unbedacht und Possen reißend, versuchten ständig, das Ganze in ein Trinkgelage zu wandeln, sie rückten immer näher zu dem Dichter heran, drängten sich zwischen Deven und ihn mit ihren Gläsern in der Hand. Immer wieder brachten sie ihn von jeglichem Versuch ab, seine Arbeit zu tun, und verleiteten ihn, über Dinge zu sprechen, die, wie Deven fand, von keinerlei Interesse für akademische Kreise sein konnten. Und doch war das nicht einfach eine Angelegenheit, Prosa von Lyrik zu trennen, Leben von Kunst: Gelegentlich, wenn Nur eine Geschichte aus seiner Jugend erzählte, von seiner Ausbildung, seinen Reisen, seinen Lieben oder Streitereien, kam Deven der Gedanke, daß dies schließlich auch von Belang für seine Kunst war. Dann gab er sich einen Ruck und trieb Chiku an, rasch den Apparat einzuschalten, woraufhin Nur im gleichen Augenblick seine Erzählung abrupt beendete. Dann trat meist eine Pause ein, wenn auch nicht gerade Stille, denn draußen dröhnte der Verkehrslärm, und in dem Zimmer klapperten wie wild die elektrischen Ventilatoren, und eine Brut junger Spatzen zwitscherte und flatterte in der Dachluke herum; jedenfalls aber schwieg der Dichter.

In dem hektischen Bestreben, ihn zur Wiederaufnahme seines Monologs zu bewegen, da das Band sich nun schon teuer abspulte, vergaß sich Deven einmal soweit, sich vorzubeugen und Nur mit der Ernsthaftigkeit eines Interviewers zu fragen: »Und, Sir, haben Sie zu der Zeit auch Gedichte geschrieben? Gibt es von Ihnen Verse aus dieser Periode?«
Die Wirkung war katastrophal. Nur, der gerade die Hand nach seinem Glas ausstreckte, erstarrte. »Gedichte?« fuhr er Deven barsch an. »Gedichte dieser Periode? Glauben Sie, ein Dichter kann zwischen Mühlsteinen zerrieben und ausgeblutet werden, damit er Gedichte hervorbringt – für *Sie?* Glauben Sie, Sie können diesen Fleischwolf in Gang setzen, und ich werde prompt eine Portion rohes rotes Hackfleisch von mir geben, das Sie davonschleppen können, um Ihre Professoren damit zu füttern?«
Deven senkte beschämt den Kopf. Chiku kicherte schadenfroh. Das Band surrte und nahm Mißhelligkeit und Demütigung auf.

Doch kam es vor, daß Nur ruhig, nüchtern seine Verse rezitierte, ohne daß Deven ihn im mindesten dazu drängte oder überreden mußte. Das war gelegentlich früh am Morgen, nachdem er angekommen und noch frisch genug war, um sich lebhaft und aufmerksam seiner Aufgabe zuzuwenden, und ehe die Wellen ausschweifenden Nichtstuns, auf denen seine gleichgültigen Zuhörer sich treiben ließen, ihn erreichten und Gewalt über ihn gewannen. Er setzte dann mit eleganter Gelehrten-Geste die Brille auf die Nase, öffnete eines der Schulhefte, das er auf den Knien hielt, und fing in einem Singsang, doch mit kräftiger Stimme an zu lesen, unterbrach sich, um Deven den Hintergrund für das Schreiben eines Gedichtes zu erklären oder auf die Ähnlichkeit seiner Vorstellungen und Bilder mit denen jener Dichter hinzuweisen, die er beson-

ders bewunderte. Zu Devens Erstaunen stellte sich heraus, daß dies Byron und Shelley waren, die er gerne, häufig und übertrieben zitierte.
»O wilder Westwind, Atem du des Herbstes Wesen«, intonierte er dann mit einer Stimme wie ein herannahender Gewittersturm, die sogar Chiku dazu veranlaßte, aufzublicken und aufzupassen, oder zarter, tänzerischer:

»Heil sei dir, froher Geist,
Vogel warst du nie ...«

Einmal brach er den Vortrag seiner eigenen bekannten Gedichtfolge über die Reize und die Zerbrechlichkeit der Frauen ab, die die Welt als die Rosen-Gedichte kannte, um Deven nach seinen Vorlieben in der Dichtung zu fragen; und während Deven noch irgend etwas stammelte in dem verzweifelten Bemühen, sich einen Titel oder eine Zeile einfallen zu lassen, um nicht den Eindruck völliger Unbelesenheit zu machen, hob Nur die Hand und sagte: »Hören Sie! Hören Sie die großartigsten Zeilen, die je geschrieben wurden«, und intonierte bühnengerecht:

»Was mag dein Leid sein, Rittersmann,
streifst so allein und bleich umher?«

Er rezitierte so lange, mit so gekonnt eingehaltenen Pausen und eleganten Gesten, daß Deven sich darüber Gedanken machte, ob da nicht ein Zusammenhang bestand mit jenem Aspekt im Privatleben des Dichters, in das er ungewollt so erschreckenden Einblick bekommen hatte, und sogar anfing, gewisse psychologische Zusammenhänge zu sehen, ehe er bemerkte, daß Nur gerade dazu ansetzte, das Gedicht, das offenbar sein Lieblingsgedicht war, zum dritten Mal vorzutragen. Glücklicherweise überkam ihn da jedoch ein Hustenanfall, und während der kleine Diener sich seiner Kehle mit einem Glas angewärmtem Wasser annahm, wandte sich Deven unauffällig zur Seite, um Chiku flüsternd vorzuschlagen, die zweite und dritte Wiedergabe von Band zu löschen, – nur um festzustellen, daß Chiku wieder einmal eingeschlafen war und vergessen hatte, das Band rechtzeitig umzudrehen, so daß die lange Verserzählung Keats' dreimal darauf wiedergegeben war, aber keine einzige Zeile von Nurs eigenem Gedicht, das er danach vorgetragen hatte. Deven spürte in seinem Ohr eine hochrote Flut ansteigen, die drohte, in seinem Kopf zu implodieren.

Was Chiku rettete – abgesehen von der Notwendigkeit, diese dilettantische Stümperei vor Nur selbst verborgen zu halten –, war ein Tumult, der in diesem Augenblick im Haus unten ausbrach; derart schrille und gellende Schreie und das Geräusch von Schlägen, daß Deven nicht mehr als einen erstickten Aufschrei hervorbrachte; sogar Nur mußte davon Abstand nehmen, ein viertes Mal »La Belle Dame Sans Merci« zu rezitieren. Die streitenden Stimmen waren eindeutig weibliche, die ihre Zungen mit wohlgeübter Kunstfertigkeit wie Peitschen einsetzten. Irgendwer schien sich dagegen zu sträuben, hinausgewiesen zu werden, dann hörte man die Tritte eines Mannes zielbewußt die Treppe heraufstampfen, die Schreie wurden schriller, die Schläge heftiger, und schließlich folgte ein Geräusch wie das dumpfe Rollen eines Körpers, der schwer die Treppe hinunterfiel, worauf alle mit offenem Mund lauschten.

Deven stand auf und ging auf die Tür zu, ein wenig zitternd bei der Aussicht, in einen gewalttätigen Auftritt verwickelt zu werden, glaubte jedoch, es Nur schuldig zu sein, ihn vor solcher Vulgarität zu bewahren. Er ging jedoch nicht hinaus, weil ihn alle, durchaus freundlich, zurückriefen. »Lassen Sie sie, Bhai, solche Dinge spielen sich hier ständig ab«, sagte ein junger Mann, den Mund voller Betelblätter mit einem gequetschten Kichern, »nur für gewöhnlich nicht am Tage. Da ist einer zu lange geblieben.«

»Woher wissen Sie das?« fragte Deven ihn scharf; dieser Mensch mißfiel ihm besonders, der in so lose Gewänder gekleidet kam, daß es schon beinahe unanständig war. Er saß an die Wand gelehnt mit ausgestreckten Beinen da, so daß seine schmutzigen bloßen Füße beleidigend auf Nur gerichtet waren. »Woher wissen *Sie* das?« wiederholte er. Alle lachten, aber keiner antwortete. Nur, der mit schiefgelegtem Kopf zugehört hatte wie ein listiger alter Vogel, zwinkerte und fing an, von einer Streiterei zu erzählen, in die er verwickelt gewesen war. Die Männer lachten so viel, daß die Geschichte zu verstümmelt und zerstückelt wurde, als daß Deven ihr hätte folgen können.
An diesem Abend, als Nur gegangen war und die anderen ihre Sachen zusammensuchten und sich anschickten, ihm die Treppe hinunter zu folgen, machte sich der junge Mann in dem losen Gewand und mit den schmutzigen Füßen an Deven heran und sagte: »Wissen Sie, ob er hierherkommt, um die Aufnahmen für Sie zu machen, oder ob er auf der Suche nach einer neuen Ehefrau ist?« Deven starrte ihn an. »Wußten Sie nicht«, fuhr der Mann fort und stieß ihn mit seinem angewinkelten Ellbogen in die Rippen, »erzählen Sie mir nicht, daß Sie das nicht wußten – seine zweite Frau hat er hier gefunden, in diesem Bordell. Wer weiß, vielleicht sucht er eine dritte!« Sich vor Lachen krümmend trollte er sich, ehe Deven ihm an die Gurgel gehen und ihn zum Schweigen bringen konnte.
Deven sah auf seine hilflos zitternden Hände; er hatte das Gefühl, daß dies alles ihm entglitt, daß er es nicht mehr unter Kontrolle hatte. Mußte er, indem er sich Nurs Kunst annahm, auch die fleckigen, beschmutzten, verfärbten und stinkenden Fetzen seines Lebens aufsammeln? Er wußte, das könnte er nicht.
Chiku, der ihn beobachtete, unterbrach seine Gedanken und fragte: »Woll'n Sie, daß ich Ihn'n die heutigen Aufnahmen vorspiele? Soll ich das Band abspielen?«

Deven wußte, daß er es nicht ertragen könnte. »Pack es ein. Räum es weg«, sagte er.

Danach betrat er das Haus jeden Tag mit Hangen und Bangen. Selbst der Raum im obersten Geschoß schien nicht mehr getrennt vom übrigen Haus, keine Welt mehr für sich. Obwohl die Rückseite des Hauses nach einer ruhigen Straße zu lag, gingen seine Fenster auf eine der Hauptstraßen des Basars hinaus, und der Lärm des Verkehrs, der dort hinauf und herunter strömte, drang durch alle offenen Türen und Fenster in das Zimmer. Ziemlich oft gab es einen Verkehrsstau, dann wurde das wütende, ungeduldige Hupen der Autos und Klingeln der Fahrradglocken so ungestüm, daß jede Unterhaltung und jede Rezitation aufhören mußte, und Nurs Gesicht verschloß sich hinter dem Schatten eines Stirnrunzelns.
Einmal fuhr ein überladener Lastwagen in die Gasse und kam nicht wieder hinaus. Eine Menschenmenge sammelte sich an und gab gute Ratschläge, die den Fahrer ärgerten, und Geschrei und Gezänk brachen los. Alle vergaßen Nur und gingen hinaus auf den Balkon, um zuzusehen. Etliche der Frauen des Hauses erschienen auf den Balkons darunter, und die jungen Männer, anstatt geflissentlich wegzuschauen wie Deven, beugten sich über das Geländer und pfiffen und winkten ihnen. Als er versuchte, sie mit den Worten »Nur Sahib wartet« wegzuziehen und hineinzudrängen, schüttelten sie ihn ab, und einer knurrte ihn sogar an: »Willst wohl deine Milchzähne ausgeschlagen haben, Kleiner?« Der letzte Vorwand, daß die Zusammenkunft in diesem Raum ein *Mehfil* wäre, ein Tribut an den Dichter, brach in sich zusammen.
Nur jedoch benützte die Unterbrechung als Gelegenheit, dem jungen Diener Anweisungen für eine Mahlzeit, für *Kebab* und *Parathas*, zu geben, die er speziell in seinem Lieblingsrestaurant zubereitet haben wollte. Deven hörte

ihn sagen: »Geh, hol dir das Geld von Deven Sahib und dann geh und bestell das Essen.« Deven konnte nicht ablehnen zu zahlen, aber als er sich zu Chiku umwandte und sah, daß dieser dumme Kerl Nurs umständliche Anweisungen, das *Kebab* betreffend, aufnahm, schrie er: »Schalt das ab, gefälligst! Ist das vielleicht etwas zum Aufnehmen?«

Nur lehnte sich zurück und warf Deven kurz einen bösen Blick zu und sagte dann zu den jungen Männern, die allmählich vom Balkon wieder in das Zimmer zurückkehrten – der Lastwagen hatte mit Erfolg die enge Straße verlassen und die Balkons unter ihnen waren infolgedessen wieder leer –: »Dichter, wißt ihr, haben nicht von Brot und Fleisch zu leben. Man erwartet von ihnen, daß sie sich mit Versen am Leben erhalten.« Und in dem Augenblick, als Chiku das Mikrophon vor ihm wegnahm und anfing, das Gerät wegzuräumen, richtete er sich halb auf wie ein alter, zum Widerstand angestachelter Löwe und donnerte eines seiner frühesten, fast vergessenen Gedichte, das einst die literarische Welt erschüttert hatte wie der Sturm eine Strohhütte, so zornbebend schrie es seine rebellische Meinung heraus.

Als er aufhörte, stürzte sich Deven auf Chiku, schüttelte ihn beinahe an den Schultern und fragte: »Hast du das aufgenommen? Hast du das?«

Chiku sah ihn mit einem bösen Blick an: »Nachdem Sie mir eben gesagt haben, ich soll aufhören?« fragte er, würdigte Deven dann überhaupt keines Blickes mehr, zog sich in eine Ecke zurück und schmollte, während Nur sich in seine übliche halbliegende Haltung zurücklehnte und die Glückwünsche und Lobhudeleien seiner Zuhörer entgegennahm.

An diesem Abend, als die Menge sich lärmend im Kielwasser des aufbrechenden Nur im Treppenhaus verlief, ging Deven zu Chiku hinüber und ermahnte ihn nachdrücklich, daß er seine Pflichten mit einem gewissen Grad menschlicher Intelligenz auszuüben habe, worauf Chiku zum Angriff überging und ihm kündigte.

»Meine Schwester heiratet nächste Woche. Ich bin der einzige Bruder. Meine Eltern haben alle Vorbereitungen mir überlassen. Ich habe keine Zeit für dieses ganze Dichter-Getue. Sie können sich ja einen Techniker beschaffen, der die Sache zu Ende macht. Bitte geben Sie mir mein Gehalt – ich gehe.«

»Wenn du die Arbeit nicht zu Ende machst, kannst du dein Geld nicht bekommen«, Deven hörte seine Stimme schrill kreischen. Niemand hatte ihm gesagt, daß der Junge bezahlt werden müßte. Er hatte angenommen, seine Dienste wären eine Gratiszugabe zu dem elenden gebrauchten Tonbandgerät.

»Unser Vertrag war für drei Tage – und jetzt sind es schon beinahe drei Wochen«, gab Chiku zurück.

»Es gibt keinen Vertrag.«

»Ich werde es meinem Onkel sagen. Ich gehe zu Murad Sahib.«

»Das ist nicht nötig. Bleib da und mach deine Arbeit zu Ende, und du bekommst dein Geld.« Deven bemühte sich angestrengt, seine Stimme wieder unter Kontrolle und in die normale Stimmlage zu bringen. Er wandte sich zum Gehen, bevor der Junge antworten konnte, aber an der Tür konnte er sich nicht zurückhalten, beißend hinzuzufügen: »Chiku! Was für ein Name ist das überhaupt, Chiku? Haben deine Eltern nicht einmal einen ordentlichen Namen für dich finden können?«

Unten auf der Straße rief er Murad aus dem Apothekerladen an, um sich über Chiku zu beklagen. Murad zeigte kein Mitgefühl. »Wir haben dem Jungen gesagt, es würde höchstens eine Woche dauern«, erinnerte er Deven, »und jetzt sind es bereits drei Wochen.«

»Drei Wochen?« Deven war erschrocken, Chikus Anschuldigung bestätigt zu hören.
»Was ist los mit dir, kannst du nicht zählen? Die Lyrik ist dir wohl zu Kopf gestiegen, was? – Nurs ›zeitlose, unsterbliche‹ Lyrik? Natürlich sind es drei Wochen, und wie hoch die Rechnungen sein werden, weiß Gott allein. Selbstverständlich denkt ihr Dichter-Typen nicht über solche Dinge nach. Aber da ich dich jetzt daran erinnere, würdest du, bitte schön, dein Zirkusgastspiel beenden, deinen Star-Schauspieler nach Hause schicken, dieses Interview transkribieren und mir bringen, damit ich endlich diese Nummer in die Druckerei schicken kann? Du hältst sie auf. Mein Freund Sahay hat diese Woche dafür reserviert, meine Sachen zu drucken, er hat drei andere Aufträge abgelehnt, um meinen zu übernehmen, obendrein verliert er Geld, wir alle verlieren Geld dabei.«
»Murad, ich versichere dir, ich bin bei dieser Sache auch der Verlierer. Ich gewinne nichts dabei, daß es sich so lange hinzieht.«
»Möchtest du es dann bitte abkürzen? Ich brauche das Interview spätestens bis Ende der Woche, verstanden?«
Aber Deven, als er den Laden des Apothekers verließ, hatte noch immer den Nachhall von Nurs majestätischem Gebrüll im Ohr und verspürte gar keine Lust, den Aufnahmen ein Ende zu setzen, da es doch schien, als sei Nur endlich soweit, wieder so zu rezitieren wie in seiner legendären Jugend.
Deven vermeinte endlich, etwas von den Schätzen aus diesem trüben, aufgewühlten Ozean, den er so mühsam durchfahren hatte, in seinen Netzen gefangen zu haben. Nun brauchte er den alten Dichter nur noch irgendwie dahin zu bringen, daß er sich erinnerte, wann er mit dem Schreiben begonnen und die Aufmerksamkeit von Kennern und Förderern der Urdu-Lyrik erregt hatte; er brauchte seine Reminiszenzen an die literarische Welt je-

ner Periode, an die Dichter und Schriftsteller, die seine Freunde und seine Feinde gewesen waren, und natürlich an die Arbeit, die er in jenen ungestümen Tagen geleistet hatte.

Wenn man ihm ein bißchen mehr Zeit ließe – noch eine Woche oder vielleicht zwei –, dann hätte er nicht nur eine großartige Aufnahme, mit der er die Urdu-Abteilung seines Colleges beeindrucken würde und, wer weiß, auch noch so hervorragende Moslem-Institutionen wie die Jamia Millia und die Aligarh Universität – sondern auch genügend Material für ein Interview und vielleicht sogar einen schmalen Band Memoiren. Er konnte ihn geradezu in seinen Händen liegen sehen – er würde ihn in einen weichen himmelblauen Einband binden lassen, wie ein Stück des Himmels, in den Nurs Tauben flogen, und der Titel müßte in der Handschrift des Dichters geschrieben sein, deutlich erkennbar.

Wo er tatsächlich hinschaute, war das Papiergeschäft, vor dem er stehengeblieben war, um die Regale genau zu betrachten, angefüllt mit Heften, wie sie Nur für sein Schreiben verwendete, Stöße von Schreibpapier, Schulbüchern, Zirkelkästen und Bleistiften, Kalendern und farbigen Landkarten, und ihm kam der Gedanke, wenn er Schreibpapier kaufte und Nurs Worte aufschriebe, wäre er nicht völlig von diesem Idioten Chiku abhängig und seiner blödsinnigen Maschine. Nichts ginge dann verloren. Nichts sollte verlorengehen.

Er zog Geld aus seiner Tasche, um die Hefte zu bezahlen, und war entsetzt festzustellen, daß er nicht genug hatte: er konnte sich nicht einmal die Utensilien eines kleinen Schulkindes leisten.

»Nur eines, bitte, nicht drei«, murmelte er beschämt und versuchte, den verächtlichen Gesichtsausdruck des Ladenbesitzers zu übersehen, als er seinen Einkauf verringerte.

Nach all der Scham und Schande des Tages war er dankbar, in die kleine Wohnung in Darya Ganj schleichen zu können, die er sich als Unterschlupf gesucht hatte, anstatt zum Haus der Familie seiner Mutter zu gehen und um Unterkunft zu bitten. Er nahm an, daß es noch dort stehen müßte, wo es in seiner Kindheit gestanden hatte, vielleicht von einer neuen Generation von Verwandten bewohnt; aber eine Abneigung, mit ihnen wieder Verbindung aufzunehmen, hatte ihn veranlaßt, in eine dunkle Gasse einzubiegen, an die er sich aus seinen Schultagen erinnerte, und statt dessen die Treppe hinauf zur Wohnung eines alten Schulfreundes zu finden. Raj, mit einem kürzeren Bein auf die Welt gekommen, war der am wenigsten furchteinflößende seiner Schulkameraden gewesen. Er hatte die Verbindung mit ihm verloren, nachdem er nach Mirpore gezogen war. Dann hatte er, zu seinem großen Erstaunen, eine Postkarte aus Kairo bekommen mit der Mitteilung, daß Raj in einer Schule dort unterrichtete. Die so fremde Vorstellung, daß sein behinderter Freund sich in Ägypten durchgesetzt hatte, verschlug ihm die Sprache. Er hatte nicht einmal geantwortet. Als er jetzt in der Tür stand und die milde lächelnde alte Tante fragte, ob Raj zurückgekehrt sei, erzielte er keine Antwort. Und doch mußte sie ihn erkannt haben, denn sie winkte ihn mit einem ruhigen Willkommen herein, das alte Damen einem Fremden, der nachts an ihrer Tür klingelt, für gewöhnlich nicht bieten. Als er eintrat, hatte er gesehen, daß sie soeben einem bebrillten und zaundürren männlichen Gast ein Essen servierte, der mit gekreuzten Beinen auf dem Küchenboden saß und dessen spärlicher Bart ihn ungewaschen erscheinen ließ. Erkannte sie ihn tatsächlich, den Schuljungen Deven, oder hielt sie ihn auch für einen Bettler, dem man, den Regeln der Frömmigkeit entsprechend, zu essen geben mußte? Sie trug nicht nur die weißen Witwenkleider, sondern auch die

Holzperlenkette und andere Insignien der Eingeweihten. Und sie bat ihn mit den Gesten einer geübten religiösen Eiferin, sich niederzusetzen und das Tablett anzunehmen, das sie ihm anbot. Dann ging sie daran, es mit einer erfreulichen Vielfalt von Speisen zu füllen. Als er höflich protestierte, erklärte ihm der bebrillte Mann, der ganze Berge von Reis und Eingelegtem in sich hineinschaufelte: »Essen Sie. Essen Sie. Es freut sie, wenn Sie essen.« Also tat er es. Später, als sie die Tabletts wegräumte und ihnen Betelblätter und -nüsse brachte, versuchte er herauszufinden, ob sie sich seiner wirklich erinnerte, indem er über Raj sprach und Fragen nach ihm stellte, aber es war immer der Gast, der antwortete. Er schien die Familie gut zu kennen. Seine Vertrautheit mit ihnen ging so weit, daß er vorschlug, Deven sollte die Nacht dort verbringen. »Sie sind von außerhalb Delhis? Sie brauchen ein Zimmer? Dann bleiben Sie hier – legen Sie sich dort in die Veranda zum Schlafen. Nicht nötig, in ein Hotel zu gehen, wenn die Schwester hier sich um uns kümmert«, wieherte er und warf ihr einen listigen Blick zu. »Nicht, Schwester-Ji?« fragte er, und da sie nichts erwiderte, außer zu nicken, nahm Deven das Angebot dankbar an, dachte, es wäre für höchstens drei Nächte, und er würde Raj schreiben und davon erzählen und seiner Dankbarkeit Ausdruck verleihen.

Niemand hatte etwas gegen seinen verlängerten Aufenthalt. Die alte Dame lächelte weiterhin fromm, während sie ihm sein Essen vorsetzte. Der bebrillte Mann jedoch wurde gesprächiger, und Deven erfuhr, daß er gar kein Verwandter war, sondern der Schneider, der in einem kleinen Laden unter der Treppe arbeitete und, nachdem Raj weggegangen war, eingezogen war, »um Schwester-Ji ein bißchen zu beschützen, was?« Er hatte seine eigene Ecke in der Wohnung, wo er seine Matte und seine Habseligkeiten aufbewahrte; aber die Stoffe und Materialien seines Gewerbes verbreiteten den chemischen Stärkegeruch von ungewaschenen Textilien in der ganzen Wohnung, und Stoffschnipsel und Fäden und Staubflocken schwirrten wahllos herum, obwohl sein Arbeitsplatz unten war, im Erdgeschoß. Deven empfand ein leises Unbehagen, diesen begrenzten Schlafraum mit einem Schneider zu teilen, einem Mann der arbeitenden Klasse, aber er konnte kaum etwas dagegen einwenden oder sich erlauben, sich als etwas Besseres aufzuspielen, wenn ihre Gastgeberin sie so gütig mit der gleichen Gastfreundschaft behandelte. Ja, die Stellung des Schneiders schien sogar eine etwas privilegiertere zu sein, und Deven fand bald den Grund dafür heraus. Die Frömmigkeit der alten Dame bestand nicht nur in der Speisung eines jeden, der des Weges kam, um gespeist zu werden – eine große Zahl von Sadhus in Weiß oder Safrangelb mit Bettelschalen erschien regelmäßig zu dem Zweck, ihr bei der Erfüllung ihrer irdischen Pflichten zu helfen und sich damit ihre Belohnung in ihrer nächsten Inkarnation zu verdienen –, sondern auch darin, daß sie bei Tagesanbruch und wenn der Abend hereinbrach, lange und umständliche *Pujas* verrichtete. Möglicherweise auch zu anderen Stunden, aber bei diesen Gelegenheiten wurde Deven Zeuge davon. Eine Wand in der Küche hatte sie in einen wahren Tempel verwandelt, mit farbigen Öldrucken von Heiligen, Gipsfiguren ihrer Lieblingsgötter, Räucherbecken, frischen Girlanden, Untertassen mit Opfergaben und Lampen, die entlang den Regalen und in den Nischen aufgereiht standen. Während sie saß oder stand oder sich verbeugte und diese Familie bei ihr heimisch gewordener Götter umsorgte, spielte der Schneider die Rolle, die sie ihm zugewiesen hatte – die eines Andachtssängers. Es stellte sich heraus, daß er, ganz unerwartet bei einem Mann, dem es so an körperlicher Anmut fehlte, eine schöne Tenorstimme hatte und über ein riesiges Reper-

toire an frommen Liedern verfügte, die er mit großem Empfinden wiedergab.
Die alte Dame lächelte anerkennend, und nachdem sie alle ihre Lampen und Räucherstäbe entzündet und alle ihre Opfergaben für den Tag – oder diese Stunde – dargebracht hatte, setzte sie sich mit gekreuzten Beinen neben ihn und schlug mit Zimbeln den Takt, schlug ihn mit inbrünstiger Leidenschaft und ließ oft zu, daß ihr der Schleier vom Kopf glitt und seine blasse, knochige Nacktheit enthüllte, deren Glätte einen krassen Gegensatz bildete zu der verwitterten und schlaffen Haut ihres Gesichtes. Und der Schneider schlug eine kleine Trommel, die er zwischen den Knien hielt, und ließ die Wände widerhallen von dem aus voller Brust gesungenen freudigen Lobgesang:

»Meinen Körper mache ich zu einer tönern
Lampe,
zu ihrem Docht die Seele mein, zu Öl mein Blut.
Oh, dieser Lampe Licht, erkennen ließe es
mich meines Vielgeliebten Angesicht.«

Wenn Deven sie bei einer solchen Andacht antraf, blieb ihm nichts anderes übrig, als sich in eine Ecke zurückzuziehen, sich still hinzusetzen und zu warten, bis das Ganze vorbei war. Dann stand Rajs Tante meistens mit einem Seufzer auf – nur in dem Augenblick schien sie ein wenig traurig zu sein – und ging ihnen etwas zu essen kochen, und der Schneider räumte seine Trommel weg, holte eine Packung Zigaretten heraus und erzählte Deven von seinen neuesten Kunden und ihren Marotten.
»Sie kam in einem langen, langen Auto mit einem solchen – solchen Stoß von Stoffen. ›Wir haben eine Hochzeit in der Familie, ich brauche bis Sonntag dreißig Blusen‹, sagte sie. O Ma, bis Sonntag? sage ich, wie kann ich das, ein armer Schneider, der keinen Gehilfen hat und auch

noch schlechte Augen und gerade nach einer Bindehautentzündung? Das sag ich immer, um die Leute abzuschrecken, wenn ich nicht mehr Arbeit übernehmen kann, aber nichts schreckt sie ab. Sie zählt mir ihre Stoffe vor – zwei Batist, zwei Seidentwill, zwei Rubia-Voile, zwei Seidensatin, zwei Benares-Brokat – und jede nach einem anderen Schnitt. Und was für Schnitte, ich kann Ihnen sagen, nicht mal eine Kurtisane am Hof eines Moguls hat sich je so etwas ausgedacht – hier eine Öffnung, da eine Öffnung, was bleibt da noch zum Nähen übrig für mich, nur Bänder, um sie zusammenzuhalten?« Er lachte durch seine abgefeilten, geschwärzten Zähne und machte dabei ein Geräusch wie eine Pfeife. Dann mit einem Seufzen: »Oh, Ma-a. Laß mehr solche Fische in mein Netz geraten, und ich werde von Darya Ganj wegziehen können. Ich kenne eine Stelle in der Tolstoi-Straße, wo sie einen Damenschneider suchen. Wenn ich dort Teilhaber werden könnte, o Ma-a!«

Das hatte Deven zu ertragen, wenn er in dieser Wohnung essen und schlafen wollte, und es war so überaus bequem, von dort zu Fuß in die Gasse gehen zu können, wo er den ganzen Tag arbeitete, und obendrein dort sein zu können, wo ihn niemand nach seiner Familie, seinem Posten, seiner Beschäftigung, noch nach sonst etwas fragte, daß er es geduldig auf sich nahm. Manchmal überkam ihn plötzlich ein Schuldgefühl wegen der Kosten, die er der höflichen und gastfreundlichen alten Frau verursachte, aber als er einmal unterwegs auf dem Markt haltgemacht und ihr einen Korb voller Obst gekauft hatte, stellte er dann fest, daß sie es den Göttern darbrachte, anstatt es selbst zu essen; nachher verteilte sie alles unter einer Gruppe von Mönchen, die zu Besuch gekommen waren, daher kaufte er ihr nichts mehr: Er empfand eine ausgeprägte Abneigung gegen das weiche Fleisch von Mönchen, das keinerlei Spuren von körperlicher Arbeit

zeigte. Als er sich an diesem Abend auf der Matte in der Veranda niederließ, war er nicht fähig, sich zu entspannen und auszustrecken und sich der doch wahrlich wohlverdienten Ruhe hinzugeben. Daß man ihn an diesem Tag so eindringlich daran erinnert hatte, seine ursprünglich vorgesehenen drei Tage auf drei Wochen ausgedehnt zu haben, bereitete ihm Unbehagen. Wofür mußte ihn dieser unerträglich redselige Schneider halten – nur für noch einen Parasiten? Könnte er, in seiner Rolle als Beschützer der Witwe, Deven nicht eines Tages hinauswerfen, wenn er ihn verdächtigte, zu lange schmarotzt zu haben? Die Arme unter dem Kopf verschränkt, hörte er dem schlüpfrigen Monolog des Schneiders über eine neue Kundin, eine blonde Ausländerin, zu; der summte in seiner Ecke wie ein gefangener Moskito vor sich hin, und Deven versuchte, irgendwelche Anzeichen eines Giftstachels bei ihm zu finden. Aber der Schneider schien so froh wie eh und je, einen Zuhörer zu haben, der ihm nicht entkommen konnte.
Durch das Geländer der Veranda konnte er den nächtlichen Himmel sehen, von den violetten Straßenlampen zu einer chemischen Weißglut erhellt, den Laternen, die auch in die Veranda schienen und den kleinen Park auf der anderen Straßenseite beleuchteten. So spät nachts war der Park verlassen, die Bewohner dieser öden Hintergassen von Dary Ganj hielten ihn für unsicher, obwohl er bei Tag voll war mit alten Männern, die im Schatten saßen, Botenjungen, die dort für ein Murmelspiel lang haltmachten oder um in Ruhe eine Zigarette zu rauchen, und mit verstohlenen Pärchen hinter den Büschen. Einst waren auch Deven und Raj dort gesessen und hatten voneinander ihre Hausaufgaben abgeschrieben, oder, nicht ganz den Regeln entsprechend, Kricket gespielt – Raj mit seinem kürzeren Bein in einem unförmigen orthopädischen Schnürschuh und Deven, der sich vor Murads fordernder

Freundschaft zu verstecken suchte oder nicht zu seiner eigenen Familie nach Hause gehen wollte. Sogar damals war er schon immer vor irgendwem davongelaufen.
Er drehte sich auf die Seite und versuchte damit dem Schneider anzudeuten, daß er schlafen wollte. Er brauchte Ruhe, um sich seine Strategie für die Aufnahme am nächsten Morgen zurechtzulegen. Wie sollte er das zu einem wirklich abgerundeten, vollständigen und befriedigenden Ende bringen? Das, seufzte er, war die Frage, und der war nicht mehr sehr viel länger auszuweichen.

Am nächsten Morgen war er entschlossen, die Arbeit damit zu beginnen, das Heft, das er gekauft hatte, aufzuschlagen und Nur zu erklären, er würde sein Diktat aufnehmen. Aber an diesem Tag hatte Nur jedes Interesse daran verloren, seine Verse zu rezitieren, sagte, er habe schlecht geschlafen und sei müde, und forderte einige seiner jungen Bewunderer auf, statt dessen die ihren vorzutragen. Deven bemühte sich, seine Bestürzung nicht zu zeigen und geduldig zuzuhören, aber er konnte das Beben seiner Lippen kaum beherrschen, als er mit hängendem Kopf dort saß, an losen Baumwollfädchen in der Matte herumzupfte und versuchte, den Klang der Stimme irgendeiner höchst mittelmäßigen, Banalitäten vortragenden Person abzublocken. Chiku beugte sich betont zu ihm herüber und fragte: »Sagen Sie mir lieber, ob Sie wollen, daß ich alles aufnehme, was hier vorgetragen wird.« Deven rang noch immer um seine Selbstbeherrschung, ehe er dem unverschämten Narren antwortete, als Nur, der das gehört hatte, sich zu ihnen wandte und, Deven direkt ins Gesicht blickend, sagte: »Hat dieses Dilemma also auch Sie heimgesucht? Dieses Sieben und Auswählen aus den Trümmern unseres Lebens? Es geht nicht, mein Lieber, es geht nicht, das habe ich schon vor langer Zeit gelernt«, und er stimmte ein Gedicht an, das Deven nie zuvor gehört hatte, das keiner in dem Zimmer je gehört hatte, das in ihre Mitte trat wie ein Besucher aus einer anderen Welt, sie alle vor Erstaunen verstummen ließ. Nur blickte um sich mit einem leisen, erfreuten Lächeln, als wäre er amüsiert und befriedigt über die Wirkung, die es auf sie ausübte. Dann sprach er die wenigen Zeilen langsam noch einmal, und diesmal hatte Deven die Geistesgegenwart, sein Heft aufzuschlagen und sie mitzuschreiben. »Kommen Sie, geben Sie es mir«, sagte Nur, der sah, was er vorhatte, nahm ihm das Heft ab und schrieb selbst hinein, hielt es auf den Knien, unterbrach sich hin und wieder, um den Bleistift anzulecken, und blinzelte mit seinen vom grauen Star verschleierten Augen auf die Buchstaben, während um ihn herum das Geschwätz wieder losging. Seine Zuhörer unterhielten sich aufgeregt über sein neues Gedicht, lobten es in so übertriebenen Worten, daß es einem schwerfiel zu entscheiden, ob ihre Anerkennung echt war oder sie ihre Freude und Bewunderung nur spielten. Das waren die Zuhörer, an denen Nur stets seine Gedichte hatte erproben müssen, stellte Deven fest, abgestoßen von ihrer Schmeichelei, und er kniete sich in ehrfürchtigem Schweigen hinter Nur, sah zu, wie er schrieb, hielt sich von den anderen fern, der eine wahre Jünger, dessen sicherer Obhut Nur seine Arbeit anvertrauen konnte. Aber sehr bald ermüdete Nur. Er warf den Bleistift weg und verlangte etwas zu trinken. »Sie sind vorüber, die Tage meines Schreibens«, sagte er, geräuschvoll schlürfend. »Vorbei ist meine Knabenzeit.« Er stellte sein Glas hin, knetete seine Hände, zog an den Gelenken, bemühte sich, die Finger zu biegen, ballte sie zu Fäusten und öffnete sie, mit einem nachdenklichen Gesichtsausdruck – wie ein Kutscher, der nicht sicher ist, ob sein Fahrzeug gänzlich zusammengebrochen ist, aber fürchtet, daß dem so ist. »Zu Ende ist sie, die Musik«, murmelte er.

»Sir, Sie sind ein Musiker, der keines Instrumentes bedarf«, rief ein junger Mann in einem dunkelroten Hemd und mit goldenen Ketten, »Sie können selbst dann weiterspielen, wenn Ihre Hände sich nicht mehr bewegen können.«

»Das ist der Glanz eines Poeten«, rief ein anderer und schlug sich auf seinen vollen, runden Schenkel.

Nur blickte sie unter seinen dichten Augenbrauen hervor an und verzog skeptisch den Mund. Nach einem weiteren Glas verkündete er: »Das Blut, es regt sich nicht.«

Ein lauter Protest brach los. Man öffnete noch eine Flasche Rum und füllte die Gläser von neuem. Irgendwer rief übermütig: »Ruft die Frauen herauf. Holt Frauen und laßt uns tanzen. Dann werden wir sehen, wessen Blut sich nicht regt.« Deven hob mit einem Ruck den Kopf, um zu sehen, wer so taktlos, so unverschämt sein konnte, aber Nur lächelte, als er den Kopf schüttelte.

»Frauen und Tanz haben mich längst überholt und zurückgelassen«, murmelte er betrübt. »Jetzt entgleitet sogar das Glas meiner Hand und läuft aus.« Er umklammerte es so fest, daß Deven fürchtete, es könnte zwischen seinen Fingern zerbrechen und ihn schneiden. »Was bleibt denn dann noch, meine Freunde, was bleibt noch übrig?«

»Sir, Ihre Dichtung. Ihre Gedichtbände. Sie bleiben. Sie werden immer bei uns sein«, flüsterte Deven leidenschaftlich halb hinter ihm.

»Behalten Sie sie«, sagte Nur kurzangebunden in wegwerfendem Tonfall. »Behalten Sie sie und lassen Sie mich gehen zu dem, was mich erwartet – sechs Fuß Erde auf dem Friedhof neben der Moschee.« Er rief seinen Diener, mit dessen Hilfe er sich schwerfällig erhob, und schlurfte auf die Tür zu.

Und keiner konnte ihn aufhalten; er setzte sich so zielstrebig in Bewegung, daß sie beiseitetreten und Platz machen mußten. Deven folgte ihm und rief verzweifelt: »Sir, bitte, setzen wir doch die Aufnahmen fort. Wenn Sie müde sind, lasse ich Tee und Essen holen. Nach einer Pause können wir weitermachen –«

»Nein, ich werde nicht weitermachen«, erklärte ihm Nur, schüttelte den Kopf und schüttelte ihn noch immer, als man ihn die Gasse entlang zur Hintertür seines Hauses führte, und Deven aufgeregt hinter ihm hertanzte. Er blieb unnachgiebig bis unmittelbar vor seiner Tür und sagte dann: »Das einzige, was man fortsetzen kann, in meinem Alter, ist der Urschlaf. Ich werde mich auf meinem Bett zusammenrollen wie ein Kind im Mutterleib, und ich werde schlafen, werde warten, bis der Schlaf kommt.«

Die Tür in der Mauer öffnete sich, und der Diener half ihm über die Schwelle und führte ihn hinein. Die Tür schloß sich.

Zehntes Kapitel

Das Zimmer war leer, als Deven am nächsten Morgen zurückkehrte. Er stand in der Tür, hielt die blauen und grünen Glasperlenschnüre, die den Vorhang bildeten, zur Seite und sah, daß es leer war, ausgeräumt, fahl fiel das Licht von den mit einer dünnen Staubschicht bedeckten Fenstern auf die Marmorfliesen. Nur die Sperlinge, die in der Dachluke nisteten, zwitscherten und zankten, verstreuten Zweige, als sie in ihrem Nest herumraschelten. Draußen in der rückwärtigen Gasse rief ein Mann seine Waren aus – die irdenen Wasserkrüge, die er auf den Rükken seines Esels gebunden hatte. *»Su-ra-hi!«* schrie er klagend, als warne er vor einem Unheil, *»Su-ra-hi!«* Benommen fragte sich Deven, wo er diesen Ruf zuvor vernommen hatte – hier oder in Mirpore oder wo? Der Ruf, der damals den Sommer anzukündigen schien, Hitze und Durst – aber der Sommer war bereits da, verheerte alles, verwüstete sein Leben wie diesen verlassenen Raum.

Chiku kam an der Treppe oben an, nachdem er sich mit seinem Gerät bis ganz herauf geplagt hatte, keuchte übertrieben. »Häh«, knurrte er und blickte Deven über die Schulter, »das ganze Zeug hier heraufschleppen, und dann sind sie gar nicht hier.«

»Sie sind weg«, sagte Deven, noch immer benommen. »Nur Sahib ist weg.«

»Sollten Sie ihn nicht lieber holen? Es ist spät – und so heiß«, jammerte Chiku, Schweiß drang ihm aus den Falten am Hals und rann ihm über Brust und Rücken hinunter.

»Ich glaube nicht, daß er vorhat, wiederzukommen.«

»Dann – dann ist es vorbei?«

»Ja«, sagte Deven, »vorbei.« Er ließ die Perlenschnüre los, die gläsern gegeneinander klirrten und ihn an irgend etwas erinnerten: Sarlas gläserne Armreifen, die bei ihrer Arbeit klimperten? Zuhause, Mirpore, das Alltagsleben, das näher kam, ihn einholte.

»Das hätten Sie mir sagen müssen«, ereiferte sich Chiku mit schriller Stimme. »Warum haben Sie mir das nicht gesagt? Da hab ich noch einen Tag vergeudet – meine Schwester weint – meine Mutter sagt, ich helfe ihnen nicht – ich habe anderes zu tun, und Sie sagen mir nicht einmal vorher Bescheid ...«

»He, wer ist da? Was ist los da oben?« rief eine Stimme am Fuß der Treppe. Die große Frau mit dem pockennarbigen Gesicht, vor das sie sich einen rosa Schleier hielt, funkelte sie aus zwei riesigen schwarzumränderten Augen an.

Sie beugten sich über das Geländer und starrten sie ihrerseits traurig an.

»Derselbe Zirkus!« rief sie jemandem zu, der ihren Blikken verborgen war. »Was soll das? Gestern hat die Safiya Begum Nachricht geschickt, daß das Zimmer nicht mehr benötigt wird, und heute kommen Sie wieder her. Glauben Sie vielleicht, Sie haben sich hier ein Zimmer gekauft? Was glauben Sie, was das ist hier – eine Art Unterkunft für Landstreicher? Ich sag Ihnen, das ist ein anständiges Haus – ich dulde das nicht. Bulu, schaff sie hinaus«, bellte sie, so heftig, daß der Schleier von ihrem Gesicht glitt, das aufgedunsen, von irgendeiner Unpäßlichkeit geschwollen war. Sie hatte eine schlechte Nacht hinter sich oder war krank oder hatte Angst – Deven würde sich die Widrigkeiten ihres Lebens nicht einmal vorstellen können.

Chiku hatte bereits angefangen, die Treppe hinunterzukriechen wie eine Spinne mit ihrer Last. Deven holte ihn ein, nahm ihm einiges ab und folgte ihm dann hinunter.

Der Rausschmeißer kam ihnen auf dem Treppenabsatz entgegen, nur mit einem *Lungi*, einem Lendentuch, bekleidet, das er um die Taille geschlungen hatte, so daß seine Brust nackt war und die Muskeln sich wölbten und glänzten. »Verschwinden Sie sofort«, befahl er unnötigerweise. An der Hintertür stand die Frau und beobachtete sie. Als sie von der Treppe auf die Gasse hinaustraten, rief sie ihnen nach: »Die Rechnung ist an Safiya Begum geschickt worden; sorgen Sie dafür, daß sie bezahlt wird. Ich habe Freunde bei der Polizei, die dafür sorgen, daß mir niemand etwas schuldig bleibt, verstanden?« Sie schloß nicht die Tür hinter ihnen, sondern blieb stehen und sah sie böse an aus diesen düsteren schwarzgeränderten Augen, als die beiden hilflos in der Sonne standen mit den Bestandteilen der Aufnahmeanlage und traurig nach einer Rikscha Ausschau hielten, die sie wegbrächte.

Murad klang nicht im mindesten erfreut über die Idee, die Bänder in Delhi abzuhören, ehe Deven sie mit nach Mirpore nahm. »Wozu ist das gut, wenn du das noch nicht redigiert hast? Es muß doch noch geschnitten werden, oder nicht? Warum machst du das alles nicht, bevor du es herbringst?«

»Murad, das mach ich alles später, wenn ich zurück in Mirpore bin – ich muß sofort zurück, die ganzen Prüfungsarbeiten müssen korrigiert werden –, aber komm wenigstens in den Laden von Jain Sahib und hör dir die Bänder an, ehe ich sie mitnehme. Das wird dir eine Vorstellung geben von dem Material, das ich dir dann für die Zeitschrift schicke. Willst du denn das nicht wissen?« bat Deven.

Jain, der sich mit einem Streichholz in den Zähnen herumstocherte, während er Devens Gesicht beobachtete, brummte: »Ich hab's Ihnen ja gesagt – wozu soll das gut sein? Nehmen Sie das mit – hören Sie sich's zu Hause an –

wozu soll das gut sein, sie hier in meinem Laden abzuspielen?«

Deven warf ihm einen wütenden Blick zu und rief in das Telefon: »Du mußt kommen. Ich warte auf dich in Jain Sahibs Laden. Hör dir wenigstens einen Teil davon an – nur einen kleinen Teil. Wir müssen uns vergewissern, daß die Qualität gut ist.«

Chiku löste sich plötzlich von einer Kabelrolle und tauchte aus dem Hintergrund auf, klopfte sich den Staub von den Händen und wischte sich mit dem Ärmel das Gesicht ab. »So, ich hab es aufgebaut, und jetzt geh ich, Onkel, spiel das Band bitte für ihn ab«, er machte eine respektlose Bewegung mit dem Kinn nach Deven hin und ging davon, zurück blieben Deven und der Ladenbesitzer, die laut und wirkungslos gegen sein Weggehen protestierten.

Deven kam der Gedanke, daß es vielleicht besser wäre, die ganze Einrichtung in eine angemessenere Umgebung zu bringen – etwa Murads Haus – und sich dort die Tonbänder anzuhören. Er war nie dort gewesen, aber er nahm an, es müßte gediegen, wenn nicht gar verschwenderisch ausgestattet sein – sicherlich hatte es viele Zimmer, und man wäre ungestört. Aber als Murad hereinkam, mit vor Widerwillen gerunzelter Stirn, und den Vorschlag hörte, zögernd und zaghaft vorgebracht, tat er ihn mit einer Handbewegung ab. »Nein«, sagte er und streckte die Arme vor, als wollte er den Zutritt zum Haus seines Vaters versperren. »Dort können wir nicht hingehen. Meine Mutter wird sich zum Ausruhen niedergelegt haben – meine Schwestern werden schlafen. Wir können sie nicht stören.« Er warf sich auf einen Metallstuhl, verschränkte die Arme und machte ein entschlossenes Gesicht: »Jain Sahib, bitte stellen Sie es an. Rasch. Ich kann nicht lange bleiben.«

Er mußte jedoch eine ganze Weile bleiben, weil Jain Sahib

anscheinend nicht wußte, wie man das Gerät einschaltete. Er schüttelte und boxte den Kasten, drückte der Reihe nach alle Knöpfe, murkste herum, fluchte und rief nach Hilfe. Murad saß mit finsterem Gesicht da und warf Deven, der immer aufgeregter wurde, gereizte Blicke zu. Schließlich brachte man einen Jungen aus dem Hof hinter dem Laden, der so mit Öl bedeckt war, daß er eher wie ein Automechaniker als ein Elektroniker aussah. Er brachte sein Werkzeug mit, fingerte lange an dem Gerät herum und produzierte endlich ein plötzliches, laut plärrendes Geräusch, stoppte es und brauchte dann eine Ewigkeit, bis sie sich endlich hinsetzen und in Ruhe zuhören konnten.

Es war ein Fiasko. Es gab kein anderes Wort dafür. Ungläubig ließ Deven das erste Band herausnehmen, das zweite probieren, und dann das dritte und das vierte. Der Karton, in dem sie drinnen waren, schien bodenlos, so viele waren es. Ihrer aller Nerven wurden dünngescheuert von dem ständigen Stoppen und Starten. Wenn die Bänder überhaupt dazu gebracht werden konnten, irgendwelche Laute von sich zu geben, schien es nichts zum Zuhören zu geben – lange Pausen voller Gekrache und Geknatter, dazwischen unvermittelt das Dröhnen von Autohupen von der Straße her, das Gekreisch der nestbauenden Vögel, laut explodierendes Gelächter und zusammenhanglose Heiterkeitsausbrüche, betrunkene Stimmen, die herumbrüllten, sangen, plötzlich innehielten. Wo war Nur? Gelegentlich wanderte seine Stimme da herein wie ein verirrter Bettelmönch von einer überfüllten Straße, brachte ein paar Gedichtzeilen mit schwacher, schwankender Stimme, brach dann ab, um – sehr viel fester und bestimmter – zu sagen: »Bring mir noch ein Glas Rum. Was haben Sie heute zum Essen bestellt? Ist es jemand holen gegangen? Ich brauche noch Rum, wenn ich so lange warten muß.« Oder aber die Stimme geisterte durch eine schwierige und verwickelte Geschichte aus seinen Wanderjahren, hielt inne und stöhnte und klagte über die Qualen, die ihm seine Hämorrhoiden verursachten, bat um Abhilfe von irgendeiner Unbequemlichkeit, verfluchte sein Alter, verlangte Linderungsmittel in Form von Essen und Trinken und versank dann in Schweigen, während einer seiner jungen Bewunderer Ratschläge oder ermunternde Zurufe brüllte, mit obszönen Untertönen, woraufhin die Zuhörer losjaulten wie ein Rudel Schakale.

Deven spürte, wie er auf seinem Sitz tiefer und tiefer sank, den Blick fest auf seine staubigen, rissigen Schuhspitzen geheftet, ihm wurde immer beklommener zumute. Sein Atem ging flach und in kurzen Stößen, und wenn es jemand bemerkt hätte, hätte er gesehen, daß seine Nasenflügel sehr blaß und wächsern geworden waren.

Schließlich sagte Murad: »Schluß damit. Wir haben genug Zeit vergeudet. Das taugt nichts. Du hättest dir die Bänder abspielen lassen sollen, sobald eines voll war – dann hättest du zurückgehen und noch einmal aufnehmen können, was fehlte, und korrigieren, was falsch war. Warum hast du damit so lange gewartet?«

Von dieser vernichtenden und zutreffenden Kritik schmerzlich getroffen, erhob sich Deven, obwohl er sich kaum auf den Füßen halten konnte, so sehr fühlte er sich physisch zerstört von diesem katastrophalen Fehlschlag. »Murad – ich werde irgendwie – irgendwie etwas davon retten. Ich *muß*. Ich kann – ich kann ohne weiteres genug Material daraus zusammenstellen für einen Artikel für deine Zeitschrift. Das bekommst du – bestimmt. Aber mein College – mein College hat die Bänder bezahlt –« fing er an zu stottern.

Murad schien einen Augenblick lang seine qualvolle Verzweiflung zu begreifen. Zu Jain gewandt sagte er scharf: »Was soll das alles? Was für ein Tonbandgerät haben Sie uns da gegeben? Und was für ein Techniker ist Ihr Neffe? Er versteht überhaupt nichts vom Aufnehmen – nichts.«

Jain sah ihn seinerseits wütend an. »Was sagen Sie da, Murad Sahib?« knurrte er und fuchtelte drohend mit der Hand vor ihm herum. »Überlegen Sie sich gut, was Sie sagen. Was soll denn mein Neffe tun, wenn Sie nicht mal ein Studio haben, in dem er arbeiten kann, sondern ihn mitten im Chandni Chowk Basar arbeiten lassen. Er vollbringt die reinsten Wunder mit professionellen Künstlern – Sie sollten seine Aufnahme von Asha Ranis Liedern hören –, aber was für eine Sorte Künstler war denn das?« Er drehte den Kopf, um Deven anzusehen, anklagend, als hätte er den wahren Schuldigen vor sich.

Augenblicklich schwenkte auch Murad um. »Das ist auch wahr«, pflichtete er ihm bei. »Was kann man von einer Aufnahme erwarten, die nicht in einem Studio gemacht wird? Die Qualität der Darbietung muß man ebenfalls in Betracht ziehen, Deven, du kannst nicht sagen, daß das nicht wichtig ist.«

»Aber Murad«, sagte Deven in unsicherem Tonfall, »es war Nur. *Nur,* du weißt...« Dann verstummte er. Er hatte von vornherein so wenig Zuversicht gehabt, sie war so leicht zu erschüttern, und die beiden hatten nun auch noch das bißchen Glauben an dieses Projekt zerstört, das ihm noch geblieben war, den Glauben an die Übertragbarkeit von Nurs Größe, an die zu glauben er nie aufhörte, auf die Tonbänder.

Murad schien es Vergnügen zu bereiten, jemanden so restlos geschlagen zu sehen. Er legte einen Arm um Devens Schultern und sagte fröhlich: »Die Bänder sind unbrauchbar, so wie sie sind. Um überhaupt etwas herauszuholen, wirst du eine Menge daran zu arbeiten haben. Es wird gut sein, wenn du sie nach Mirpore mitnimmst und siehst, ob du sie zusammenschneiden und redigieren und wenigstens ein passables Band für dein College daraus zusammenstellen kannst. Sonst wird dir dein Direktor – oder ist es der Vorstand – an die Gurgel gehen – was?« lachte er auf unangenehme Weise.

Deven blieb fast die Luft weg in Murads Umarmung, und er fragte sich, was eine solche Freundschaft eigentlich bedeutete. Ohne Mitgefühl, ohne Übereinstimmung, was stand hinter diesen Späßen, diesen Umarmungen? Weiter nichts als Vertrautheit, Gewohnheit. Eigentlich war der dauerhafte Bestandteil von Freundschaft Gewohnheit, nichts als lange Gewohnheit, und Gewohnheit konnte ein Schacht sein, aus dem man nie herauskam, eine Falle, aus der es kein Entkommen gab.

Doch Murad ließ Deven los und ging davon, rief ihm noch über die Schulter zu: »Schick mir wenigstens den Artikel, ja? Und ein paar von den Gedichten, die er rezitiert hat – das wird mir genügen. Allerdings dein College, das ist noch eine Sache für sich.«

Der Gedanke an sein College, daran, daß er würde rechtfertigen müssen, College-Gelder für etwas vollkommen Unbrauchbares ausgegeben zu haben, veranlaßte Deven dazu, mit einer letzten unerwarteten Aufwallung von Mut auf Jain loszugehen. »Das Gerät war schlecht«, schrie er, »von Anfang an hab ich Ihnen gesagt, ich will keine gebrauchte Ware, die taugt nichts. Und die Bänder waren auch schlecht, billige Ware. Sie haben mir einen Techniker mitgeschickt, der nichts vom Aufnehmen versteht. Das hat nichts mit der Darbietung oder dem Künstler zu tun. Der Künstler war der größte – der beste –« seine Stimme schwoll zu einem Kreischen an und versagte ihm. Er war schweißgebadet, die salzige Flüssigkeit drang aus jeder Pore seines Körpers wie bei einem tödlich verletzten Opfers eines Verkehrsunfalls.

Sogar der phlegmatische Jain war beeindruckt. Er richtete sich in seinem Stahlrohrstuhl auf und hob Deven beschwörend beide Hände entgegen, an jeder eine Reihe von mit großen Steinen besetzten Ringen, als wollte er mit seiner beschwichtigenden Geste die wohltuenden Strahlen der Edelsteine gegen diesen aufgeregten Kunden aussenden. »Beruhigen Sie sich, beruhigen Sie sich, niemand schneidet Ihnen den Hals ab oder beraubt Sie. Das ist nur eine technische Angelegenheit, weiter nichts. Sie können die Bänder redigieren, die Nebengeräusche eliminieren, nur die Stimme drinlassen. Es ist zu machen, das ist nicht so schwierig, nicht unmöglich; warum so aufregen? Können Sie nicht jemanden finden, der Ihnen hilft?«
»In Mirpore?« Deven versuchte zu lachen, aber seine Stimme war völlig zersplittert, er konnte sie nicht zu etwas Sinnvollem zusammensetzen. »Es gibt nur zwei oder drei Elektrogeschäfte in Mirpore – und Mechaniker, die Radios, Bügeleisen und Lampen reparieren, sonst nichts. Wer weiß denn da mit diesen Tonbändern umzugehen und daraus audiovisuelle Lehrmittel für den Unterricht in einer College-Abteilung zu machen?«
Jain kaute an seiner Lippe, tat, als dächte er über Devens nur zu offensichtliche Probleme nach. Dann machte er wieder eine Handbewegung mit diesen blitzenden Edelsteinen, die wie ein Ejektor elektrische rote und blaue Strahlen aussandten, nach dem verschmierten Jungen hin, der in einer Ecke neben dem Tonbandgerät hockte. »Nehmen Sie diesen Jungen«, sagte er, als böte er Deven einen Platz an. »Das ist Pintu, auch ein Neffe von mir. Nehmen Sie ihn mit nach Mirpore. Er wird mit Ihnen fahren.«
Deven und Pintu starrten einander schweigend an, voller Feindseligkeit und Ablehnung.

Sie saßen zusammen im Autobus, die Kartons mit den Bändern und die Apparatur zum Abspielen zu ihren Füßen unter dem Sitz. Pintu trug ein neues weißes Nylonhemd, mit grünen Ranken bedruckt und einer einzelnen rosa Rose auf der Brusttasche, auf der auch die Worte *Love Story* standen, der Titel eines Films aus letzter Zeit; es schien einen Juckreiz in seinem Genick auszulösen, denn er kratzte sich dort immerzu, während er mit offenstehendem Mund zum Fenster hinausstarrte, als verstünde er überhaupt nichts, und versuchte die Umrisse der Schornsteine und Ziegeleien, die Fahrradläden und Mango-Haine durch den beißenden gelben Staub hindurch zu erkennen. Deven hatte den Kopf an die Rücklehne des Sitzes gelehnt, die Augen geschlossen, und blieb völlig stumm.

An der Endstation des Autobusses stolperten sie hinaus und winkten einer Fahrrad-Rikscha, um sich und ihr Gepäck zu Devens Haus bringen zu lassen. Es stand traurig leer, die grünen, aber noch verschlossenen Gittertüren der Veranda hingen schief in den Angeln, und die Winde, die darüber wuchs, war durch die lange Trockenheit verdorrt. Als sie hineingingen, fand Deven die Böden und die Möbel mit Staub überzogen, als wäre ihnen in aller Stille in ihrer sommerlichen Einsamkeit ein Fell gewachsen. Die Hitze in dem verschlossenen Haus war beinahe auf dem Siedepunkt. Deven ging umher wie ein Wilder und stieß die Fenster auf. Sarla hatte verabsäumt, den Mülleimer in der Küche auszuleeren, bevor sie wegfuhr: sein Inhalt war verfault und stank.

Noch immer sprach keiner ein Wort. Deven konnte sich nicht dazu überwinden, mit dem Jungen zu reden, der sogar noch blöder aussah als Chiku. Er deutete nur, zeigte ihm das Bett seines Sohnes, wies ihn an, seine Schachteln in eine Ecke zu stellen und auf eine Tasse Tee zu warten. Er empfand die Gegenwart des Jungen in seinem Haus fast als unerträglich; es kostete ihn seine ganze Selbstbeherrschung, ihn nicht hinauszuwerfen und nach Delhi zurückzuschicken. Wäre er allein gewesen, hätte er geheult, ein langes Tiergeheul nach dem anderen, hätte mit dem Kopf gegen die Wand geschlagen, mit den Fäusten dagegengehämmert und geweint.

Statt dessen ging er in sein Zimmer, blieb dort stehen und starrte die Bettgestelle an, das Bettzeug an den Enden zusammengerollt, und die leere Zimmerecke, aus der Sarla die Blechkoffer mit ihren Sachen mitgenommen hatte. Schließlich suchte er zusammen, was er brauchte, und ging über den Hof in das Badezimmer, um zu baden. Dann winkte er dem ihn beobachtenden und wartenden Jungen und teilte ihm mit, daß auch er baden könnte. Es hatte ihn aufgeheitert, daß die Wasserhähne noch funktionierten, das warme Wasser in den Eimer tröpfelte und seiner dahinwelkenden Seele ein wenig Erfrischung spendete. Er ging in die Küche, um nachzusehen, ob er Tee machen könnte. Natürlich war nichts da. Es sah Sarla nicht ähnlich, großzügig irgend etwas zurückzulassen. Der Zustand der Vernachlässigung hier war nur ein Abbild ihrer vernachlässigten Ehe, vielleicht auch ihrer selbst. Er würde den Jungen in den Basar mitnehmen müssen zum Essen.

Am nächsten Tag kam ein Brief:

»Seit wir uns das letzte Mal sahen, sind viele Probleme aufgetaucht und haben mein Leben unerträglich gemacht. Meine Augen haben sehr gelitten unter der Anstrengung während der Aufnahmen. Der Arzt hat mir gesagt, daß Ruhe allein nicht helfen wird und eine Staroperation dringend erforderlich ist. Keine Mittel für eine solche verfügbar. Bitte organisieren Sie meine Aufnahme in das Regierungshospital für Augen-, Ohren- und Nasenleiden und suchen Sie bei Ihrem College darum an, die Rechnungen für die Operation zu übernehmen. Andernfalls könnte ich mein Augenlicht und meinen Beruf verlieren. Arbeit völlig zum Stillstand gekommen –«

Das College schien so verlassen wie sein Zuhause. Er wanderte die Gänge auf und ab auf der Suche nach einem Hausmeister, der ihm das Zimmer des Lehrpersonals aufschlösse. Er hatte mit seinen Kollegen verabredet, daß sie ihm die Prüfungsarbeiten dort hinterließen, damit er sie korrigieren konnte. Es waren nur noch wenige Wochen, ehe die Zeugnisliste eingesandt werden mußte, und das Büro wieder öffnete für die Aufnahmen zum neuen akademischen Jahr. In diesen paar Wochen mußte sich Deven ziemlich anstrengen, um seine lange vernachlässigten und beinahe vergessenen Pflichten nachzuholen, und außerdem diese katastrophalen, chaotischen Tonbänder in Ordnung zu bringen. Mit Pintus Hilfe. Mit Siddiquis Hilfe.

Nachdem er mit dem Hausmeister vereinbart hatte, daß er das Lehrerzimmer an den Vormittagen für ihn offen ließ, damit er dort arbeiten könnte, holte er Siddiqui mit einer Fahrrad-Rikscha, um ihm und Pintu mit den Tonbändern behilflich zu sein, die jetzt auf dem Tisch in der Mitte des kahlen Raumes lagen, an dem für gewöhnlich die Vortragenden mit ihrem Tee, ihren Zigaretten und Büchern saßen.

Nun lag das ganze Zubehör des Tonbandgerätes darauf verstreut, die Prüfungsarbeiten an ein Ende geschoben, aus dem Weg geräumt. Siddiqui sah mit spöttischer Miene zu, während Deven und Pintu sich damit abmühten, das Gerät aufzustellen und die Bänder abzuspielen. Jetzt zeigte Pintu das Ausmaß seines Könnens; wie Deven vermutet hatte, war es nicht der Rede wert. Siddiqui, mit einem matten Lächeln, tat so, als wollte er helfen, tatsächlich aber verstand er nichts von technischen Dingen. Er schien nicht sehr neugierig zu sein, das Ergebnis von Devens langen Mühen in Delhi zu hören, sondern war merkwürdig geistesabwesend geworden. Es beunruhigte Deven, daß er keine Reaktion auf das offensichtliche Fehlschlagen des Unternehmens zeigte. Deven wurde klar, daß er gänzlich allein stand, daß niemand Hilfe oder eine Lösung anbieten würde; er würde die Angelegenheit selbst in Ordnung bringen müssen oder aus dem College hinausgeworfen werden wegen Vortäuschung falscher Tatsachen, Mißbrauch von College-Geldern, Unterschlagung, Betrug und Unfähigkeit.

Es kam Hilfe – *wieso* kam sie, nur um ihn wieder aufleben zu lassen und noch tiefer ins Unheil zu führen? – in Gestalt eines Mondgesichts, das an dem mit einer Grauschicht überzogenen Fenster des Lehrerzimmers auftauchte. Es war das neugierige Gesicht eines seiner Studenten, eines Jungen, der um das College gestrichen war, um nachzusehen, wann die Zeugnisliste ausgehängt würde; da er Deven täglich hatte im Lehrerzimmer aus- und eingehen sehen, hoffte er, seine Noten im voraus zu erfahren.

Deven war zu sehr mit sich beschäftigt gewesen, um ihn zu bemerken, aber jetzt wagte sich der Junge so weit vor, ins Fenster hineinzuschauen und sich dann bei der Tür hereinzudrücken und schließlich hereinzukommen und sich an den Tisch zu stellen, um genau zu sehen, was da vorging. Und das war zufällig ganz nach seinem Geschmack: Dhanu war technisch begabt und studierte in einem Fernkurs Radio-Technologie. Er beobachtete das stümperhafte und wirkungslose Vorgehen mit einer Aufgeschlossenheit, die Deven ihm nicht zugetraut hätte, und schien alles genau zu begreifen, ohne daß man es ihm sagte. »Sir, wir brauchen ein zweites Aufnahmegerät. Ich habe eines zu Hause, ich kann es herbringen, wenn Sie wollen. Dann müssen wir alle Stellen, die Sie beibehalten wollen, auf ein Hauptband überspielen und dieses ganze – ganze ... na ja – rausschneiden.« Er machte eine wegwerfende Handbewegung, krempelte dann seine Ärmel hoch und fing an, Pintu zu helfen. Obendrein war er auch noch mit einer Gruppe von Studenten befreundet, die seine Interessen teilten. Mit Devens Erlaubnis ließ er sie holen. Sie hatten sich alle gelangweilt und nichts zu tun, da das College noch geschlossen war, und kamen bereitwillig in der Hoffnung auf Abwechslung und Unterhaltung. Siddiqui, der das mit einiger Erleichterung beobachtete, entschwand mit einem schwachen, entschuldigenden Lächeln und tauchte nicht wieder auf; er zog es ganz offensichtlich vor, nichts mehr zu tun zu haben mit einer Angelegenheit, in der er wohl bereute, eine beschleunigende Rolle gespielt zu haben. Auch Pintu zog sich in die Kantine zurück, nachdem er sich zuerst von Deven Geld für kalte Getränke und Zigaretten hatte geben lassen.

Deven blieb in dem gruftähnlichen Lehrerzimmer, sah den Jungen mit wachsendem Staunen und einer Dankbarkeit zu, die ihn beinahe schmerzte und die er zurückhalten und in aller Stille hegen mußte.

Er durfte jedoch nicht gänzlich untätig bleiben. Es lag noch immer in seiner Verantwortung, für die Jungen ein Hauptband zu kaufen, und dafür mußte er zur Bank gehen und seine letzten Ersparnisse abheben, in der Hoffnung, daß Sarla es nicht sofort bemerken würde. Doch selbst damit konnten die Jungen nicht sehr viel tun, um die Dinge zu verbessern: sie waren Techniker und keine Wundertäter. Obwohl sie mit einigem Erfolg die Oberflächengeräusche herausfiltern konnten, das Krachen und Geraschel im Hintergrund, das so oft die Stimme im Vordergrund überschwemmte, hieß das noch lange nicht, daß Deven ein Band mit Nurs Rezitation oder seinen

Erinnerungen blieb, das von wissenschaftlichem oder gar allgemeinem Interesse hätte sein können. Lyrikkenner wie Siddiqui mochten genügend Interesse aufbringen, um sich mit gespitzten Ohren neben den Lautsprecher zu hocken und sich anzustrengen, Nurs schlecht aufgenommene Stimme zu hören, die zerstreut die Wege und Pfade seines schwachen und versagenden Gedächtnisses entlangwanderte; sie könnten sich für seine Keats- und Shelley-Zitate interessieren, für seine Meinung über zeitgenössische Urdu-Dichter oder seine Reminiszenzen an die Basare rund um Jama Masjid, aber es war kaum etwas, das man Studenten der Urdu-Literatur bieten konnte. Das Flickwerk, das die Jungen aus den Bändern machten, indem sie einen Auszug aus einem Band aufnahmen und ihn an ein inhaltlich überhaupt nicht dazu passendes Stück eines anderen Bandes anschlossen, gänzlich willkürlich und phantastisch, ergab eine bizarre Mischung des Ganzen, die von einem wissenschaftlichen Gesichtspunkt betrachtet völlig unbrauchbar war.

Schließlich hielt man es für vorführungsreif und Siddiqui wurde eingeladen, sich das fertige Tonband anzuhören – die Unzahl der Bänder war endlich auf ein einziges reduziert – am Tag bevor das College für die Neuaufnahmen die Tore öffnete. Er schien gänzlich abgeneigt zu kommen, aber Deven schickte Dhanu in einer Rikscha, ihn abzuholen. »Sag ihm, ich erwarte ihn im Lehrerzimmer. Sag ihm, ich habe Tee für ihn bestellt – für uns alle.«

Er wurde geholt und auf ein Sofa an der Wand gesetzt, mit einer Teetasse auf dem Knie, er schaute ein wenig gelangweilt, lächelte belustigt über die Jungen, die herumalberten, lachten, sich gegenseitig auf den Rücken klopften, hochzufrieden mit ihrer Arbeit. Deven, der ihm gegenüber auf einem geradlehnigen Stuhl neben dem Lautsprecher saß, beobachtete seinen Gesichtsausdruck, um zu sehen, wie er reagierte.

»Was halten Sie davon, Sir?« fragte Dhanu, als das Band zu Ende war und sich lautlos weiterdrehte, weil Deven die Sprache verloren zu haben schien. »Was halten Sie von der Aufnahme?«
»Entzückend«, sagte Siddiqui lächelnd und erhob sich von dem Sofa. »Entzückend ...« wiederholte er, drehte sich auf dem Absatz um und ging rasch aus dem Zimmer. Von dem aufgeregten Deven auf dem Gang draußen eingeholt, sagte er leise: »Deven, ist das *alles*?«
Deven biß sich auf die Lippen. »Alles, was übrig ist, nach dem Schneiden und Redigieren.«
Als er den enttäuschten Ausdruck in Siddiquis Gesicht sah, fügte er hinzu: »Natürlich schreibe ich auch etwas – ich stelle meine Aufzeichnungen zusammen – genug für einen Artikel oder vielleicht eine Monographie. Ja, ich glaube, es wird eine Monographie – die wird die College-Druckerei vielleicht gerne drucken wollen, vielleicht wird die Urdu-Abteilung –«
»Deven, die Mittel sind für eine Tonbandaufnahme, nicht für eine Monographie bewilligt worden«, erinnerte ihn Siddiqui mit einiger Strenge, und Deven verstummte und stand stramm bei dieser Zurechtweisung. Siddiqui hatte seine distanzierte Haltung verloren und sah nun ebenfalls ganz aufgeregt aus. Deven kam der Gedanke, daß er sich wahrscheinlich verantwortlich fühlte. Es schien Siddiqui schwerzufallen, die richtigen Worte zu finden, um seine Empfindungen auszudrücken, und er ging mit gesenktem Kopf den Gang hinunter. »Hmmm«, war alles, was Deven ihn sagen hörte. »Hmm, es wird schwierig sein. Am Tag, bevor das College wieder beginnt, tritt der Vorstand zusammen. Wenn die es hören wollen, was werden sie sich denken?«
Deven stand noch oben an der Treppe und sah ihm nach, wie er das leere Spielfeld überquerte in der weißen Sonnenglut, als Pintu neben ihm auftauchte, die Ärmel seines

weißen Nylonhemds mit der rosa Rose und den grünen Ranken herunterrollte, das er jeden Tag in Mirpore getragen hatte.

»Ich will mein Geld«, murmelte er Deven zu mit einem warnenden Aufblitzen seiner gelblichen Augen. »Ich will mein Rückfahrgeld nach Delhi. Ich bin mit meiner Arbeit fertig.«

Deven nahm das Geld, das er noch in der Tasche hatte, und gab es ihm, ging dann zurück ins Lehrerzimmer, um das Tonband und das Aufnahmegerät in den Schrank einzuschließen. Während er zusammenräumte, benommen und mit mechanischen Bewegungen, hörte er jemanden hereinkommen, und als er sich umdrehte, sah er, daß es die Jungen waren, die ihm geholfen hatten, Dhanu und seine Freunde. Er sah sie fragend an, zu abgespannt und müde, um zu lächeln.

Sie lächelten ihn trotzdem dreist an. Sie standen in einer Reihe an der Tür, als wollten sie einen Fluchtweg abriegeln. »Sir«, sagte endlich einer von ihnen. »Sir, es heißt, daß die Zeugnisliste morgen ausgehängt wird.«

»Ja?«

»Sir, Sie benoten unsere Hindi-Prüfungsarbeiten, Sir. Was haben wir für Noten, Sir?« fragten sie im Chor, kicherten ein bißchen und stießen sich gegenseitig an.

Deven lehnte sich abwehrend an den Schrank. Er blickte von einem zum anderen, die Lippen zusammengepreßt, und spürte, wie sich Speichel in seinen Mundwinkeln sammelte. »Ihr werdet sie morgen sehen«, sagte er.

»Bitte, Sir, Sie müssen uns allen Einser geben, Sir«, riefen sie.

»Ja, Sir, Sondernoten dafür, daß wir Ihre Tonbänder in Ordnung gebracht haben, Sir!« rief einer kühn.

»Niemand sonst in Mirpore hätte diese Arbeit für Sie tun können, Sir«, sagte der dicke Junge, der am wenigsten gearbeitet, aber die meisten Zigaretten geraucht und die meisten Flaschen Sprudel getrunken hatte. »Wir sind die einzigen gelernten Techniker hier.«

»Wie habt ihr denn das gelernt?« fragte Deven mit trockenen Lippen. »Wenn ihr hier eure Vorlesungen hören sollt. Eure Anwesenheit war nicht sehr zufriedenstellend. Seid ihr woandershin zum Unterricht gegangen?«

»Sir, bitte, Sir«, riefen sie, »warum sollten wir unsere Zeit damit verschwenden, Hindi zu lernen, wenn wir nützliche Fähigkeiten erwerben können, die uns helfen, eine Anstellung zu finden?« Sie schienen irgendeine primitive Reklame aus der Zeitung nachzuplappern, oder irgendwen, den sie darüber hatten reden hören; er war sicher, daß sie sich überhaupt keine Sorgen wegen einer Anstellung machten. Aber einer von ihnen fügte dreist hinzu: »Hindi hilft einem nichts, um eine Anstellung zu finden.«

»Warum habt ihr es dann gewählt?« fragte Deven.

»Wegen eines Abschlusses. Wir brauchen einen regulären Studienabschluß, Sir«, erklärten sie ihm schlicht.

»Sie müssen uns eine Eins geben, Sir. Morgen kommen wir nachsehen, wie unsere Zeugnisse sind. Sie müssen unsere Namen ganz oben auf die Liste stellen, Sir.«

Sie sagten nicht »bitte«, sie baten nicht; die Worte wurden mit einem drohenden Unterton gesprochen. Aber unerwarteterweise schlurften sie aus dem Zimmer, nachdem sie das gesagt hatten, und trollten sich den Gang entlang, brüllten vor Lachen, als sie sich entfernten. Deven war nicht sicher, ob er es wirklich hörte oder sich nur einbildete, daß der dicke Junge, den Radau übertönend, sagte: »Den bringen wir schon dazu, dafür zu zahlen. Der kann ja gar nicht anders.«

Als er nach Hause kam, fand er wieder einen Brief vor:

»Keine Antwort auf mein Ersuchen um medizinische Beihilfe beschleunigt meinen frühen Tod. Familie sehr besorgt. Mein Sohn wird vaterlos zurückbleiben. Seiner Mutter ist es ernst. Es ist notwendig, für die Zukunft des Jungen vorzusorgen, ehe ich fortgehe in meine himmlische Zuflucht. Das Mirpore College sollte für das Kind eine Ausbildung stiften in Anerkennung der Arbeit, die ich für dasselbe geleistet habe. Das ist die mindeste Bezahlung, die ich für die Aufnahme und das Rezitieren von Dichtungen verlange. Bitte Vorkehrungen treffen, um dem einzigen männlichen Nachkommen des Dichters alle Möglichkeiten zu bieten –«

Er saß die ganze Nacht auf, ein nasses Handtuch um den Kopf gewickelt, und korrigierte die Prüfungsarbeiten. Es war totenstill, der Raum im Hof schien leblos. Nur eine Grille schrillte ununterbrochen in der Küche, schrillte unentwegt. Er arbeitete, dankbar dafür, allein im Haus zu sein, da Pintu weg und Sarla noch nicht zurück war. Außerdem war er erleichtert, Nurs Tonbänder aus dem Weg zu haben, wo er sie nicht sah oder, wenigstens in dieser Nacht, nicht an sie denken mußte. Er hatte noch nicht die Kraft gefunden, sich mit ihnen auseinanderzusetzen. Als er aufstand, um zu Bett zu gehen, taumelte er. Dann lag er da und wünschte, er könnte den Rest seines Lebens in diesem nahezu bewußtlosen Zustand verbringen. Er hoffte, er würde sein früheres Leben der Nicht-Ereignisse, des Nicht-Geschehens wieder aufnehmen, leer und hoffnungslos, sicher und erträglich. Das war das einzige Leben, für das er geschaffen war, obwohl Leben vielleicht nicht die richtige Bezeichnung war. Er brauchte eine, die grauer, neutraler, schattiger war. Er sichtete die Alternativen, als wären es zerfetzte Stücke grauen Papiers, ließ sie leise raschelnd auf den Grund seines Bewußtseins flattern und ihn in Schlaf begraben.

Am Morgen trug er die Zeugnislisten hinüber ins College. Viele Studenten trieben sich da vor den Toren herum: sie wurden nicht eingelassen, sie mußten auf die Ergebnisse bis um zwei Uhr nachmittags warten. Deven vermied es, in ihre Gesichter zu schauen, aber als er sich an ihnen vorbeidrückte, hörte er jemanden zischeln: »Ssst, Sharma Sahib, haben Sie es getan?«

»Sitzung im Lehrerzimmer«, sagte der Hausmeister zu Deven und öffnete das Tor, um ihn hineinzulassen.

Die Sitzung war bereits im Gange. Deven ging hinein und hockte sich hinten auf einen Stuhl, hielt seine Zeugnisliste auf den Knien und hörte dem Klicken des elektrischen Ventilators über seinem Kopf zu, nicht den eintönig redenden Stimmen. Er wußte, sie sagten nur, was sie jedes Jahr sagten – wie das Niveau sank, daß man nicht zulassen dürfte, daß es noch weiter absänke, daß man alle Anstrengungen machen müßte, um die Anwesenheitsquoten der Studenten zu verbessern, daß mangelnde Festigkeit in dieser Angelegenheit des Vorlesungsbesuches zu schlechten Leistungen bei Prüfungen führte, was der Lehrkörper dagegen tun könnte, tun sollte und tun müßte …

Nachher gab er die Zeugnisliste ab, damit sie am Anschlagbrett ausgehängt werden konnte. Dann stand er da und wußte nicht recht, was er als nächstes tun sollte. Er mußte etwas tun, um zu vermeiden, daß er zum Schrank hinginge und das Tonband vor sich hätte. Während er noch nach einer Rettung Ausschau hielt, schlenderte sein Kollege Jayadev heran und forderte ihn auf, mit in die Kantine zu kommen auf eine Tasse Tee. Deven nahm die Aufforderung an, und fand sich an dem Metall-Tisch Jayadev gegenüber, den er überhaupt nicht mochte: er war ein schlanker und rastloser Geselle mit schmalen Hüften und Schultern, die seinen Bewegungen etwas Reptilhaftes verliehen, als schlängle er sich ständig irgendwo hindurch.

Jayadev schien Devens Feindseligkeit oder Unbehagen

nicht zu ahnen. Er lächelte ihn gutgelaunt an, einer seiner Schneidezähne hatte eine Goldkrone und glänzte.
»Warum sehen Sie so krank aus, Deven-Bhai? Hatten Sie keine schönen Ferien?« fragte er und bot ihm eine Zigarette an.
Deven nahm die Zigarette, schüttelte den Kopf. »Nein, ich habe ganz durchgearbeitet.«
»Warum das? Hat es Ihnen eine Beförderung eingebracht?«
Deven lachte bitter auf. »Beförderung?« sagte er. »Ich werde wohl meine Entlassung bekommen. Für meinen Fleiß – meine Entlassung.«
Jayadev schnalzte beruhigend mit der Zunge. »Aber was reden Sie denn da. Entlassung? Nicht doch, dazu sind Sie zu gut, zu fleißig und zu gewissenhaft –«
»Aber mein Fleiß, meine Arbeit führt nirgendwohin, zu nichts, gar nichts.«
»Nein, nein, Bhai, sagen Sie das nicht. Sehen Sie mal, was ich mit der Post bekam«, sagte Jayadev und angelte eine Postkarte aus seiner Hemdtasche und reichte sie Deven, der sie mit einem ratlosen Stirnrunzeln betrachtete. Auf der Karte war das bunte Bild einer Mickymausfigur, die in einer rotweißgestreiften Bude Popcorn verkaufte, rotbakkige Kinder in beschrifteten T-Shirts standen um sie herum und aßen Popcorn aus Riesentüten. Im Hintergrund ragte ein Riesenrad in einem Vergnügungspark auf. Deven reichte sie Jayadev zurück und fragte: »Was ist das?«
»Eine Postkarte, Bhai, von meinem Freund aus Amerika. Haben Sie einen Burschen namens Vijay Sud gekannt, der vor zwei Jahren noch in Mirpore war? Er ist nach Indiana gegangen, unterrichtet in einem Provinz-College, verdient ein dickes Gehalt, hat ein großes Haus, es geht ihm blendend. Hören Sie, was er schreibt –« Jayadev drehte die Karte um und las die erfreuliche Nachricht auf der anderen Seite vor.

Deven unterbrach ihn mit einer knappen Handbewegung. Es interessierte ihn nicht, was für ein Auto der Mann gekauft hatte oder durch welche Staaten er während der Ferien gefahren war. »Was unterrichtet er dort?«
»Biochemie – das war Suds Fach. Er ist mit einem Stipendium nach Indiana gegangen, um dort zu studieren, und dann hat man ihm einen Posten angeboten. Warum sollen wir das nicht auch machen? Warum sollen wir nicht weggehen von diesem Mistkübel Mirpore und nach Amerika gehen, wo die Frauen groß und weiß und blond sind ...«
»Und was wollen Sie denen dort beibringen – Hindi?« unterbrach ihn Deven ungeduldig. Er drückte die Zigarette in der Untertasse aus. »Was sollen Ihre Träume? Amerika! Wollen Sie dort einen Posten als *Hindi*-Lehrer?«
Jayadev errötete, verletzt und verärgert. Er hatte sich bemüht, einen mutlosen Kollegen aufzumuntern, und der zeigte ihm schroff die kalte Schulter und brachte ihn dazu, selbst den Mut zu verlieren. Er gab zu: »Wir sind in der falschen Abteilung. Wir haben das falsche Fach gewählt. Wir hätten Physik, Chemie, Mikrobiologie oder Computer-Technologie nehmen sollen – etwas Naturwissenschaftliches, etwas Amerikanisches. Dann hätten wir eine Zukunft gehabt.«
Deven warf ihm einen mitleidigen Blick zu. »Wir haben keine Zukunft. Es gibt keine Zukunft. Es gibt nur die Vergangenheit.«
Jayadev verzog das Gesicht. »Was soll all dieses Vergangenheitsgerede? Ich habe die Nase voll davon. Es ist das einzige, was wir in diesem Land kennen. Die Geschichte lehrt uns die glorreiche Vergangenheit unseres uralten Landes; Hindi- und Sanskrit-Lehrer lehren uns die glorreiche Literatur der Vergangenheit. Ich habe restlos genug davon. Was ist mit der Zukunft?« brummte er.
Er erhob keinen Einwand, als Deven aufstand, um zu ge-

hen. An der Türe wurde Deven von einer Gruppe ihm bekannter Jungen aufgehalten, die ihn mißtrauisch und mit drohenden Blicken ansahen. Ungestüm fegte er an ihnen vorbei.

Als er die Verandatür aufstieß, sah er auf dem ungekehrten Fußboden zwei Briefe liegen, die der Briefträger hineingeworfen hatte. Er erkannte Sarlas Handschrift auf dem einen und warf ihn auf den Tisch, dann öffnete er den anderen mit der ihm vertrauteren, unwiderstehlicheren Handschrift. In dem Briefumschlag fand er zwei Blätter. Eines trug die sorgfältige, regelmäßige Schrift, die er kannte und fürchtete. Das andere war ein Stück fettiges gelbes Papier. Als er es auseinanderfaltete, sah er, daß es eine Rechnung über fünfhundert Rupien war: »Miete für Zimmer« stand darauf, mit Angabe der Daten, während welcher sie das Zimmer im obersten Stockwerk des rosa Hauses benützt hatten, er und Nur und das Tonbandgerät. Er ließ sich in seinen Korbstuhl nieder, um den Begleitbrief zu lesen.

»Safiya Begum bat mich, die beiliegende Rechnung zu schicken«, schrieb Nur, »zur sofortigen Bezahlung. Es war ein Entgegenkommen für sie, daß die Miete nicht im voraus kassiert wurde, wie es üblich ist. Bitte sorgen Sie für die Bezahlung.«

Sarla war noch nicht zurückgekehrt. Das College hatte noch nicht wieder geöffnet. Noch war Zeit, noch einmal nach Delhi zu fahren. Ein letztes Mal. Dann würde er nie wieder hinfahren.

»Kaltes Wasser, zehn *Paisa*«, rief der Wasserverkäufer am Autobusbahnhof mit gellender Stimme und schob seinen fahrbaren Wasserbehälter an der Schlange der auf den Delhi-Bus Wartenden auf und ab. Als er Deven zögernd aus der Reihe heraustreten sah, machte er halt und sagte aufmunternd: »Bei dieser Hitze auszugehen, kann zu einem Hitzschlag führen, Sahib. Füllen Sie sich mit kaltem Wasser an, zehn *Paisa* der Becher.« Deven langte nach einem der Gläser und hielt es unter den metallenen Hahn. Würde es ihm helfen, diese Reise zu überstehen?

Es waren die letzten zwei Wochen, bevor der Monsun in Delhi einsetzte. Die ganze Ebene rundum war ausgedörrt von Monaten einer verheerenden Hitze. Nichts war mehr dort zu sehen als schwefelgelber Staub, der weiße Himmel, gelegentlich das Glitzern einer Weißblechplatte. Keine streunenden Hunde, keine Geier, nicht einmal Krähen waren zu sehen. Büsche und Gras, alles schien abgestorben; das Land war kahl oder verhüllt. Der Bus ratterte durch die Wüstenei, als brächte er Leichen irgendwohin zum Abladen.

Doch in Delhi kochte der Teebudenbesitzer trotzdem seine Kannen Tee, rief den staubbedeckten Reisenden ebenso freundlich zu, wie er es in angenehmerer Jahreszeit getan hatte. Jetzt wandten sich alle von ihm ab und strebten der Bude mit den kalten Getränken zu, wählten zwischen roten und orangenen Limonaden. Deven hielt sich deswegen nicht auf, sondern winkte einer Moped-Rikscha und verlangte, zum Kaschmir Tor hineingebracht zu werden. Der sengende Wind, der durch das offene Fahrzeug blies, fühlte sich an, als wollte er ihn in Asche verwandeln. Eine Hand über Mund und Nase haltend, um den Staub abzuwehren, und mit der anderen die dunkle Brille festklammernd, gelangte er in die ummauerte Stadt und hielt vor Murads Büro.

Die Dunkelheit oben war eine Erleichterung, wie ein Verband auf die ihm von der Hitze draußen zugefügten Wunden. Murad und der alte Drucker, mit dem er anscheinend einen Kasten Zeitungspapier aussortierte, waren beiden erschrocken über sein Erscheinen in der Tür.

»Hat die Sonne dich um den Verstand gebracht?« fragte Murad grob.
»Bitte, trinken Sie doch ein Glas Wasser«, sagte der Drucker höflich.
Deven setzte sich und nahm ein Glas Wasser, das der kleine Schlingel brachte, der noch immer auf dem Balkon Bündel von Zeitschriften zusammenschnürte.
»Die Zeitschrift ist noch nicht draußen – du hast deinen Artikel so spät eingeschickt – das hat alles aufgehalten. Du kannst nicht erwarten, daß sie vor dem fünfzehnten herauskommt«, sagte Murad laut.
Deven stellte das Glas hin, wischte sich den Mund ab und nahm dann den gelben Zettel heraus und hielt ihn Murad hin.
»Was ist das?« fragte Murad mißtrauisch und weigerte sich, ihn zu nehmen.
»Noch eine Rechnung –«
»Hör mal«, schrie Murad angriffslustig. »Jetzt komm mir nicht wieder auf die Tour. Ich habe bereits jeden *Paisa*, den ich meiner Mutter herauslocken konnte, für deinen verdammten Dichter ausgegeben –«
»Murad, *du* bist es gewesen, der mich zu ihm geschickt hat, *du*.« Devens Stimme zitterte, als er das sagte. Das veranlaßte die anderen, ihn verwundert anzustarren. Er krümmte sich in seinem Stuhl, die Arme um den Leib geschlungen, als wollte er seinen Kummer mit aller Gewalt am Überfließen hindern. Wäre er eine alte Frau gewesen, er hätte sich wehklagend gewiegt.
Nach einem Augenblick des Nachdenkens sagte Murad: »Ja, aber was hat es *dich* gekostet? Ich bin derjenige, der für alles gezahlt hat – der all die Rumflaschen gekauft hat, Essen holen ließ für ein Zimmer voller Müßiggänger und Nichtsnutze, eine Woche nach der anderen. Zu guter Letzt ist sogar meine fromme Mutter mißtrauisch geworden und wollte wissen, warum ich so viel Geld brauche.

Soweit ist sie bereit, Nachsicht zu üben – aber nicht länger. Nicht länger, sag ich dir, also halt mir nicht dieses dreckige Stück Papier hin – nimm es weg, nimm es wieder mit nach Mirpore und zeig es deinem Bankmanager.«

Der alte Drucker stand da und blinzelte einmal Murad an und dann wieder Deven, ängstlich, wie eine Eule bei Tageslicht.

»Schau, Murad«, bat Deven und beugte sich in seinem Stuhl vor. »Ich habe nicht vor, dich darum zu bitten, weitere Rechnungen zu zahlen. Ich bitte dich nur um einen Vorschuß auf das Honorar für meinen Artikel, den ich dir geschickt habe. Schließlich hast du ihn ja bereits –«

»Was?« brüllte Murad ungehalten. »Diese zwei, drei Blätter, die du mir geschickt hast? Glaubst du, die sind das wert – sind *fünfhundert* Rupien wert?« Er fuchtelte mit der Faust über der Rechnung herum, die Deven vor ihn auf den Tisch gelegt hatte. Murads Lippen waren mit Speicheltropfen bedeckt, hatten sich lila verfärbt, so wütend war er.

»Ich habe dich nie gefragt, wieviel du mir zahlen würdest«, sagte Deven traurig und niedergeschlagen. »Ich habe die Arbeit nur übernommen, weil sie mich interessierte.«

»Genau!« fiel ihm Murad ins Wort. »Es war eine Ehre – du hast gesagt, es sei eine Ehre – etwas, was du dir nie hättest träumen lassen, daß es dir je im Leben passieren könnte – zu Nur zu gehen, mit ihm zu reden. Du hattest das ganze Vergnügen und die ganze Ehre – und jetzt willst du obendrein noch dafür bezahlt werden?«

Der Drucker schnalzte mißbilligend mit der Zunge. Deven sah ihn flehend an, spürte sein Mitgefühl. »Werden nicht alle Mitarbeiter bezahlt?« fragte er ihn verzweifelt. »Warum soll ich nicht für meinen Beitrag bezahlt werden?«

»Ja, Murad Sahib, er hat recht, es ist nur fair, gleiche Behandlung für alle ...« nahm der alte Mann für ihn Partei, und sein Kopf wackelte nervös beim Sprechen.
Da er in der Minderheit war, marschierte Murad in einen entfernten Winkel des Raumes. Von dort drohte er Deven mit der Faust und schrie: »Gut, du wirst bezahlt werden. Aber erst, wenn der Artikel erscheint – wie es üblich ist; alle meine Mitarbeiter werden *nach* der Veröffentlichung bezahlt, nicht vorher. Ich muß alle gleich behandeln. Und glaub nicht, glaub ja nicht«, er hob drohend die Stimme, »daß ich dir diese Summe bezahle. Das ist *zehnmal* soviel, wie ich für ein zwei Seiten langes Interview bezahle! Du bist nur der Interviewer, Deven, nicht der Dichter.«
Devens Kopf sank so tief, daß er mit der Stirn die Platte des Tisches vor sich berührte. Er saß ganz still, starrte den hölzernen Rand an, wartete darauf, daß seine kompakte Dunkelheit in seinen Kopf eindringe und ihn gleichfalls in schwarzes Holz verwandle.
Jetzt stürzten alle zu ihm hin und waren eifrig um ihn bemüht. Der alte Drucker klopfte ihm auf den Rücken und fühlte seinen Puls. Der Junge wurde geschickt, noch ein Glas Wasser zu holen. Sogar Murad stand dicht neben ihm – Deven sah seine Schuhspitzen vor seinem Stuhl. Das Glas Wasser kam. Der Drucker hielt es ihm an die Lippen und sagte – »Oh, diese Hitze – wie lange wird sie noch dauern? Der Monsun kommt mit Verspätung. Wie sollen wir das ertragen. Er ist zu viel. Hätte nicht kommen sollen in dieser Hitze, hätte nicht aus dem Haus gehen sollen ...«
Deven wischte sich den Mund ab und stellte das Glas hin. Dann stand er auf. Schließlich blieb ihm ja nichts anderes übrig. Merkwürdigerweise hatte die Gewißheit, daß er von Murad keine Hilfe mehr erwarten konnte, eine beruhigende Wirkung auf ihn. Vielleicht, wenn alle sich von

ihm gelöst hatten und er vollkommen allein war, würde er beginnen, sich selbst und seine eigene Kraft zu finden.
Murad eilte hinter ihm her und packte ihn draußen auf dem Treppenabsatz am Arm: »Schau, Deven, ich weiß, du hast Probleme. Du bist in Schulden geraten. Du hast dich von der ganzen Sache hinreißen lassen, du hast ganz einfach die Kontrolle darüber verloren, läßt dich von allen schikanieren und übers Ohr hauen, und jetzt kannst du die Rechnungen nicht bezahlen –«
Deven schwankte ein wenig auf dem Treppenabsatz, sagte aber nichts. Murad fuhr fort: »Ich will dir was sagen. Das Tonband, von dem du erzählt hast, das du gemacht hast – das fertige, das gereinigte – gib mir das. Gib mir die Rechte dafür, die ausschließlichen Rechte. Laß mich versuchen, es an His Masters Voice oder Polydor zu verkaufen. Dann werde ich deine Schulden bezahlen, die Hotelrechnung, werde Nur bezahlen, seine Frau bezahlen, alle. Gegen die ausschließlichen Rechte.« Er hatte seine Hand an Devens Hemdbrust und schüttelte ihn leicht, um ihm die richtige Antwort auf seine glänzende Idee zu entlocken. »Verstehst du?« sagte er.
Deven hob beide Hände und schob ihn so weit zurück, wie er konnte auf dem kleinen Treppenabsatz, bis er mit dem Rücken an der Wand stand. »Das kann ich nicht tun«, zischte er, »es ist Eigentum des College. Das College hat die Mittel für das Tonbandgerät, die Bänder, die Aufnahme aufgebracht. Es gehört dem *College.*«
»Ach?« sagte Murad, richtete sich in seiner Ecke auf und stieß Devens Hände weg. »Dann laß dir auch von deinem College die Rechnungen zahlen.«
Deven ging die hölzerne Treppe mit so festen Schritten hinunter, wie er konnte, obwohl ihm die Knie leicht zitterten. Murads Niedertracht erfüllte ihn mit eisernem Widerstand, und er fühlte sich fest und aufrecht. Als er unten angekommen war, hörte er Murad über das Trep-

pengeländer rufen: »Zum letzten Mal biete ich dir meine Hilfe an – zum letzten Mal – sämtliche Rechte! Nur sämtliche Rechte!«
Ohne sich umzublicken, ging Deven zum Ausgang.

An diesem Tag betrug die Temperatur fünfundvierzig Grad. Die *Neem*-Bäume an den Straßen ließen welk die Blätter hängen, erschöpft, unter einer dicken Staubschicht. Die Pferde zwischen den Deichseln der alten *Tongas* standen da mit weit gespreizten Beinen, die Hälse hingen schwankend zwischen ihren Knien. Selbst die Fliegen, die auf ihren Nüstern und Flanken saßen, hatten aufgehört zu summen und herumzukrabbeln und schienen mit Kleister angeklebt zu sein. Der Verkehr auf den Straßen bewegte sich weiter, der motorisierte und der Fahrradverkehr, aber so, als wollte er irgendwohin, um dort zu sterben. Deven bewegte sich langsam hindurch wie ein Schwimmer in unbekanntem Gewässer, blieb oft im Schatten eines Baumes oder eines Gebäudes stehen, trank manchmal ein Glas Wasser an einer der vielen von Menschenfreunden aufgestellten Trinkwasserbuden. Er hatte sein Taschentuch in eine Kopfbedeckung verwandelt, indem er an allen vier Ecken einen Knoten gemacht hatte. Ziellos ging er umher, aber am späten Nachmittag fand er sich in Chandni Chowk wieder, stand mit leerem Blick vor den Schmuck- und Süßigkeiten-Läden, mitten zwischen Einkäufern und Händlern.
Die grüne Mauer des Krankenhauses war über den Obst- und Girlanden-Ständen sichtbar, die einen mit weiß-rosa Stukkatur verzierten Tempel mit einer Tür aus getriebenem Silber flankierten. Es war nur ein paar Minuten zu Fuß bis zu Nurs Haus. Wenn er dorthin ginge, fände er Nur, von seiner langen Nachmittags-Siesta erwachend, fände er seinen jungen Diener, der ihm den Diwan auf der Veranda vorbereitete für den Abend unter seinen Tau-

ben. Er würde zu Nurs Füßen sitzen, seiner Stimme lauschen, wie er seine Verse rezitierte und sein Schicksal beklagte, und dann würde er vielleicht erfahren, ob es all die Mühe wert gewesen war, ob irgend etwas von Wert gewonnen worden war.

Worum geht es denn eigentlich, Nur Sahib? würde er fragen. Ach, worum geht es denn?

Aber dann war er doch weitergewandert. Er ging an den Sandsteinmauern des Roten Forts vorüber, die noch immer von der Hitze nachglühten, und über die staubigen Flächen, die sie von der großen Freitags-Moschee trennten. Er ging weiter in Richtung Darya Ganj, dachte daran, vielleicht Rajs Tante zu besuchen: Er hatte ihr Haus verlassen, ohne zu sagen, daß er nicht zurückkommen würde. Er sollte ihr erklären, warum. Sie würde nur lächeln, wenn sie ihn sähe, und nichts sagen. Vielleicht säße sie vor ihren girlandengeschmückten Göttern und schlüge eifrig ihre Zimbeln, während der Schneider sang. Dann würde er sie fragen: Warum? Wozu das alles? Worum geht es denn?

Statt dessen bog er nach rechts ab und betrat einen kleinen Park, wo Königspalmen in strengen Reihen zu beiden Seiten eines Kiesweges aufmarschiert waren und Bänke zwischen Canna-Beeten standen. Alles war auf ruhige Weise geometrisch. Es war noch zu früh, als daß die Stadtbewohner herbeiströmten, um Luft zu schöpfen, und Deven setzte sich auf eine leere Bank. Den Kopf zurückbeugend, stellte er fest, daß er die Kuppel und die Ostmauer der Moschee sehen konnte. Die Sonne stand dahinter, in einer großen, messingnen Feuersbrunst, blendete seine Augen, aber die Form der Kuppel, ihre Linien, hoben sich klar gegen die Hitze und das Licht ab. Die weiße und schwarze Marmorverkleidung des Ost-Tores ergaben ein elegantes kalligraphisches Muster. Der riesige geschwungene Torbogen erhob sich hinauf, der

Kuppel zu, die wie eine ungeheure Blase aufstieg, von der flachen Erde ausgesandt in den staubigen, gelbgrauen Himmel, ein stummes steinernes Ausatmen. Es war vollkommen still, sehr friedlich. Das war in Wahrheit die stumme Antwort auf seine Fragen. Da sie stumm war, konnte er sie nicht hören, aber er spürte, wie sich ihre Form auf seinen Augenlidern abzeichnete, ganz sanft, ganz leicht, wie Fingerspitzen, die sie zum Schlafen herabdrückten. Allmählich verschwand der Himmel, die Sonne und das Licht und die blendende Helle, und die Form wurde klarer und schärfer, bis es nur noch sie gab – kühl, edel und fern.

Wie er so dort saß in der dichter werdenden Dämmerung – ohne der Kinder gewahr zu werden, die auf die Lehne der Bank kletterten und mit Geheul und Gekreisch hinuntersprangen, noch der Frauen, die in zwitschernden Grüppchen unter ihren schwarzen, braunen und weißen Schleiern umhergingen, noch der Familien, die um Transistorradios auf dem Gras saßen mit Papiertüten voller gesalzener *Gram* –, erinnerte sich Deven, reichlich unzusammenhängend, des Gesprächs mit Jayadev in der Kantine, wie sie ihre Naturwissenschaftler-Kollegen beneidet hatten, die die Fachgebiete Mathematik und Geometrie beherrschten, in denen jede Frage ihre Antwort und jedes Problem seine Lösung hat. Wenn man die Kunst, die Dichtung dazu bringen könnte, ihre Antworten vorzulegen, sie nicht nur in sich zu schließen in vollkommenen, makellosen Formen, sondern sie freizugeben und zugänglich zu machen, dann – dachte er, dann –

Aber dann würde die Blase durchstoßen werden und bersten und wäre nicht mehr vollkommen. Und wäre sie nicht vollkommen und beständig, dann wäre alles für nichts gewesen, dann wäre es nichts.

Elftes Kapitel

Das Haus stand offen, als er am nächsten Morgen dorthin zurückkehrte. Sarla war wieder da. In Hockstellung kehrte sie den Boden mit einem langen, weichen Besen. Staubhäufchen lagen rings um sie. Manche enthielten trockene *Neem*-Blätter, andere Federn, und alle waren mit zerrissenen Briefen gemischt. Durch die Tür konnte er ihr Gepäck aufeinandergestapelt sehen, noch nicht ausgepackt.

Sie blickte auf, als er hereinkam. Das Ende ihres Saris hatte sie um Mund und Nase geschlungen, um den Staub abzuhalten, während sie kehrte. Sie zog es mit einem Finger weg, ließ es herabfallen und sah ihn böse an. »Bist also noch immer die ganze Zeit in Delhi?« fragte sie unwirsch.

Er stand sehr still, obwohl er ungeheuer aufgewühlt war und ungeheuer ausgelaugt von einer schlaflosen Nacht, die er am Busbahnhof verbracht hatte. »Warum hast du mir nicht gesagt, daß du heute zurückkommst? Ich wäre zum Bahnhof gekommen, dich abholen.«

»Ich hab ja geschrieben«, fuhr sie ihn an und zeigte auf einen ungeöffneten Brief, der auf dem kleinen Tisch neben seinem Stuhl lag. »Du hast ihn nicht einmal aufgemacht«, warf sie ihm vor und fing wieder an zu kehren.

Er ging ihr nicht aus dem Weg, sondern blieb stehen und sah ihr zu, wie sie auf dem Boden herumkroch und den Staub in kleine Häufchen vor sich zusammenkehrte. Er stellte fest, daß es ihn nicht mehr irritierte, wie sie sich abrackerte, daß ihn die Schäbigkeit ihrer schlaffen, abgetragenen Kleider nicht mehr abstieß oder ihre krumme, verbogene Haltung, ihr unordentliches Haar oder ihr mürrischer Gesichtsausdruck. Das war alles Teil seiner eigenen Erniedrigung. Er überlegte, ob er sie berühren, einen Arm um ihre gebeugten Schultern legen und sie an sich ziehen sollte. Wie sonst konnte er ihr sagen, daß er all ihre Enttäuschung und ihren Schmerz teilte?

Aber er konnte sich nicht dazu entschließen, diesen Schritt zu tun: er würde für immer seine Machtposition ihr gegenüber untergraben haben, eine Position, die für sie ebenso wichtig war wie für ihn. Wenn sie aufhörte, daran zu glauben, was blieb ihr dann zu tun übrig? Wohin würde sie sich wenden? Soviel Trostlosigkeit konnte man nicht zugeben. Daher wandte er sich um und fragte: »Wo ist Manu? Ich sehe ihn nicht. Manu!«

»Er ist zu den Nachbarn gegangen, ihnen seine neuen Kleider zeigen«, sagte Sarla ohne aufzublicken. »Meine Eltern haben ihm neue Kleider geschenkt. Und Schuhe.«

Er nickte, nahm diesen Schlag gegen seinen Stolz und seine Würde als Brotverdiener voll an. Er verdiente ihre Beleidigungen. Sie hatten vollständig recht, ihn zu beleidigen. Wann hatte er das letztemal seinem Sohn etwas gekauft? Und jetzt würde er es selbstverständlich nie wieder tun können – er war ruiniert.

Er setzte sich auf den Korbstuhl und starrte zur offenen Tür hinaus auf das Gartentor, wartete auf Manu. Wenigstens glaubte Sarla, daß er das täte. Sie fühlte sich veranlaßt zu fragen: »Müde? Soll ich dir einen Tee machen?«

Entgegen allem Anschein war sie im Grunde genommen froh, wieder in ihrem eigenen Reich zurück, dort unentbehrlich zu sein, froh darüber, alle dazugehörige Verantwortung wieder zu übernehmen. Bei ihren Eltern hatte ihr das Bewußtsein ihrer eigenen Fähigkeiten und ihrer Stellung gefehlt.

Deven schüttelte nur den Kopf, sagte nichts. Seine Tatenlosigkeit fing an, sie zu irritieren. Sie wollte weiterkommen mit dem Saubermachen des Hauses. Sie stand auf

und holte einen Staubwedel, rief aus der Küche: »Wie konntest du das Haus nur so verdrecken lassen? Warum hast du nicht jemanden zum Saubermachen bestellt?«
Er setzte an, ihr zu erklären, daß er nicht wußte, wo er jemanden fände, aber da hätte er lauter sprechen müssen, und das konnte er nicht; er war viel zu müde. Er verschränkte die Hände ineinander und starrte auf die ungeöffneten Briefe auf dem Tisch neben sich.
Es muß Sarlas Hand gewesen sein, die ihn führte, ferngelenkt, weil der Brief, den er schließlich aufnahm, jedenfalls nicht in Nurs vertrauter Handschrift geschrieben war. Dicht gefaltete Bögen fielen in einem festen Packen heraus. Geöffnet erwiesen sie sich als sehr dünn. Die Schrift darauf war groß, schräg und voller Schnörkel und Verzierungen. Die Worte verliefen ineinander wie eine Welle in die andere, flossen zusammen zu einer ganzen Flut.

»Die Tonbandaufnahme ist kein Geheimnis. Was immer Ihr Grund, sie vor mir zu verbergen, Nur Sahib konnte sie nicht vor mir verbergen. Hat man mich als unfähig betrachtet, die Notwendigkeit zu verstehen, Nur Sahibs Stimme für die Nachwelt aufzuzeichnen? Hat man Safiya Begum als weiser und fähiger betrachtet, ihres höheren Alters wegen und der längeren Jahre, die sie mit ihm verbrachte? Lieber Freund, ich erlaube mir, Ihnen vorzuhalten, daß Sie meine Intelligenz beleidigt haben mit Ihrer Täuschung.«

Die Eleganz ihres blumigen Urdu klang in Devens Ohren wie ein Trompetenschwall und schlug gegen seine Schläfen, während er las. Das unbedingte, unerwartete Selbstbewußtsein der Frau schien frei und offen hervorzutreten, ohne all den Tand und Flitter, ohne Schleier, und enthüllte ein Gesicht, von dem die Farbe und der Puder abgewaschen waren und das einen Ausdruck zeigte, der Deven innehalten und taumeln ließ, ehe er weiterlesen konnte.

»Ohne Zweifel haben die Männer, mit denen Sie Umgang pflegen und mit denen sich zu umgeben Sie Nur Sahib veranlassen, Ihre Ohren angefüllt mit dem Gift ihres Klatsches. Wie jene glaubten Sie, ich war eine Prostituierte, die Nur Sahibs Augen mit ihrem Tanz blendete und sich auf diese Weise den Weg aus einem Haus der Prostitution in das Haus eines anerkannten Dichters erschwindelte. Ist das nicht eine Beleidigung des Dichters, den Sie zu vergöttern vorgeben, ganz abgesehen von der Beleidigung für mich? Halten Sie es für möglich, daß eine gewöhnliche Tänzerin das Herz eines großen Dichters gewinnt? Ist es nicht klar, daß es mein Geist war, der ihn interessierte, daß, wenn ich mir einen Zugang zu seinem Herzen erschlich, ich es durch meine Rede, meine Gedichte und was immer ich an Geist besitze, tat? Sie sollten mir gestatten, es Ihnen zu beweisen, indem ich Ihnen meine eigenen Gedichte vorlege.

An Nur Sahibs Standard gemessen, mögen die Gedichte, die ich Ihnen zum Lesen beilege, als unbedeutende Arbeiten erscheinen. Denken Sie bitte daran, daß, im Gegensatz zu Nur Sahib und im Gegensatz zu Ihrer geschätzten Person, ich eine Frau bin und keine Bildung genossen habe außer jener, die ich gefunden und mir genommen habe. Im Gegensatz zu Dichtern und Gelehrten, die sich Anerkennung erworben haben, hatte ich keinen Förderer außer meinem verehrten Gemahl, keine Ermutigung und kein Mitgefühl. Und doch muß eine natürliche Begabung vorhanden gewesen sein, wenn Nur Sahib selbst von meinen frühen Gedichten beeindruckt war. Das ist der Grund,

weshalb er mich in seinem hohen Alter heiratete, um eine intellektuelle Gefährtin an seiner Seite zu haben, wie er sie in seiner ersten Ehe nicht hatte. Keiner Ihrer Freunde hält ihm auch nur so viel Intelligenz zugute, obwohl sie vorgeben, ihn zu verehren.
Daher ist es notwendig, daß ich meine Begabung und meine Fähigkeiten Ihnen und anderen Gelehrten und Liebhabern der Dichtkunst beweise. Aus diesem Grund lege ich Ihnen meine neuesten Gedichte bei, damit Sie sie lesen und studieren und beurteilen können, ob sie nicht doch ihren eigenen Wert haben. Zeigen Sie mir, ob Sie Kraft genug haben, sich ihnen zu stellen und ihnen einen Wert zuzuerkennen. Oder ob sie Sie mit Furcht und Unsicherheit erfüllen, weil Ihnen davon Gefahr droht – die Gefahr, daß Ihre Überlegenheit gegenüber Frauen in Frage gestellt werden könnte. Als Sie sich erhoben und das *Mehfil* verließen, während ich meine Verse sang, geschah das nicht, weil Sie fürchteten, ich könnte die Verse Nur Sahibs und anderer in den Schatten stellen? War es Ihnen nicht unerträglich, daß eine Frau ihren Talenten ebenbürtig sein und sie sogar übertreffen könnte? Sind Sie nicht schuldig, sich anzumaßen, daß, weil Sie ein Mann sind, Sie das Recht auf Verstand, Talent, einen Ruf und darauf, etwas zu erreichen haben, während ich, weil ich als weibliches Wesen geboren wurde, dazu verdammt bin, womöglich auch noch Befriedigung darin zu finden, verleumdet und verhöhnt, ignoriert und vernachlässigt zu werden? Sind nicht Sie es, der mich dazu gebracht hat, die Rolle der leichtfertigen Frau in grellbunten Gewändern zu spielen, indem Sie es ablehnten, meine Arbeit ernst zu nehmen und mir ebensoviel Achtung zu schenken, die Sie sogar noch einem Versager in der Kunst gewährten, solange der Künstler männlich wäre? In dieser ungerechten Welt,

die Sie geschaffen haben, was sonst hätte ich sein können, als was ich bin?
Stellen Sie sich diese Fragen beim Lesen meiner Verse, wenn Sie den Mut haben ...«

Aber Deven hatte den Mut nicht. Er hatte nicht die Zeit. Er hatte weder den Willen noch die nötigen Mittel, um sich auf diese neue Persönlichkeit einzulassen, die er zuvor froh gewesen war, zu ignorieren und in die groteske Welt von Hysterikerinnen, Zankteufeln, streitsüchtigen Weibern, von Schwachsinnigen und Ausgestoßenen zu verbannen. Es war nicht Sache der Ängstlichen und Vorsichtigen, mit einer Mission der Barmherzigkeit oder als Retter in diese Welt zu treten. Würde er sich dorthin vorwagen, würde ihn das, was er erführe, vernichten, wie ein Augenblick der Klarsichtigkeit die barmherzigen Täuschungen eines Irren vernichtet. Das konnte er nicht zulassen.
Sarla, die mit dem Staubwedel hereinkam, sah ihn an, wie er ein Bündel blauer Papierbögen in kleine Streifen zerriß, und schrie: »Jetzt wirfst du schon wieder lauter Abfall auf den Boden, wo ich eben gekehrt habe!«

Am Morgen machte er sich auf zum Büro des Registrators, um um eine Unterredung mit dem Direktor anzusuchen, damit er ihm die ganze Angelegenheit vor der Vorstandssitzung am letzten Tag der Sommerferien erklären konnte. Das Tonband konnte man dem Vorstand nicht vorlegen, das stand außer Frage: er würde das Mitgefühl des Direktors gewinnen und verhindern müssen, daß so etwas geschähe. Das Tonband, das blamable Tonband, durfte von niemandem gehört werden.
»Papa, kauf uns eine Wassermelone«, schrie Manu vom Haus her, als er den Riegel des Gartentors öffnete. Er nickte und winkte dem Jungen zu und drehte sich dann

um, weil ihm der Briefträger schon wieder einen Brief hinhielt. Er nahm ihn wortlos, als sei er eine Injektionsnadel, die man ihm in den Arm stieß, die heißes Blei hineinfließen ließ und ihn steif machte; er steckte den Brief in die Tasche und setzte sich in Bewegung, sagte sich vor, daß das aufhören müßte, es mußte etwas getan werden, daß es aufhörte –

Der Sekretär vor dem Büro des Registrators teilte ihm mit, daß der Sahib bei einer Sitzung im Büro des Direktors wäre und er auf eine Unterredung warten müßte. Deven blieb einen Augenblick stehen und überlegte und ging dann. Wieviele Rechnungen, wieviele Forderungen von Nur konnte er ihnen denn schließlich noch vorlegen? Nur würde nie aufhören zu schreiben, Forderungen zu stellen. Die Briefe würden immer weiter eintreffen, so wie die Bänder sich immerzu abgespult hatten. Er hatte sich und alles andere auf eine Bahn gebracht, auf der nun kein Halten mehr möglich schien.

Es war unbedingt notwendig, jemanden zu finden, der dem Einhalt gebieten konnte. Er mußte noch einen Rest Zutrauen zu Siddiqui in sich verspürt haben, denn mit einem Mal fand er sich vor dem schmiedeeisernen Tor wieder, das zu dessen Haus führte. Bloß stand das Haus nicht mehr dort. Es war ein Trümmerhaufen, aus dem geisterhaft Staub aufstieg; Abbruch-Arbeiter hackten und schlugen auf alles ein, was noch aufrecht stehen geblieben war. Bei der Arbeit schrien sie laut und wild, als zerstörten sie das Haus aus persönlichem Rachedurst. Die in sich zusammensinkende Villa ächzte, als die letzten Reste einstürzten.

»Gehen Sie nur hinein, gehen Sie nur –« sagten der Zigaretten- und der Bananen-Verkäufer beim Tor. »Sie werden den Sahib dort vorfinden – er steht den ganzen Tag unter dem Baum und schaut zu«, und sie zeigten auf den staubigen *Neem*-Baum neben der Grundstücksmauer.

Deven ging auf den Baum zu und fand Siddiqui darunter stehen, einen schwarzen Schirm über den Kopf haltend. Als er Deven sah, winkte er ihm ganz fröhlich, aber ein wenig unbestimmt, rief einigen Arbeitern Anordnungen zu und besprach etwas mit einem großen schnauzbärtigen Lieferanten. Nachdem er sie weggeschickt hatte, wandte er sich Deven zu und rief: »Sind Sie gekommen, um das Haus meiner Vorfahren im Staub von Mirpore verschwinden zu sehen, Deven-Bhai?«

»Ich wußte nicht«, stammelte Deven, »Sie haben mir nicht gesagt –«

»Nein, nein, nein. Ich war so beschäftigt, zu beschäftigt in letzter Zeit, um ins College zu kommen. Sehen Sie, ich habe von einem Geschäftsmann in Delhi dieses Angebot bekommen. Er will den Grund neu erschließen – will einen Wohnblock bauen mit Geschäften im Erdgeschoß, einem Kino an der Rückseite, Büros in den oberen Stockwerken – alle möglichen Pläne, um diese Wüstenei nutzbar zu machen. Und da ich das Geld brauche – Sie kennen meine Schwäche –, war das Angebot zu gut, um es abzulehnen, daher –« er kicherte ein wenig, rieb sich die staubige Stirn und wandte sich dann angeregt dem Lieferanten zu, der mit einer Nachricht zurückgekommen war, die seinem Unterkiefer eine bedeutsame Schwere verlieh.

Deven war sich bewußt, daß er störte. Und doch brachte er es nicht fertig wegzugehen, ohne wenigstens einen Versuch zu unternehmen, selbst wenn es aufdringlich und in einem ungünstigen Moment war. »Siddiqui Sahib«, murmelte er, »werden Sie morgen bei der Sitzung im College sein?«

»Nein, nein, nein. Ich habe keine Zeit, sehen Sie das nicht? Es ist keine Kleinigkeit, so einen Grund zu erschließen«, sagte er gereizt.

»Ja«, stimmte Deven kleinlaut bei und nickte, »aber ich dachte, wenn Sie ihnen sagen könnten – dem Bibliothekar wenigstens, und dem Registrator, wenn schon nicht dem Direktor – den Wert des Tonbandes bezeugen – so fehlerhaft und so schlecht es auch ist, es ist doch zumindest authentisch und von historischem Wert«, bat er, und Schweißperlen standen auf seiner Oberlippe, »und mit solchem Aufwand gemacht. Wenn man sie dazu bringen könnte, die Rechnungen zu bezahlen, die mir während der Aufnahmen entstanden sind –«

»Dieses Tonband?« schnitt ihm Siddiqui ungeduldig das Wort ab. »Dieses unbrauchbare Tonband? Aber, mein Lieber, das ist eine Katastrophe, es ist völlig wertlos. Unsinnig, es ihnen vorzuspielen.«

»Es ist mangelhaft, selbstverständlich, Siddiqui Sahib«, erwiderte Deven, »aber es ist nicht ganz wertlos. Es ist schließlich doch von einiger Bedeutung für die Urdu-Dichtung. Wenn Sie nur, als Vorstand der Urdu-Abteilung, sie davon überzeugen könnten, daß sich das Projekt gelohnt hat, vielleicht würden dann die Rechnungen –« er fingerte in seiner Tasche herum, zog seinen ungeöffneten Brief heraus, steckte ihn wieder ein, zog ein anderes Stück Papier heraus, diesmal die Rechnung für das Zimmer, das er gemietet hatte, ohne es zu wissen, und hielt sie Siddiqui hin.

»Was ist das? Noch eine Rechnung? Wer wird die bezahlen? Das College? Niemals«, sagte Siddiqui, streckte aber die Hand aus und nahm sie. Mit all den Reichtümern seiner Zukunft als Bauunternehmer vor Augen konnte er sich ein bißchen Großzügigkeit gegenüber all den hoffnungslosen Versagern leisten, die seine magere Vergangenheit bevölkerten. »Ich kann es ihnen natürlich vorschlagen – aber ich weiß nicht, ob es etwas nützt.«

»Siddiqui Sahib«, rief Deven, »es war nicht meine Schuld. Ich habe fleißig gearbeitet – ich habe mich darauf vorbereitet und ich habe gearbeitet –, aber ich bin von allen zum Narren gehalten und betrogen worden – von dem Mann, der mir die gebrauchte Anlage verkauft hat, dem Techniker, der gesagt hat, er könnte die Aufnahme machen, der aber völlig unerfahren war, von Murad, der gesagt hat, er würde zahlen und nicht gezahlt hat, von Nur, der mir kein Wort gesagt hat, daß er bezahlt werden wolle, und von seiner Frau, seinen Frauen, von allen –«

»Ach«, sagte Siddiqui und bedachte ihn mit einem kühlen Blick aus der Höhe seines neuen Wohlstandes, »und warum haben Sie sich von ihnen allen betrügen lassen? Warum haben Sie nicht aufgepaßt, daß sie Sie nicht betrügen? Sehen Sie mich an, ich stehe den ganzen Tag in der heißen Sonne und passe auf jeden Ziegelstein auf, der fällt, damit man mich nicht betrügt. Nur so kann man es machen, Deven-Bhai – immer fleißig, immer fleißig.«

»Aber, Siddiqui Sahib«, sagte Deven, und seine Kehle war so ausgedörrt, daß seine Stimme als heiseres Flüstern herauskam, »das war ich doch – Sie wissen, daß ich das war. Und trotz allem ist nichts davon zu sehen, nur ein Trümmerhaufen, ein Mißerfolg. Das ist alles, was davon zu sehen ist. Aber dahinter – dahinter stehen meine Anstrengung und mein – mein aufrichtiges Bemühen. Und auch meine Achtung für den Dichter und meine Liebe zur Dichtkunst, das wissen Sie. Das sollte doch bedacht werden, ehe Sie urteilen –«, und dann wurde sein Geflüster übertönt von einem ungeheuren Krachen von Ziegeln und Stuck, die auf die Terrasse stürzten und sich dort auftürmten und sich mit einem traurigen Seufzen ausbreiteten über das, was einmal der Rasen gewesen war.

In der Fahrrad-Rikscha auf dem Nachhauseweg – seine Beine fühlten sich merkwürdig schwach an, er wußte, er könnte nicht gehen – öffnete er den Brief. Er war diesmal nicht englisch geschrieben sondern in Urdu, und Deven las ihn, während er die Straße entlangholperte, so daß die

Buchstaben verrückt vor seinen Augen herumtanzten und ihn schwindelig machten:

»Meine Tauben sterben. Eine neue Krankheit ist ausgebrochen, den Ärzten im Vogelspital unbekannt. Sie hat schon fünf Opfer gefordert, jedes ein Champion. Auch auf den anderen sehe ich schon den grauen Pilz, der sich ausbreitet, bis er den Kopf des Vogels bedeckt, über seine Augen wächst und ihm den Schnabel verschließt und dann die Klauen und Füße befällt, so daß er langsam erstickt und stirbt. Es gibt kein Medikament, das sie heilen könnte. Ich sehe, wie sie fallen, und finde sie, auf der Seite liegend, kalt. Wenn die letzte meiner Tauben dahingegangen ist, werde ich für immer aufhören, Gedichte zu schreiben. Ich werde mit ihnen gehen.

Es sei denn, Sie können es für mich arrangieren, daß ich auf eine Pilgerfahrt nach Mekka gehen kann. Das allein kann meine sündige Seele retten, die jetzt bestraft wird –«

Die Rikscha schwenkte plötzlich seitlich aus, um den Zusammenstoß mit jemandem zu vermeiden, der direkt vor sie auf die Straße getreten war, und Deven, der auf eine Seite geschleudert wurde, blickte unvermittelt in das von Haß verzerrte Gesicht eines seiner Studenten und hörte ihn mit leiser Stimme sagen: »Kommen Sie hinter das College, und Sie werden sehen, was wir mit Ihnen machen.«

Dann hatte der Rikscha-Fahrer sein Gleichgewicht wiedergewonnen und trat wieder in die Pedale. »Alles in Ordnung, Sahib?« rief er Deven über die Schulter zu.

Deven nickte. »Ja, ja«, sagte er.

In dieser Nacht vor der Vorstandssitzung konnte Deven nicht schlafen. Das Haus war noch bedrückender, die

Hitze noch unerträglicher als alle Nächte dieses Sommers zuvor. Er glaubte es in der Ferne donnern zu hören – vielleicht kam der Monsun, vielleicht näherte er sich. Er mußte kommen, denn er konnte diese Hitze, dieses Warten nicht länger ertragen.
Er lag auf seinem leichten Bett im Hof, stand immer wieder auf und ging hin und her, von einer Mauer zur anderen, barfuß, damit er seine Frau und seinen Sohn nicht aufweckte. Aber Sarla wachte auf, als er ein Streichholz anzündete, um eine Zigarette zu rauchen, und protestierte stöhnend; deshalb ging er hinein, um sie in der Veranda zu rauchen. Dort war überhaupt keine Luft mehr, sie war total verbraucht. Draußen im Hof lag Sarla wach, fächelte sich und dem Jungen mit einem Palmblattfächer, der raschelte und klapperte, Luft zu. Schließlich fiel er aus ihrer müden Hand, und sie schlief wieder.
Nach einer Weile legte sich Deven leise neben sie, horchte angestrengt, ob er Wind oder Donner hören konnte, aber die Stille der Nacht hing unberührt und undurchdringlich über ihm. Endlich wurde sie von einem jenseits des Kanals heulenden Hund gebrochen. Ein wenig später, kurz bevor der Morgen dämmerte, hörte er auf der Straße draußen Schritte durch den Staub schlurfen und singende Stimmen. Sie wurden deutlicher und lauter und kamen eindeutig näher. Er glitt von seinem Bett und ging wieder in die Veranda, um durch das Gitter hinauszuspähen nach den vorüberziehenden Sängern, alle weiß gekleidet mit Lampen in den Händen. Zumeist alte Frauen, die beim Singen auf eine blödsinnige Weise mit den Köpfen wakkelten:
»Oh, willst du mit uns kommen –«
Am Schluß ging ein Priester, nackt bis zur Taille, mit den Füßen über die Erde scharrend, während er dahintänzelte und voller Hingabe seine Zimbeln schlug.
»Was ist los?« fragte Sarla, die neben ihn getreten war,

verstört durch den unterbrochenen Schlaf. »Warum kannst du nicht schlafen?«
Er schnaubte ärgerlich, deutete auf die Gruppe der frommen Eiferer. »Ich kann jetzt nicht mehr schlafen«, sagte er. »Ich geh spazieren«, und ehe sie noch protestieren konnte, schlüpfte er zur Tür hinaus und war fort.
Er ging, langsam zuerst, um der Prozession der alten Witwen Zeit zum Weiterziehen zu lassen; sie weckten eine Familie nach der anderen bei ihrem Gang und brachten die Hunde dazu, zu heulen. Sie wandten sich nach links, dem Tempel der Stadt zu, und er bog rechts ein auf den Pfad neben dem Kanal. Das war etwas, was er nie zuvor getan hatte, er war nicht gewöhnt, zu dieser Stunde draußen zu sein, und er verspürte eine leise Erregung, hörte den Puls in seinem Ohr pochen. Hoffte er vielleicht gar, dem feindseligen Studenten mit einem Messer zu begegnen? Nein, der würde nie den Mut haben, in der Nacht hier herauszukommen. Es war nichts zu hören als das am Ufer entlangrauschende Wasser, wenn es auch noch zu dunkel war, es zu sehen. Er könnte hineinrutschen, wenn er nicht aufpaßte. Er spürte, wie Unkraut und Pampasgras gegen seine Beine streiften und wie seine Füße staubig wurden und dann schlammig beim Gehen. Draußen in den unsichtbaren Feldern stieß ein Kiebitz einen erschrockenen wilden Schrei aus, und er konnte das blasse Aufblitzen seiner Flügel sehen in der Dunkelheit, die jetzt dünner wurde im Osten.
Er beobachtete, wie der Himmel zu Grau verblaßte, zu Blauviolett die federigen Wedel des Pampasgrases. Er wollte nicht, daß der Tag dämmerte. Er hatte gehofft, die Nacht endlos auszudehnen, indem er weiter und weiter ging. Der Tag würde die Vorstandssitzung bringen, eine Anfrage, eine Untersuchung, Bloßstellung und Schande. Ja, und was noch? Die Rechnungen würden ihm zur Bezahlung zurückgegeben werden, das Tonband würde ab-

gespielt und als katastrophal bezeichnet werden, womöglich als Fälschung. Es würde Kritik geben. Wer war er, daß man ihn mit einem solchen Projekt betraute und auch noch mit College-Geldern? Man würde ihn holen lassen, er würde vor ihnen erscheinen und um Mitgefühl bitten müssen, um Barmherzigkeit, um Vergebung. Wenn man sie ihm nicht gewährte, würde er gerügt, vielleicht entlassen werden. O Gott, wenn das geschähe, wäre er ruiniert, und Sarla und Manu mit ihm. Er würde ihren Schmuck versetzen, wenn nicht gar verkaufen müssen, um seine Schulden zu tilgen, sie würde zu ihren Eltern zurückgeschickt werden müssen zu seiner ewigen Schande, und der Junge würde aufwachsen und seinen Vater als Versager betrachten – einen schändlichen, gedankenlosen, unverantwortlichen und hoffnungslosen Versager. Wo würde das alles enden? Warum, da er alles so deutlich sah, konnte er dem nicht Einhalt gebieten?

Der mit dem Messer aus dem Busch springende Student wäre eine einfache Lösung, eine, die im Vergleich damit zu erhoffen wäre. Aber die Büsche rührten sich nicht, waren noch nächtlich dunkel, kein Lufthauch bewegte sie. Es gab keine Erlösung und kein Entkommen.

Im Weitergehen hielt er den Blick auf den Lehmpfad geheftet, einen kalkigen Streifen neben dem dunklen Wasser, das tief in seinem Schilfbett floß. Er erinnerte sich, wie er dort mit Manu gegangen war und wie ein Papagei seine leuchtende Schwanzfeder hatte fallen lassen und er sie aufgehoben und Manu gegeben hatte, der sie sich hinters Ohr gesteckt und gelacht hatte, so daß es wie ein Omen, ein freudiges, wunderbares Vorzeichen erschienen war. Dann waren sie nach Hause zurückgekehrt und hatten Nurs Brief vorgefunden, den ersten von Nurs Briefen.

Nur – er versuchte an ihn zu denken, losgelöst von seinen Briefen, seinen senilen Forderungen, um wieder für ihn empfinden zu können, wie er es getan hatte, als Nur ihn das erste Mal in seiner Gegenwart geduldet hatte, in seinem stillen, schattigen Arbeitszimmer. Als er sich an die Freude, Nurs Stimme zu hören, erinnerte und daran, ihm zuzuhören, wie er seine Gedichte rezitierte, und wie dann wiederum er ihm seine Zeilen vorgetragen hatte, sie miteinander in einem Geflecht, zu einem Bündnis vereinend, wußte er, daß es das war, was er zurückgewinnen, wiederzufinden trachten mußte. Wenn ihm das gelänge, würde ihm das einen Grund und die Kraft geben zu überleben, was immer kommen würde. Daran mußte er glauben.

Er eilte nun den Pfad entlang, floh durch das Unkraut und die Gräser, die nach ihm griffen, an den Beinen seiner losen Hose rissen und an seinen Füßen in den offenen Sandalen. Er schob die Gräser beiseite und versuchte, zu seiner alten Anbetung des Dichters zurückzukehren, zu seiner Ehrfurcht vor ihm, seiner Verehrung, als sie noch ungetrübt war, und zu seiner Dankbarkeit für seine Dichtung und seine Freundschaft, diese seltsame, unerwartete, unvorstellbare Freundschaft, die ihm so viel Leid gebracht hatte.

Diese Freundschaft bestand noch, auch wenn es Verwirrung, ein Mißverständnis gegeben hatte. Er hatte geglaubt, er nähme Nurs Dichtung in sichere Obhut, und hatte nicht erkannt, daß, wenn er der Hüter von Nurs Genius werden sollte, dann Nur über ihn wachen und auch ihn in Obhut, in Gewahrsam nehmen würde. Dieses Bündnis konnte man als unerträgliche Bürde betrachten – oder auch als eine glänzende Auszeichnung. Beides verlangte die gleiche Kraft.

Der schwach schimmernde Pfad neben dem schwarzen Kanal glich einem Faden, dem er bis ans Ende folgen mußte. Wo *war* das Ende? Gab es eines? Er hatte eine Vision von Nurs Totenbahre, überhäuft mit Blumen, mit

Rosen und Ringelblumen, leuchtenden bunten Blumen. Um die Bahre sah er die Frauen der Familie weinen und klagen. Er hörte die Trauermusik spielen. Er sah das Leichentuch, das Grab – offen. Wenn man Nur hineingelegt hatte, würde diese Verbindung abbrechen, die Bindung enden? Nein, nie – die Rechnungen würden zu ihm kommen, er würde für das Begräbnis zahlen müssen, die Witwen unterstützen, seinen Sohn aufziehen …

Er blieb, nach Atem ringend, am Ufer des Kanals stehen und starrte in das Wasser, das an dieser Stelle innehielt und sich in einem Wirbel drehte. Der Wirbel war eine Öffnung in das Wasser, führte in seine Tiefen. Aber die Tiefen waren dunkel und unergründlich. Der Himmel füllte sich mit einem grauen Licht, das die dichte Schwärze der Nacht auflöste. Es glitzerte auf einem Feld von weißem Pampasgras, das sich wiegte in einem plötzlich aufgekommenen leichten Wind, der lachend und raschelnd in Wellen durch das Gras sprang mit einem lebendigen, rieselnden Geräusch. Er dachte daran, wie Nurs Gedichte gelesen wurden, hörte es, einen leise murmelnden Klang in seinen Ohren. Er hatte das Geschenk von Nurs Gedichten angenommen, und das bedeutete, daß er der Hüter auch von Nurs Seele, von seinem ganzen Wesen war. Das war eine große Auszeichnung. Das konnte er nicht leugnen und nicht preisgeben, auch nicht unter noch so großem Druck.

Er kehrte um. Er ging den Weg hinauf. Bald würde die Sonne aufgegangen sein und herunterbrennen. Der Tag würde beginnen mit seinem Jammer und seinem Elend. Sie würden aus dem Himmel herabfahren und ihn niedermähen wie Schwerter. Er würde ihnen entgegenlaufen. Er lief, hielt nur inne, um einen Dornenzweig unter seinem Fuß wegzuziehen.